Los ojos d

(

ficciones y relatos

08

MIGUEL ÁNGEL ASTURIAS

Nació el 19 de octubre de 1899 en la ciudad de Guatemala y murió, en Madrid, el 9 de junio de 1974. Se le concedió, en 1967, el Premio Nobel de Literatura por su novela *El Señor Presidente*; modelo de cuantos relatos se han ocupado de los dictadores sudamericanos. Pero si por algo merece ser recordado, es por ser el creador del "realismo mágico".

Aunque se crió en Guatemala, los acontecimientos políticos le llevaron a vivir gran parte de su vida en el extranjero. Así, durante su primera estancia en París, en la década de los años veinte, estudió las religiones precolombinas mientras se empapaba de las vanguardias, conjunción de elementos que marcará toda su obra literaria.

Retornó a Guatemala en la década de los treinta, pero la abandonaría definitivamente tras el golpe de Estado, de 1954. A partir de ahí, se tornaría un exiliado, con un breve periodo como embajador de su país ante la República Francesa (1966-1971).

Entre su obra narrativa, aparte de *El Señor Presidente* (1945), sobresalen *Hombres de maíz* (1949), *Mulata de tal* (1963), *Maladrón* (1969) y la *Trilogía bananera*, compuesta por *Viento fuerte* (1950), *El Papa Verde* (1954) y *Los ojos de los enterrados* (1960); además, legó una notable obra cuentística entre la que destaca *Leyendas de Guatemala* (1930). También editó poemarios, como *Clarivigilia primaveral* (1965), y teatro, del que cabe reseñar *Soluna* (1955) y *La audiencia de los confines* (1957).

Además del Nobel, fue galardonado con el Premio Lenin (1966) y el Premio William Faulkner (1962).

Los ojos de los enterrados (Parte I)

Miguel Ángel Asturias

DRÁCENA
ficciones y relatos

MADRID

2016

DIRECTORA DE LA COLECCIÓN:
Elena Butterini

EDICIÓN DE:
Silvia Tedesco, Helena Álvarez de la Miyar y Gastón Segura

© HEREDEROS DE MIGUEL ÁNGEL ASTURIAS, 1960
© FOTO DE CUBIERTA: FRANCESCO G. PISTOLESI
© RETRATO DE M. A. ASTURIAS: ANA MORALES LÓPEZ
DISEÑO DE CUBIERTA: RPR
DISEÑO GRÁFICO: GSV
© DE LA EDICIÓN: DRÁCENA EDICIONES, 2016
ISBN: 978-1-53517-439-8

DRÁCENA EDICIONES S.L.
FELIPE IV, 9, 1º IZQ.
28014 MADRID

Primera parte

I

—¡Ya se están mamando otra vez los gringos!

La Anastasia —Anastasia, sin apellido, ni reloj, ni calzón, todo al aire como la gente del pueblo, el nombre, el tiempo, el sexo— no se contuvo, lo soltó como los buenos días de todas las mañanas, al asomar la cara por la puerta del salón Granada, salón de baile, bar, restaurante, donde vendían helados con olor a peluquería, chocolates envueltos en relumbres de estaño, sándwiches de tres o más pisos, refrescos con espuma de mil colores y trago del extranjero.

—¡Ya se están mamando otra vez los gringos!

La puerta caía sobre un salón largo, espacioso, ocupado por sillones de cuero rojizo, angulosos, pesados, propios para gente holgazana o borracheras corcoveadoras[1] y mesas redondas, amplias, bajas, con lo de encima de una madera porosa que en lugar de lustrar se lijaba todos los días, para que siempre estuvieran limpias y nuevas, como acabaditas de estrenar.

Y todo lucía, como las mesas, limpio y acabadito de estrenar, menos los lustradores, niños miserables, sucios y haraposos que parecían viejos con voces infantiles:

—¡Lustre...! ¡Lustre...! ¿Se lustra, cliente? ¡Una sacudidita...!

Todo lucía nuevo a las diez de la mañana. ¡Qué diez de la mañana, si ya iban a ser las once...!

Nuevo el piso de cemento que brillaba como alfombra de caramelo, nuevos los ventanales, nuevos los espejos

---

[1] corcoveador: aquí, destemplado, alterado.

por donde se perseguían a velocidad de relámpagos de colores, las imágenes de los automóviles que paseaban sus carrocerías flamantes por la Sexta Avenida; nuevos los peatones mañaneros que iban por las aceras empujándose, topeteándose, abriéndose paso, piropo va y mirada viene, entre saludos, abrazos, golpes de sombrero y adioses con la mano; nuevas las paredes decoradas con motivos tropicales, nuevo el techo alabastrino y las lámparas de luz indirecta, gusanos de cristal que soltaban por la noche alas de mariposas fluorescentes; nuevo el tiempo en el reloj redondo, nuevo los meseros de pantalón negro y chaquetín blanco a lo torero, nuevos los borrachos gigantes, rubios, contemplando con los ojos azules, conservados en alcohol, el hormiguero de la ciudad mestiza, y nueva la voz de la Anastasia:

—¡Ya se están mamando otra vez los gringos!

Jefes y soldados de uniforme verdoso, se acuartelaban desde muy temprano en el Granada a beber *whisky and soda*, masticar chicles y fumar cigarrillos de tabaco fragante —unos cuantos fumaban pipa—, todos ajenos a lo que pasaba alrededor de ellos en aquel país, totalmente ajenos, aislados en la atmósfera extraterritorial de su poderosa América.

La clientela matinal ocupaba las mesas vecinas. Agentes viajeros, sin más compañía que sus valijones de muestra, desayunaban almuerzos, mientras devoraban con los ojos las viandas de algún *magazine*, servidas en páginas de porcelana. No solo de pan..., el *businessman* vive de anuncios. Entraban y salían bebedores del país, al trago mañanero. Lo injerían y a escupir a la calle. Les disgustaba la presencia de la soldadesca extranjera. Eran aliados, pero les caían como patada. Otros, menos sudados de soberanía, por haber sido educados en los Yunait Esteit o haber trabajado en la Yunait, no les molestaba instalarse en el bar o en el salón junto a los yanquis, y no solo hablaban, sino eructaban inglés, habilidad que lucían a gritos, sin faltar los que por dárselas de viajados, sin hablar ni entender aquel idioma, exclamaban a cada rato: *¡Okay-okay-America!*

Los soldados se despernancaban a sus anchas, una pierna alargada bajo la mesa y la otra en gancho sobre el brazo del sillón. Algunos, tras apurar de tesón el vaso de *whisky and soda*, golpeándolo al dejarlo sobre la mesa ya vacío, hablaban de seguido un buen rato. Callaban y seguían hablando. Hablaban y seguían callados. Como si cablegrafiaran. Otros, apartándose el cigarrillo o la pipa de la boca, soltaban exclamaciones tajantes, recibidas por sus compañeros con grandes risotadas. Los que estaban en el bar, de espaldas a la concurrencia que ocupaba el salón, se volvían con el banco giratorio, sin abandonar el trago, rubios los cabellos, azules los ojos, blancas las manos, para indagar quién había dicho lo que festejaban sus camaradas, y aplaudirlo. Lucían, como soldados imperiales, los dedos con anillos y las gruesas muñecas con pulseras de oro...

—¡Ya se están mamando otra vez los gringos!

—¡Tía, cuidado la oyen...! —decía a la mulata un chiquillo flaco que la coleaba por todas partes.

—¡Onque me oigan..., vos sí que me gustás..., caso entienden castilla!

El *barman* recibía los pedidos de la bodega entre gruñidos y rascones de cabeza.

—No es que los traigan tarde —se decía—, es que esta gente de la base militar está aquí desde que Dios amanece...

Los ojos achinados, el tajo de la boca bajo los bigotes lacios, un puro tiburón en la penumbra.

De las cajas y canastas tomaba las botellas como espadas, las desenfundaba de sus vainas de paja, y las alineaba en orden de ataque, convertidas en soldados. Los *whiskies* a la descubierta, tropa de choque, seguidos de las botellas de ron importado y ron del país, acaramelado y purgativo, de las botellas de *gin*, ladrillos transparentes, llenos de fuego blanco, de los coñacs condecorados, de las botellas de vino generoso, envueltas en papel de oro, de las botellas de licores con algo de sirenas en las redes...

Y mientras el *barman* alineaba las botellas, el ayudante que atendía a la clientela, le decía:

—Moradas tengo las uñas de estar quebrando ajenjo, señor Mincho, y lo peor es que por ratos se me va la cabeza...

El olor a elixir paregórico del ajenjo, que no era ajenjo sino Pernod, le mareaba y se le amorataban las uñas de mantener entre los dedos los vasos con pedazos de hielo en que la gota del grifo iba quebrando aquella bebida de color seminal.

—Tía, yo digo que entro... —insinuó el chicuelo a la Anastasia, cansado de estar frente a la puerta, sin hacer nada, un pie sobre otro.

—Entrá, pues, entrá... —empujó la mulata al chiquillo flaco, tiñoso de mugre, casi con escamas tras las orejas y el cuello, rotas las escasas ropas, los pies, descalzos y urdidos.

El chico, medio haciéndose el cojo, la boca torcida y un hombro caído para inspirar más lástima, entraba con el sombrero en la mano a pedir limosna. De la puerta corría a las mesas ocupadas por los gigantes rubios. Junto a ellos se miraba más negro. (¡Ay, suspiraba la Anastasia desde la puerta, qué prieto que se ve mi muchachito entre la concurrencia!). Los soldados sin dejar de mover las mandíbulas rumiantes y hasta las orejas masca que masca chicles, le botaban algunas monedas en el sombrero. Otros le ofrecían *whisky*, otros le alejaban con la brasa del cigarrillo. Los meseros le espantaban, como a las moscas, a servilletazo limpio.

Un sargento canoso de piel colorada, dirigiéndose al empleado que atendía la caja registradora detrás de un mostrador de cigarrillos, confites, chocolates y caramelos, gritaba:

—¡No espantajlo, matajlo de una vez..., insecto, matajlo..., matajlo..., todos los *hispanish* insectos!

Y reía de su broma, mientras el chicuelo ganaba la puerta más corriendo que andando, asustado por los trapazos que con las servilletas le lanzaban los sirvientes.

—Arreuniste tanto así... —anunciaba la Anastasia al sobrino juntando y sopesando las monedas en una sola mano.

El chico le dejaba el sombrero y corría a pedir uno de los papeles con letras y caras de leones, caballos y gente, que repartían en la puerta del cine. Eso quería ser él, cuando le diera permiso su tía: repartidor de programas. Así entraría gratis en el cinematógrafo.

—¡Para estar encerrada en lo oscuro, Ave María, por cuánto iba yo a pagar...! —le cortaba la Anastasia, cada vez que él le pedía que lo llevara al cine— Los pobres, sin necesidad de pagar, como no tenemos luz de esa eléctrica, cuando empieza la noche empieza nuestro cine. ¡No, mi hijito, cuesta mucho la vida para andar gastando..., los ojos en lo oscuro!

—¿Insectos los *hispanish*...? —preguntó en inglés, recogiendo el dicho del sargento un parroquiano joven que ocupaba una mesa con otros amigos— ¡Insectos pero necesitan de nosotros...!

—¡México, insecto que picar muy duro —tartamudeó aquel en español alzando la voz—, la Centroamérica, insectos chiquitos, locos... Antillas, no insectos, gusanos, y la Sudamérica, cucarachas con pretensiones!

—¡Pero necesitan de nosotros!

—¡En Minnesota no necesitamos, amigo! ¡Minnesota no ser Washington ni Wall Street!

La voz de un tercero, desde otra mesa, interrumpió vibrante:

—¡Díganle que se vaya a la... bisconvexa!

Bocinazos de automóviles último modelo que paseaban por la Sexta Avenida, entre el ir y venir de los peatones. Mediodía. Calor. El Granada a reventar. Todas las mesas ocupadas. El *barman* o el milagro de la multiplicación de los tragos. Tomaba las botellas al tacto, sin verlas y se las pasaba al aire de una mano a otra, ya listas, ya inclinadas para verter el líquido. Los meseros no se daban alcance. La caja registradora en un solo repique. El teléfono. Los periódicos. La rocola. La Anastasia...

—¡Ya se están mamando otra vez los gringos!

En las calles, altoparlantes anunciando películas y

teatros. —¡*El Gran Dictador, de Charles Chaplin*...! ¡*El Gran Dictador*...! ¡*El Gran Dictador*...! —, más galillo que megáfono; choferes ofreciendo sus taxis, más labia que galillo; vendedores de billetes de lotería, la fortuna con la pobreza del brazo, y el sobrino de la mulata de mesa en mesa, aprovechando que el servicio por atender a la clientela, no tenía tiempo de ocuparse de su mínima persona.

Pero al mediodía no juntaba mayor cosa. Mucho caballero encopetado y mucha dama enguantada, emplumada, empolvada, pintada, peinada, perfumada, y apenas si sacaba dos o tres monedas. Unos se hacían los sordos, otros los distraídos y aunque el chiquillo se atrevía a tocarlos, urgido por la necesidad, con sus pobres manos sucias, seguían conversando, sin hacerle caso, como no fuera para echarle fuerte, amenazarlo con la policía o preguntarle en forma agria y destemplada, si no tenía padres que lo mantuvieran. El rapaz se quedaba sin saber qué contestar, los ojos y el olfato en las sabrosuras que los criados repartían en las mesas, entre el traguerío y los ceniceros, sabrosuras que aquella gente bien comía con los dedos, entre sorbo y sorbo de trago.

—Porque debes tener tus padres... —le reclamó alguien.

—Papá tal vez que tenga... —susurró el chiquillo.

—¿Y mamá?

—No, mamá no tengo...

—Se te murió...

—No...

—¿La conociste?

—Es que yo soy sin mamá…

—¿Cómo es eso? Todo el mundo tiene su madre...

—Pero yo no tengo... Mi papá me hizo en una mi tía....

Entre risas y chanzas, bromas y palabras que sonaban en sus oídos, pero que no tenían sentido para él que no las entendía: adefesio…, golfín…, homúnculo…, pasaba el andrajoso sobrino de la mulata, el sombrero en la mano tendida y en los labios la voz triste del que pide dinero con la boca que se le hace agua al olor del jamón y el queso servidos entre panecillos tostados, granos de maíz reventado al tueste, papalinas con picantes lunares de pimienta y aceitunas color de joyas comestibles.

A partir de ese día, todos lo llamaban y todos le daban monedas, haciéndole repetir, entre risas y risotadas: "Mi papá me hizo en una mi tía..."

El salón quedaba vacío después de la una y media, a eso de las dos de la tarde. La Sexta Avenida casi desierta. Toldos de lona echados sobre las aceras defendían la siesta del negocio, donde el *barman* y los gigantes rubios seguían en las mismas: *whisky and soda,* ajenjo, cerveza, *gin,* cócteles y "submarinos" de ron con cerveza o cerveza con ron revueltos en un solo vaso. El orden de los factores no alteraba la borrachera.

—¡Ya se están mamando otra vez los gringos!

Un giba, enano, corcovado, de brazos muy largos, entró a ofrecer servilletas de papel. Al hablar le espumaban las comisuras de los labios, como si las muestras que sacaba de su bolsón de cuero negro fueran anunciadas por aquellas servilletas de saliva que le salían de la boca. Consiguió el pedido haciéndose la vista gorda con el gerente de compras que le restregó algunos billetes de lotería en la joroba.

—¡Las tres de la tarde, y yo sin probar bocado, maldita sea! —dijo al salir con su corcova, su bolsón, su saliva y sus servilletas.

Y ya en la calle:

—¡Y maldito sea este negocio en que se me toma de talismán de cabronzuelos!

En la puerta asaltó al gerente un gestor de anuncios con menos suerte que el jorobado.

—Si estoy lleno de gringos, para qué voy a gastar mi plata en publicidad...

—Para que vengan los del país...

—¡Mejor que no vengan! Si es por eso no anuncio. Solo me vienen a armar líos.

A las cuatro de la tarde desaparecía en el cine el primer borbotón de gente y de flamantes automóviles de alquiler bajaban más soldados a la puerta del Granada. Venían de la base militar situada en las afueras de la ciudad o, como se decía oficialmente, en algún lugar de América. Y apenas si se detenían a pagar al chofer. Uno, el que pagaba. Los demás precipitábanse al interior, cuatro, seis, ocho, cuantos cabían por las puertas, pidiendo *whisky*, cerveza, ginebra, coñac, ron, entre manotazos amigables, *clinches* boxísticas y las acrobacias de los que agarrados a la barra del bar, desde las horas de la mañana, por instinto prensil, se despegaban de los asientos, soltaban la barra y se iban trastumbando para dejar lugar a los compañeros del relevo.

No lejos del bar, damitas y caballeros iban llenando las mesas en el salón de té. Menos cinco. Las cinco menos cinco de la tarde. Señoritas cuya elegancia consistía en imitar a alguna de las artistas célebres de la pantalla, la de sus preferencias, y muchachos que vivían con ellas escenas cinematográficas, románticas o audaces. Penumbra cómplice, luz de terciopelo, música hawaiana. Entre los tórtolos, una que otra mesa de amigas recién casadas en edad de castañuelas, afanadas por no perder la línea y no perder a la sirvienta, maceta de barro que les acompañaba a todas partes con el bebé en brazos y los pañales y las raudas en un bolsón bordado. Por aquello de no dejar morir el gusanito alcohólico o curar al ro-ro de los cólicos, las más adictas se aventuraban a tomar anís con agua.

Colillas de cigarrillos rubios pintadas de rojo de labios llegaban en las tazas, como *ex libris* del té, al lavadero donde el señor Bruno y su equipo de lava-trastes iban dejando la vajilla como espejo, al par que comentaban:

—Se van las del té, entra y sale gente, y los soldados de la base sin moverse del bar. ¡Esos sí que le hacen fijo al tormento! Hay uno con cara de remolacha que se ajuma con los ojos abiertos, como si fondeara sentado y otro que se queda mirando, mirando, como si a cada trago se fuera yendo más y más lejos, y un como aviador, él, grandononón,[2] al que le agarra por tentarle la cara a los que están cerca.

—Pero las del té..., quiero, son las que ensuceyan más trastes, ¡Chanclas de por..., allí nomás, por no decir de por..., quería!

—Y no dejan ni agua. Se salvan las tazas porque no se comen —dijo el más viejo.

—¡Ah, cómo no, abuelito, que le iban a dejar su pastel de coco, su embarrón de mantequilla, su chiquiador[3] con betún colorado, de ese que se untan en la jeta!

—¡No seas tan cualquier cosa, vos hombre, ni que anduvieras por las Cinco Calles, para hablar así! ¡Estás en el Granada, jocicón...![4]

El señor Bruno intervenía:

—Siquiera hicieran el oficio callados. Es el mayor defeuto de ustedes; ¡Jodidos, qué les importa que las señoras no se coman las tazas, porque no se comen, y que ensuceyen más trastes de los necesarios, qué...! Para eso hay agua, jabón y manos. El trabajo aquí es seguro y bien pagado. Para qué fijarse entonces en lo que a uno de pobre no le va ni le viene...

—Es que usted, don Bruno Salcedo, es del tiempo de la nanita en que el pobre como el buey. De los que creen que el rico porque tiene pisto[5] vale más que uno.

—¡Más que dos..., más que tres...! Aquí no mascás nada, viejo, porque donde el rico masca, el pobre se queda al corte.

Los restos de cadáveres de pollo y gallina que venían al lavadero en los platos, enmantecados, anunciaban la cena.

—Los gringos solo esto comen... —comentó un muchacho de ojos verdes, levantando una pierna de pollo mal mondada para enterrarle los dientes de indio, afilados

---

[2] grandononón: grandón.

[3] chiquiador: galleta en forma de lengüeta.

[4] jocicón: de labios pronunciados; aquí vale por bruto.

[5] pisto: dinero.

y con la boca sucia de carne pegada al hueso, agregó:— Y por decir pollo, dicen *chiquen*...

—Aguantan, muchá [6] —dijo otro—, que yo estuve sirviendo en la casa de un español de por el Puente Chispas, que tampoco decía pollo, sino pol-yo.

—Pues los de la base solo esto comen, y a pura uña, sin tenedor ni cuchillo; quién sabe si en su tierra no son del "hotel de los agachados" como nosotros y aquí vienen a pasar de *misteres*...

—¡Naide es profeta en su tierra pero, vos, prieto, aunque te vayás a la China nunca serás *mister*!

—¡Mister... ioso, no; pero seré don, donde quiera que esté parado!

—¡Donde puyan con caña serás don!

—¿Don...? ¿De dón...de, si es indio mi compañero? —interrumpió un tercero.

El agua bañaba las manos morenas que manipulaban los platos de porcelana blanca, las tazas floreadas, las copas de cristal, los vasos de todas formas y tamaños, los cubiertos de metal plateado, deshaciendo las nubes de jabón que momentáneamente enturbiaban las pulidas superficies.

—¡Ganancia! ¡Ganancia! —gritaban a coro cuando se estrellaba un plato en el suelo.

Y el encargado de limpiar los platos de las mejores sobras de comida, antes de entrar en el lavadero, venía con una escoba a barrer las chinitas o pedazos de porcelana. Juan Nepomuceno Rojas, se llamaba.

Barría y rezongaba: "¡Rompen, rompen, rompen, como si fuera de ellos! Antes no era así. Lo ajeno se cuidaba más que lo propio. Había vergüenza, mucha vergüenza. Lo moderno es sinvergüencería y nada más..."

Y, mientras rezongaba, se iba llevando a escobazos los pedazos de porcelana, que de los trastes rotos, él, Nepomuceno Rojas, era el primer pagano, fuera del dueño, pues no pocas veces se trozó los dedos al recoger la basura

[6] muchá: apócope de muchacho.

con restos de vasos o copas, ya que si no se hacían añicos a la vista de todos, buen cuidado tenían los responsables de esconder los pedazos, sin decir nada. Allá que se friegue el que saca la basura. Por algo se queda con las mejores sobras de comida. Juan Nepomuceno Rojas, como le llamaban, aunque por el uso y abuso que había hecho, como todo buen cristiano, de su tubo digestivo, mejor hubiera sido bautizarlo con el nombre de Juan Nepomuceno-como-desayuno-almuerzo-meriendo Rojas.

La Anastasia volvía de La Concordia, un parque triste como el purgatorio, a eso de las diez de la noche. Antes de abandonar el parque, entre un árbol y una estatua, hacía su necesidad menor. El sobrino cuidaba de que no fuera a venir la policía o a pasar gente, silbando bajo las estrellas, silbando y jugando con los pies descalzos en la arena mojada de sereno.

—¡No tenés juicio con los pieses! ¡Te acomedís y no hacés las cosas como se debe! Todo es que yo me encuclille para que empecés con la bailadera. Silba cuando venga alguno, pero no porque sí.

—Yo porque no oigan los ruidos que usted hace, tía…

—¡Malcriado! ¡Solo para malcriado servís!

Tía y sobrino regresaban de La Concordia a la esquina del Granada, aire de día, de noche cáscaras, trajinados y lentos, hurgando con los ojos que se les salían de los párpados, los escaparates con panes rellenos de frijoles negros espolvoreados de queso duro, panes con encurtidos y lenguas de lechuga, panes con chorizo, chiles rellenos y rellenitos de plátano bañados en polvo de azúcar.

La Anastasia cerró los ojos y con el sobrino de la mano atravesó la calle para alejarse lo más ligero posible de aquellas tiendas con tilicheras [7] alumbradas frente a la solemne oscuridad de San Francisco. Huía de las tentaciones, la manila helada del sobrino en su mano de vieja, el ruido de los pequeños pies del chico en las

---

[7] tilichera: mostrador pequeño de vidrio.

baldosas mojadas de sereno y la balumba de sus fustanes con aire, y no se detiene si no pasa frente a Santa Clara, pequeño templo vecino al gran templo franciscano, donde se santiguó y santiguó al sobrino, y profirió palabras misteriosas y amenazadoras contra los ricos, poniendo como testigo al Señor de Santa Clara, un lienzo de Jesús con la cruz a cuestas que al fondo del sagrado edificio estaría alumbrado con lámparas de aceite.

Ya se oía la música del Granada, a donde llegaron casi en seguida. La prisa de las tripas. El peludo de don Nepo quizá les regalaba algo de comer. Llegar, asomar a la puerta y soltar la lengua la Anastasia, todo fue uno. Lo dijo, lo dijo, lo dijo, no pudo contenerse:

—¡Ya se están mamando otra vez los gringos!

—¡Cállese, tía, la van a mandar presa!

—Estarán para eso, con la música, el baile y la jáquima que se cargan. Y como no es de aquí y ni ahora que los conozco... En Bananera, hace rato, los vi siempre borrachos... Pero mejor no me acuerdo que fui joven, porque me entra la duda de que lo fui, y es lo más triste de la vejez, dudar que una fue joven.

—Tía, si quiere, entro...

—Yo decía, m'hijo.

El rapaz se colaba, menudo, astroso, prieto, y lograba quedarse largo rato entre las mesas. Era mucho el gentío y los meseros se hacían los desentendidos para que también participaran en la fiesta los que, como el chico, entraban a pedir fichas, cigarrillos o comida.

Los gigantes rubios, cada vez más borrachos, compraban diarios en español para pasar la nariz por un idioma que no entendían, billetes de lotería, revistas en inglés y ramitos de violetas, jazmines, camelias, magnolias, flores que ofrecía en una canasta recubierta de musgo verde, una mujer de porte mediano que de joven debió ser bonita. Pellizcaba a los soldados. Así tal vez me compran, decía, pero era puro pretexto. Les enterraba las uñas por saber de qué estaban hechos aquellos muñecos de celuloide y porque de repente alguno de todos se entusiasmaba con ella, o con alguna de las muchachas que ofrecía.

—¡Tengo un virguito…!, ¿le gusta el ramito...? ¡Tengo una casada…!, ¿le gusta el ramito de violeta morada...? ¡Véngase, don *mister*, es cuestión de ir a una pieza aquí cerca, aquí atrás, a la vuelta, en el callejón, allí le tengo a la muchacha...!

La Anastasia le cuidaba el canasto a la Niña Gúmer, cuando alguno de los gigantes, bestializado por la mezcla de bebidas, salía tras ella a tomar la mercancía allí cerca.

—Porque el *mister* este no ha de querer ir más lejos, por la Veinte Calle sí que hay dónde escoger... —explicaba y hablaba la vendedora de flores al intérprete ocasional que los acompañaba, algún paisano agringado que a caza de fino que fumar y *whisky* que beber gratis, se prestaba a cualquier oficio.

—No, no, el señor está muy apurado, *my good* —traducía el intérprete.

—¿Por qué no han de pagar los hombres porque los engañen un rato así, si pagan porque los engañen toda la vida...? —se quedaba diciendo la mulata, con el canasto de flores a sus plantas, en la cruz de las calles como sueños.— ¡Lo malo está en esas malditas que por necesidad..., necesidad putífera es esa...! ¡Ja, tener una que ver con un hombre que no quiere o que no le cae bien..., carroceada me daba el diablo! ¡Yo, no es por darme charol, pero solo le di gusto al cuerpo con hombres que quise! Sin ir muy lejos: el padre del muchachito. Tía le impuse a que me dijera desde que nació, y así se acostumbró. Nada de mamá. Tía y nada más. Pero lo malo también está, no solo en esas, sino en esta tortolita vendeflores que parece que no mata una mosca... ¡Ramitos! ¡Ramitos…, y es pura conseguidora…, y yo consentidora por estar cuidando este canasto!

Con la punta del pie, calzado con una chancleta, pateó la cesta de gardenias, jazmines, violetas, hasta media calle. De los cables eléctricos goteaba el sereno. Las estrellas numerosas, titilantes.

Un joven algo quitado de hombros se detuvo a ver qué pasaba. Alto, delgado, con cuerpo de botella.

—¡Pobre señora! ¿Se le cayeron las flores? La ayudaré a recogerlas...

—No son mías, no es mío el canasto... —apresuróse a responder la mulata, y estuvo a punto de añadir:— Caballero, cuándo me ha visto a mí planta de tabaculona...

Pero, aquel fue el que ayudó a poner las cosas, y las flores en su lugar:

—¡Ah, son de la Gúmer...! Bien quería reconocer el canasto... —y mientras, la ayudaba a recoger los ramitos de violetas y jazmines, le soltó al oído con la boca perfumada de sen-sen— ¿No sabe si traería la Gúmer "iguanita del mar"...?

—No dijo nada. Dejó el canasto, y yo me quedé cuidándoselo, y culpa del aire se me cayeron las flores que, Dios se lo pague, usted me ayudó a recogerlas.

—Pero tampoco trajo claveles. Si vuelve, dígale que no me trajo ni mi clavel ni mi "iguanita del mar".

La mulata, sin darse por entendida de lo que aquel vicioso infeliz le pedía, cortó en seco:

—Cuando vuelva se lo diré...

—¿Iría lejos?

—No sé...

—O si no, dígale que me busque aquí en el Granada. Voy a estar por el bar o por el pasillo que da al mingitorio.

La Anastasia se acomodó a la orilla del andén para hacer tiempo.

—¡Del agua mansa, líbranos, Señor...! —se dijo, hablando con los ramitos de jazmines que le recordaban bodas, primeras comuniones y muertes. Las violetas no le recordaban nada. Olor..., olor a un perfume que tuvo un su fulano prieto que apestaba a buitre. —Del agua mansa..., esta Gumersindita que parece una dama de compañía, además de conseguidora, comercia con "iguanita del mar". Por lo verde la deben llamar así, o porque las iguanas respiran y parece que estuvieran fumando mariguana, rociadas de chispitas, babosas y frutales. ¡Qué mala gente!

¡Comerciar hasta con "iguanita del mar" cuando lo que saca de las flores le da para vivir, de las flores y de las mujeres! Prueba, el negociazo que hizo la otra noche. Uno de los jefes, el que más galones tenía, dispuso comer ramitos de flores para que se le fuera el aliento de briago. Veintitrés ramitos se mascó, uno tras otro. Estaba que no podía tenerse en pie de la papalina y comía flores para que su novia no le conociera, por el huelgo, que no era huelgo, sino estocada, que había bebido más de la cuenta. "¡Déjese de novia, yo le tengo una buena muchacha...!" le respiraba encima la Niña Gúmer, acercándole el canasto lo más posible para que siguiera alimentándose de claveles, jazmines, violetas. Pero el jefe se quedó dormido, sin oír las ofertas, después del banquete de flores. Uno de sus compañeros, pelo color de zanahoria, celebraba el florido atracón a carcajada limpia, aplaudiendo, pataleando, dando puñetazos en las mesas, y solo cuando estuvo extenuado de tanto reír, patalear y golpear con los puños, pagó a la vendedora el gasto de vitaminas perfumadas que su jefe devolvía en vómito de pétalos.

La mulata se rascó la cabeza. Pensar come por dentro. Y se levantó nalgueándose el trasero helado a dos manos, para botarse el frío y el polvo del andén. Entre recordar, cuidar el canasto y asomar a la puerta a ver qué pasaba con el sobrino, cupo una desperezada y un bostezo que le hizo decir con la voz aflautada:

—¡Ya se están mamando otra vez los gringos!

Se asustó. En el silencio de la madrugada se oyó tan recio. Volvió a mirar a todos lados. Nadie. La calle desierta. Los choferes dormidos en sus autos, como indios muertos encerrados en urnas de cristal. Los policías andando como sonámbulos. Capa amarilla y una toalla envuelta al cuello.

La Niña Gúmer vino, recogió el canasto y se hizo noche, sin decirle adiós. Mal agradecida. Tal vez no la vio. Aunque estuvo mejor. Era hacerse de delito cuidar el canasto en que quizás había "iguanita del mar" entre tanta flor de olor. Lo malo es que se fue y no le dejó lo que le tenía reofrecido. Por eso, sin duda, se hizo la desentendida. Unas píldoras de valerianato de quinina contra la calentura y los fríos le volvió el paludismo de resultas de un aguacero que les cayó no hace mucho. ¿Un aguacero? Un diluvio. Llegó con el sobrino a la casa como nadando bajo el agua.

En el bar seguía el forcejeo obsequioso de los amigos que se brindaban tragos y más tragos, amigos y conocidos, y que terminaban bebiéndose los tragos de los otros cuando tocaban a rebato. Y más adentro, en el salón de baile, la rocola incansable. Una música intestinal salida del vientre iluminado del gran aparato de colores chillones, excremento resonante con todos los filos del chirrido, acompañaba el zangoloteo de las parejas que bailaban *cheek to cheek*. Los gringos no dejaban mujer sentada, ventaja inconmensurable para las poco agraciadas que no siempre encontraban en otras fiestas y reuniones de confianza quién las sacará a bailar. Aquí bailaba todo el mundo: viejas, jóvenes, bonitas, feas, y en bailando, aunque las llamaran "gringueras".

Las menos diestras en los *boogie-woggie* terminaban descuartizadas. A cada baile frenético, escabullíanse al interior. Se bebe mucho líquido tomando el *whisky* con agua, y luego que la vejiga se mueve de lo lindo con esos bailes modernos. La vejiga y todo lo que queda cerca. Por eso, tal vez y sin tal vez, son tal deli..., los *boogies*, más deli..., que los *blues*, por ejemplo..., aunque los *blues* también son deli... ¡Sí, sí..., (todo esto se hablaba en la *toilette* de señoras), los *blues* son más deli..., que los *boogies*, porque son más deli... cados, en eso estamos de acuerdo, pero que los *boogies*, son más deli..., que los *blues*, tampoco se puede negar, porque son más deli... ciosos...

—¡Cuánto arrejuntaste, sobrino, cuánto...! —exclamó la Anastasia al salir el chico con la mano en el sombrero lleno de monedas. —Te fue mejor que a la parienta, la noche aquella que el *mister* dispuso comerle las flores...

—¿Parienta? ¿Qué es nuestro, tía?

—Ser, no es nada, pero como es pobre es de la familia.

Sábados y domingos se arrinconaba la rocola. *Jazz-band* y marimba electrizaban las horas de esas noches de mayor concurrencia. La marimba en el suelo, como serpiente con patas, y el *jazz* arriba en un medio coro de iglesia, altura desde donde, bajo el dedo convertido en batuta de un mofletudo serafín de pelo color de fósforo, que actuaba como director de aquella nueva sublevación geológica, cuerdas, maderas y metales ensordecían el ambiente con todos los ruidos y silencios del comienzo del mundo, desde la percusión de las piedras hasta el vagido de la marea que hace pausa antes de reventar. Entre la hecatombe de la formación y las frustraciones de las sonoras islas, la mudez del silúrico profundo que el *jazz* repite, fragmenta, acompasa, convierte en frenesí, estertor, tempestad, estridencia cortados de golpe, sustituidos de golpe por abismos de silencio tan profundo, que se necesitarán nuevos y más brutales y más furiosos choques de moléculas de metal: ardiendo, de maderas tremantes, de pellejos de bestias calcinadas por la vibración, para lograr el pleno sonido, el máximo clamor de las materias doloridas y gozosas, solo que una vez conseguido, súbitamente callara todo, todo el tiempo de un compás abismal que más pronto yugulará la tempestad del *jazz* en nuevas y furiosas combinaciones.

Las dos de la mañana. Faltaban mesas. Más mesas. Faltaban sillas. Más sillas. Más mesas. Más sillas. La pista de baile se reducía. Más mesas. Más sillas. Más sillas. Cada vez menos pista. Cada vez más parejas. No bailaban. Se movían en rededor de un mismo lugar, apretujadas, incrustadas, entre el sueño de la ebriedad y el humo de los cigarrillos, besándose, hablándose, lamiéndose como las primeras criaturas en medio de las conflagraciones del origen del mundo, de las que el *jazz* era imagen. No bailaban. No se movían. No hablaban. Se daban los huelgos de seres tiernos, nebulosa humana vulnerable en medio del furioso desbordamiento de las materias ígneas de los saxofones, de los platillos lunares chocando, del retumbo de los timbales, del zumbido de las cuerdas, de los panzazos del piano, del traqueteo de los senos telegráficos de las maracas, todo anterior al silencio que también es el *jazz*.

Aplausos, gritos, voces, risas... ¡Más *whisky*! ¿Más soda! ¡Más *gin*! ¡Coñac! ¡Ron! ¡Otras cervezas! ¡Champán...!.

La sala a media luz; ¿*Blue* o tango? Tango... Los bandoneones se abren del tamaño de la pampa..., pampa argentina, pampa que cabe en los brazos... Y después del tango, un bolero.

La concurrencia coreaba cuando sabía la letrina, como llamaba un poeta local a la letra de los boleros.

Y después de la orquesta, al terminar el bolero, seguía la marimba; Tres compases largos, lentos, a cargo del que tocaba los bajos:

¡Pon...! ¡Pon...! ¡Pon...!

Don Nepo Rojas, como le llamaban en su casa, en el trabajo, en todas partes, acortando aquel Juan Nepomuceno Rojas Contreras, con que lo bautizaron, al oír aquellos tres graves trémolos subir de la profundidad a la superficie del maderamen sonoro, bendecía las tres de la mañana. Lindo vals. El final de la tarea.

En sus dominios todo estaba listo para apagar la luz y marcharse: la basura en los toneles alineados a lo largo de un tabique construido con tablas de cajones de mercaderías. Como herrar bestias herraban estos cajones misteriosos nombres (Calcuta, Liverpool, Amsterdam, Hong-kong, Shangai, San Francisco...), y bajo la capa, sobre una banca del zagüancito por donde salían los empleados, la bolsa con desperdicios de comida, los mejores para su casa, los otros, para la Anastasia. A la mulata lo que más le gustaba eran las salchichas, la gallina o huesos de gallina con arroz, los desechos de los *hamburgs* picantes, las papas fritas y la mayonesa. De todo iba, hasta pasteles medios mordidos para el sobrino mocoso.

Al iniciarse el vals, después de los tres primeros compases, con todas las teclas de la marimba vibrando, la concurrencia coreaba:

—¡Son las tres de la mañana...!

Y la Anastasia repetía:

—¡Ya se están mamando otra vez los gringos!

Nadie lo oía, ni ella misma con el hambre que le zumbaba como panal en los oídos, ni el sobrino dormido en el quicio de la puerta vecina, la cabeza sobre el bracito que le servía de almohada, carne y harapos, la cara tapada con el sombrero de recoger las limosnas, los pies de cáscara de fruta, negra la planta de andar descalzo.

Sin perder tiempo, al oír el vals, John se levantó a bailar con una criollita modosa, con más películas en la cabeza que las bodegas de la Metro y pronto se perdieron entre las parejas que bailaban cantando: "Son las tres de la mañana...", cada vez que coincidía con la música.

John bailaba mecánicamente, un suave ruido de hélice de avión le zumbaba en las narices, bailaba por bailar, y la criollita por hacer la conquista, no porque le faltaran enamorados, tenía por cientos las docenas, sino por la novedad y porque se parecía a su soñadísimo.

Por momentos, John sentía la criollita apretarse lo más que podía a su flemática persona, mientras esta, sin pensar en el ser físico que llevaba enfrente, entornaba los ojos y acariciaba con las pestañas el encanto de sentirse en brazos de su John, el de la pantalla. Su cabellera negra, partida en dos cascadas de azabache, seguía los compases del vals, como un péndulo que marcaba también las tres de la mañana sobre sus finos hombros. Se curvaba lo más que podía. Frotar la comba de su fino vientre a la hebilla del cinturón militar de John. La hebilla con la estrella dorada de los aviadores. En la última película, su John hacía el papel de soldado herido en el frente de batalla. ¡Tan redivino que estaba…!

—¡Tan rediviva la guerra…! —dijo, y su compañero, el John de carne y hueso, sin esperar a que terminara el vals, ya interminable, se detuvo frente a su mesa y apuró su vaso de *whisky*.

—¡John...! ¡John...! —trataba la criollita de contenerlo, pues tras apurar su vaso de *whisky*, se bebía los *whiskies* de las otras mesas.

La guerra..., la guerra..., del otro lado de la noche de pestañas tropicales, la guerra...

Un bolo... [8]

—¡Bolo,[8] porque soy del país..., si fuera extranjero sería ebrio! —salió diciendo un cincuentón. Llevaba el sombrero hasta las orejas para no perderlo y una botella en la mano para no perder la que llevaba... ¿la botella...?, no, la que llevaba en él, no en la botella...

—¡Serían las dos..., serían las tres..., cuatro, cinco, seis de la mañana...! —cantaba. —¡Serían las dos..., serían las tres..., cuatro, cinco...!

Se le fue la voz. Una mujer estaba que ya mataba a un chico.

—¿En quién..., en quién te hizo tu padre...? ¿En quién..., en quién..., me vas a decir en quién...? ¡A mí! ¡A mí! ¡A mí me lo vas a decir! ¡Pedazo de lépero! ¡Deslenguado! ¡Desacreditador...!

El sobrino fue sacado del sueño por la Anastasia que lo tenía de una oreja y lo levantaba en vilo. Sin saber bien lo que pasaba, dando gritos, los labios en un temblor, se le mojaban los ojos con la pasta del sueño enlagrimado, mientras aquella, enloquecida de ira, solo miraba en el infeliz chiquillo al ingrato enemigo encubierto que la traicionaba.

El borracho se acercó a quererle decir:

—¡No sea bestia, cómo le pega a esa criatura...!

Pero todo se le fue en babas y eructaderas.

—¡Ya me contó, ya me contó el señor Nepo —seguía la Anastasia— que de gracia agarraste desacreditar a tu tía, para sacarle pisto [5] a esas porquerías de la suciedad..., sí, sí..., de la suciedad, porque esos no son sociedad, sino suciedad...! ¡Prestarte por unos centavos para que se rían de nosotros...! ¡Pero me lo vas a repetir aquí que tu padre te hizo en una tu tía...! ¡Aquí estoy para oírte, para eso

[8] bolo: borracho, ebrio.

estoy aquí.., decí..., decí..., decílo ante mí..., en mi cara...,
no por detrás..., bandido!

El chico logró desasirse de las uñas de la mulata que lo
hamaqueaba de la oreja, no sin dejarle en los dedos un puño
de pelo, le arrancó hasta el cuero cabelludo, ciega de rabia,
vociferante, mientras el ebrio, tras empinarse la botella, para
no perder la consabida, siguió calle abajo cantando:

—¡Serían las dos..., serían las tres..., cuatro..., cinco..., seis...!

Los que tocaban la marimba, curvas las espaldas de
cansancio, enguantadas las manos de sudor, el pelo en
desorden sobre la frente, seguían tocando —tres veces
hicieron repetir el vals— cuando la Anastasia se asomó a
la puerta:

—¡Ja!, ¡ja!, ¡ja...! El vals... ¡Ja!, ¡ja!, ¡ja...! Las tres de la
mañana... ¡Ja!, ¡ja!, ¡ja...! Me hizo en una mi tía... ¡Ja!, ¡ja...!
¡Ya se están mamando otra vez los gringos...!

II

El señor Juan Nepo Rojas volvía de su trabajo en bicicleta, la mitad del año como hoy, entre la noche con estrellas y el alba calurosa, y la otra mitad cubierto por una capa que apenas le defendía de los aguaceros, la cara bañada por goterones de llanto dulce y la rueda delantera levantando abanicos de cristales al hendir las calles convertidas en ríos navegables. En verano y aun en invierno, la bicicleta rodaba sin esfuerzo del trabajo a su casa por el terreno que descendía de la parte alta de la ciudad, la Plaza de Armas y el centro comercial, a los niveles del valle hondo, valle de tierra de árbol, humedad de baldío y gente con su pasar y su trabajo, y se lo explicará o no física o milagrosamente, ser transportado por la inercia, el más silencioso de los motores, seguía siendo para el señor Nepo, un misterio, un enigma que se repetía todos los días de madrugada y que era como la devolución de lo que él pagaba también todos los días en las últimas horas de la tarde, cuando trepaba de por donde vivía hacia el Granada a golpe de pedal, hasta llegar que ya no tenía alientos, ni corazón, ni saliva, ni piernas. Pero iba de su casa, salía fresco y, como él decía: la gozaba sufriendo. Lo terrible hubiera sido pedalear en subida al salir del trabajo, después de horas y horas de estar en pie, muerto de fatiga y de sueño. Allí era donde el señor Nepo veía patente la mano de Dios. El poder regresar, después de la penosa faena nocturna, en la bicicleta que se deslizaba como por un tobogán, los pies en los pedales, sin moverlos, como no fuera sosteniéndolos hacia atrás para contener el avance de las ruedas que lo asomaban a ese otro mundo misterioso de la velocidad, cuando, tentado y atrevido, en lugar de frenar la bicicleta, le daba por pedalear, por imprimirle más impulso, presa de una embriaguez desconocida, de una delicia que lo extenuaba, como si el vulgar deslizamiento del cuerpo, le gastara el alma.

Perros despiertos, luces fofas, bultos humanos...

Se le escapó el pedal que se le escapaba siempre, el derecho, y en seguida el otro, pero el gastado era el derecho, tendría que hacerlo cambiar, y no le quedó sino timonear para no estrellarse, iba por la bajada de Santa Rosa, acababa de dejar el templo atrás, timonear a ciegas en la poca luz del amanecer, poco era su faro y escandalosa la campanilla en que llevaba el dedo pulgar como en un gatillo, disparando timbrazos para que se apartara el cristiano o semoviente que fuera por la calle a esas horas, todo mientras recobraba el control de los pedales que giraban a la alta velocidad de las ruedas o lograba encajar, como rozadera, la punta del zapato en el tenedor, hasta alcanzar la llanta de la rueda delantera.

Lo logró y tan a tiempo que un instante más y se estrella contra un camión que se desplazaba velozmente con todas las luces de sus faros encendidas. Lo que dura un parpadeo fue el cruzar de su pequeñez y la inmensidad en toneladas. Pero se le fue otra vez el pedal, el derecho. Echó el cuerpo de ese lado para alcanzarlo y apoyarse mejor, aunque ya por el Teatro Colón, la bicicleta dejaba de ser aquel milagro rodante y necesitaba de su impulso.

—¡Paciencia... —se decía—, paciencia, piojo, que la noche es larga! — y pedaleaba, sin mayor esfuerzo, porque de allí, hasta su casa, se advertía el suave descenso de la calle que después del templo de San José se acentuaba a tal punto que volvía a dormirse sobre sus timones, envuelto, ya para llegar a la Parroquia Vieja, en un agradecimiento infinito hacia Dios que le proporcionaba el regalo de ser transportado, como en sueños, después de su penoso trabajo nocturno.

Y ante estos sentimientos: lo práctico que le resultaba la bicicleta y lo bueno que era Dios, daba por bien perdida su respetabilidad. Qué le importaba que dijeran sus vecinos que no era serio que una persona de su edad anduviera en bicicleta y él no andaba, si por tal se entiende pasear, como los jóvenes que le ponen al domingo las dos ruedas y se van de novia en el timón, él lo hacía exponiéndose a quebrarse el bautismo y a perder su aplomo de gente mayor, porque no tenía en la madrugada otro medio de volver a su casa.

El cochino pedal se le escapó de nuevo y logró pescarlo a la desesperada, al enfrentar por la avenida de Chinautla, frente a la fonda El Reloj, una flota de camiones gigantes que al desplazarse hacían temblar las casas. Se chupó el frío mocoso de sus bigotes. La luz lo cegaba. La luz entera de los faros. Y se le estremecieron las entrañas, al pasar raspando las ruedas inmensas como mundos y los motorones tremantes. Pedaleó, pedaleó furiosamente. Le convenía dejar pronto la ruta recién construida para al acarreo de los materiales, piedra y cemento, de La Pedrera, el aeródromo en que se estaban construyendo las nuevas pistas de aterrizaje. Y lo único que le faltaba, ya no solo el pedal, sino un calambre. Se afirmó en la bicicleta como pudo. Los camiones pasaban uno tras otro, uno tras otro. Se subió a la acera, la acera de unas casitas que temblaban, como en agonía, sacudidas del cimiento a las tejas por el paso rodante de aquella tropa de mastodontes de acero. Un nudo, un nudo ciego en el camote. Soltó el timón. La bicicleta se fue al suelo. Con las dos manos apretábase la pantorrilla el señor Nepo. Un despertador sonaba en alguna casa. Se extinguían las luces del alumbrado público. El día. Una fresca blancura sin color. Los colores empegarían cuando él apartara para su casa, por las caleras del Norte. El perla empapado en rosa, en rosa amarillo, en oro naranja, en un amoroso lila de humo y no humo, y en la vehemencia del azul nuevo.

Nepo Rojas entraba en sus dominios ya de día, entre el desvelo y el sueño, devolviendo los saludos a los carreteros que le echaban los "buenos días, señor Nepo", a gritos, desde los corrales, donde los dormilones amarraban los yugos a las cornamentas de los bueyes, los tempraneros pegaban las yuntas a las carretas y los de fijo madrugadores ya iban de salida hacia las caleras a cargar, seguidos de los perros y el canto de los gallos.

—¡Ese gallito es el de la señora Pola...! —distinguía don Nepo— ¡Y ese otro, ese que se sintió afectado y le contestó, es el gallo ronco del español! No sé quién cuenta que la Pola y el español se entienden y se comunican sus cuitas a través del canto matinal de sus gallos. Y el gallito ese..., qué feo canta..., puro silbato de tren..., es el de mi nieto... Ya le dije yo que no era fino..., la pluma la tiene buena, pero le está creciendo en vicio el espolón y o lo cambia por otro que sea bravo para la pelea, o nos lo comemos en chicha el día de San Damián que es su santo.

El nieto lo esperaba, cuando no tenía que salir con su carreta de mucha madrugada, por quedarle lejos la entrega. Al muchacho, hueso y pellejo, pero macizo, le daba gusto ver al abuelo con tantos años, como diz que tenía, rayar el alba con su bicicleta, como si fuera jovencito. El viejo se apeaba por el pedal o al salto para más lujo, fiando los ojos cristalizados por la edad y el desvelo a la mirada dulce de su nieto, mientras este se acercaba a tomar la bicicleta por los cuernos, que tal parecían los extremos calientes del timón, y en dejándola en su lugar, volvía a servirle, en taza de bola, el café negro, espeso e hirviendo, que era como le satisfacía.

Al señor Nepo le gustaba hacer sopas. Echar el pan en el café y comérselo con los dedos, que se chupeteaba con bigotes y todo.

—¡Lo que a uno le cuadra..., ¿verdad, Damiancito?, y no como en ese lugar de mi trabajo, donde todos, hasta los pinches, se hartan con cubiertos! ¡Igualados, no saben lo que se pierden con tantos tenedores, cuchillos, cucharas y cucharitas...; con la yema de los dedos empieza a sentírsele el sabor a la comida!

Y, mientras desayunaba, que dos panes, que tres panes, que pan desabrido, que pan dulce, lo que se conseguía, pensaba en lo que más le tenía que agradecer a Dios: el café con pan de la mañana, sin el enemigo en casa, es decir, sin mujer, en paz, sin guerra de mujer, que es la peor de las guerras. En su casa, desde que finaron su esposa y su hija, madre de Damiancito, no entraban faldas; mientras desayunaba echaba la lengua a retoñar, dado que en el trabajo no se hablaba con nadie, fuera de las cosas de educación y del oficio, y de día, solo que hubiera hablado dormido.

—Los perros mueven la cola del gusto, nosotros los cristianos movemos la lengua, que es la cola del como sieso de chucho que tenemos en la campanilla...

—¿Le siguió molestando el pedal? —interrogó el nieto,

—Sí, Damiancito, y de esto te quería yo hablar, así es que hiciste bien en recordármelo. Está muy gastado y es mejor que lo cambien.

—Al solo regresar de mi entrega, vale que por aquí cerca voy a ir a dejar unas doce arrobas de cal, se la llevo a que lo cambien.

—Si por acaso estuviera dormido, cuando regresés acordate que es el pedal del lado derecho.

—Que revisen los dos, pues cada vez está más peligroso el camino con ese mundo de camiones que no descansan ni de día ni de noche. ¡Hombres para ser bastos! Y es que creo que en las pistas le están metiendo tupido. Y ahora, acuéstese, que tenga buenos días... —y al decir así, Damiancito se quitó el sombrero, cruzó los brazos y le hizo una tímida reverencia.

—Que para mí son buenas noches, hijo, porque es a la hora en que vos salís al trabajo que yo le encuentro acomodo al cuerpo. ¡Sea por Dios!

—Pero desvístase, quítese la ropa, los zapatos, no se descansa si uno no se quita los trapos, y es feo dormirse vestido; solo los muertos o los fondeados.

Y al día siguiente, de regreso de su trabajo, don Nepo no hacía sino ensayar los pedales, que, gracias a Damiancito, habían quedado como nuevos. Soltaba la bicicleta la dejaba cobrar velocidad, lo hizo bajando por el Mercado Central, y luego la frenaba poco a poco, gozoso de que le obedeciera aquel engranaje misterioso, que era como de dientes, de dentaduras que se mordían dentro, para no dejar que naciera la velocidad. En una de tantas, frenó de golpe y casi se fue de boca, salióse del asiento, el timón le dio en el pecho.

No amanecía. Esa sensación angustiosa de que se va a quedar la noche. Las estrellas sin palidecer, cada vez más brillantes, y el cielo hondo. La luz eléctrica más oscurecía que alumbraba. Cruzó por entre los grupos de marchantes y bestias cargadas que al paso o al trote subían hacia el mercado y por entre barrenderos que pasaban de la nube de polvo a la neblina y de la neblina a la realidad, y más adelante empezó a cruzarse con los camiones del *Army*. La luz de sus faros, flatulenta a la distancia, cobraba de pronto color de miel de membrillo, para en seguida abrirse en circulares relámpagos de ámbar. Cada camión era un peligro de muerte y era apenas un parpadeo el que duraba el cruce de la mole rodante y su insignificancia ciclística, defendida por la sensibilidad del pedal para echar breque y por el timón que burlaba como jugando las embestidas de los gigantes demoledores. La única amenaza latente era el calambre. Ese trenzársele de los músculos de la pantorrilla en forma tal que tenía que soltar la bicicleta y echarse al suelo, parado, cuando alcanzaba pie, y si no, como cayera. Y por eso solo se sentía seguro cuando apartaba para su casa por el camino de las Galeras del Norte, dejando a la derecha, entre llanos, árboles y caseríos, la autopista de concreto utilizada en el transporte de los materiales para ampliar el aeródromo, autopista paralela a un ramal de ferrocarril por donde corrían trenes cargados de petróleo y explosivos. El aire lo favorecía. Soplaba viento sur. Era tan material sentir que lo empujaba. Casi todo el viaje sin pedalear. No amanecía. El temor de que la noche se quedara. ¿Quién garantiza el día? ¿Por qué no puede empezar en una noche la tiniebla para siempre? Abajo, a la distancia, por la autopista, los faros de los enormes camiones militares barrían la sombra, escobazos que aprovechaba el día cegatón para instalar sus neblinas fragantes sobre el silencio de la tierra. Camiones y trenes se movían como en campo de batalla, sin que faltaran para aumentar el desasosiego del vecindario, las incesantes detonaciones de las cargas de dinamita. Más camiones. Más trenes. Cerros de piedra que volaban en pedazos. Pronto estaría en su casuchita, con Damiancito, su nieto, al abrigo de aquel maremágnum, palabra que empleaba, porque se la tenía oída al español de las vacas extranjeras.

Le apuraba llegar a su casa por ver a su nieto, tomar café caliente y echar el cuerpo en algún lado. Lo de dormir se volvió cuento con tanto ruido extraño a la vida vegetal de aquellos sitios, donde el silencio majestuoso que bajaba de las montañas cubiertas de encinales o peladas por erosiones que parecían lastimaduras de bestia matada, sufría sacudidas de muerte con el profundo palpitar de los motores a lo largo de la autopista, los pitazos de los trenes, el enganche y desenganche de los vagones vacíos o cargados, y arriba, en La Pedrera, el resonar trepidante de los barrenos, los golpes secos y brutales de los martillos mecánicos, y el interminable rumor a cascada de la piedra triturada que caía de los andariveles a la boca de inmensos embudos.

La cañada se hacía honda, parpadeante de mariposas, y el camino se doblaba en cerrado codo en un puente de la época de los españoles, puente imperial, por el escudo en piedra que ostentaba. Despertaba de su sueño de siglos en medio de aquella baraúnda guerrera, apocalíptica, entre automóviles con ruedas de oruga y hombres fantasmas, guantes, anteojos, overoles, que tendían cables eléctricos de alta potencia, en torres plateadas provistas de verdes ojos de gusano, que no otra cosa semejaban los aisladores de vidrio, en los que los cables quedaban fijos y distantes.

Un perro asomó ladrando después del puente, se lanzó contra la rueda delantera. Don Nepo pasó sin darle importancia —que ladre, se dijo, que cumpla con su deber— pero hubo que usar pedal y timón con suma maestría, para escurrir el cuerpo y la bicicleta entre un paredón de peñas y un carruaje destartalado que tiraba un caballo de mala muerte. No pudo ser casual. Intencionalmente se lo echó encima el español de las vacas extranjeras, envejecido al servicio de una familia de abolengo, y ahora, desde que tenía una finquita, con aires de liberto. Sixto Pascual y Estribo, aunque este último apellido se lo soltaban como apodo, por el honor que le hacía, pues decían que en todo y en todas partes, para lo único que servía era para meter la pata.

Y no solo por poco lo atropella, sino apenas le contestó el saludo. Por una parte mejor. Otras veces se detenía a echar el párrafo, mientras alineaba un gusanito de tabaco picado en la canaleta que del pulgar al índice de su mano izquierda formaba una minúscula hoja de papel de arroz, para luego enrollar, ensalivar el borde con la punta de la lengua y hecho el cigarrillo, llevárselo a los labios enjutos, azulosos por el bigote rasurado, encenderlo con un yesquero y una mecha, y ponerse a echar humo, humo y palabras, sin importarle los bostezos de don Nepo, vacíos gritos de sueño y de cansancio, que más que bostezos eran aullidos. Nada. Entre gargajos y carajos, la gárgara de los grandes títulos de sus señores amos y sus pequeñas rivalidades por cuestiones de dinero.

El señor Nepo Rojas le llevaba la contra, no de mañana en el camino pues apenas le quedaban fuerzas para llegar a su casa y solo por educación se apeaba de la bicicleta a escucharlo. Le contradecía los domingos y días festivos en la fonda de la Consunsino, la Marcos Consunsino, donde se juntaban después de misa, a beber cerveza y comer panes con curtido. A eso de las once encontrábanse domingos y días de guardar, el arrugado peninsular desarrugándose el pellejo, se estiraba y se estiraba la cara, se estiraba el pescuezo, y Nepomuceno, desarrugándose el traje que de tenerlo guardado se mascaba en el cofre. El gusto, el placer, la fiesta dominical del castellano era desarrugarse y tardaba en desarrugarse todo el domingo. Entre semana no tenía tiempo y debía estar en pleno uso de sus arrugas furiosas que imponían respeto a los peones, y de sus arrugas amables, redes con las que atrapaba la voluntad de sus patrones.

A los saludos de don Nepo, respondía invariablemente:

—¡Desarrugándome, amigo, desarrugándome..., este pellejo de prepucio que Dios me dio en la cara!

Pero esta vez no se detuvo en el camino a echar el párrafo. Por adiós un gruñido al estrechar el carruaje contra el paredón. Don Nepo pedaleó lo más rápido que pudo, si no lo deja estampado en la peña como calcomanía y hasta después, pasado el susto, se dio cuenta de que el español se estaba cobrando de lo mal parado que salió de la última discusión que tuvieron, discusión que no degeneró en reyerta porque intervino a tiempo la Consunsino, la Marcos Consunsino.

¡Ni los reyes eran de origen divino, ni los toreros eran héroes ni sus amos, por nobles que fueran, eran santos...!

Fue lo que casi le hizo estallar y de lo que se estaba vengando. Sudaba calentura de una hija de sus patrones, nobles de España, casada con un enriquecido plantador de bananos, venido a pobre empleado con ínfulas de la gran compañía. Un hijo de aquellos que heredaron en la costa sur, la fortuna del famoso Cosi.

¿Qué era lo que enfurecía al peninsular? ¿Que uno de los nietos de sus ilustres y rancísimos amos se llamara Lester Cojubul (no Keijebul) Sotomayor, de los Sotomayores de cerca de Rodondela, provincia de Pontevedra, y de los Cojubules de todo eso de por allí por donde ahora él engordaba y ordeñaba sus vaquitas extranjeras?

—Sotomayor de los Sotomayor es de los duques, no de los marqueses —precisaba don Sixto, desarrugándose—; parad mientes, de los duques de Sotomayor, a los cuales Felipe V otorgó este título con la grandeza de España de primera clase, y no los marqueses a quienes Carlos II hizo nobles setenta y tantos años más tarde.

—¡Jujunnnnn! —acotaba Nepo Rojas y reía.

—¡No me gusta esa risa!

—¡No tengo otra, don Sixto!

—¡Pues reíd! El Papa dijo en su famosa bula que los americanos no erais bestias, porque os reíais...

—Y de esa bula viene el apellido Cojubul, para que usted vea...

—Raras heráldicas.

—Cojubul viene de cojón y bula..., fíjese bien, de cojón y bula..., de familia de criollos que se pasaron las bulas por los cojones...

No se agarraron porque intervino la Consunsino, la Marcos Consunsino.

El señor Nepo conocía a los Cojubul de años, desde cuando se tiraron a la costa pobres, pobres, con solo lo que tenían puesto, no tenían más, y a instancias de un tísico que había venido de aquellas tierras de fragua ponderando lo fácil que se ganaba en ellas. Bastiancito y la Gaudelia. Como si los estuviera viendo. Se fueron recomendados a un señor de apellido Lucero. Y en seguidita, casi pisándoles los talones, salieron los Ayuc Gaitán, hermanos de la Gaudelia. Al que Dios se la da San Pedro se la bendice. Nada hubiera hecho con sus siembritas, con eso nadie ha pasado de zope [9] a gavilán, pero heredaron la fortuna de uno de los accionistas más fuertes de la bananera, un tal Lester Mead, aunque su verdadero nombre era Lester Stoner, muerto con su esposa, Leland Foster, en el primer viento fuerte que pegó en el sur.

Todo esto lo sabía de memoria Pascual y Estribo: el origen telúrico de la familia Cojubul, la herencia fabulosa en acciones de la gran compañía, el trasplante de los herederos Cojubul y Ayuc Gaitán a los Estados Unidos, con sus esposas y sus hijos, y la pérdida de su fortuna al vender

---

[9] zope: apócope popular de zopilote o aura.

sus acciones de la Tropical Platanera S. A., a Geo Maker Thompson, pirata conocido con el nombre del Papa Verde, creyendo que el fallo en la cuestión de límites iba a darse a favor de la Frutamiel Company, descalabro de fortuna del que no se rehicieron sino a medias, al lograr colocar a sus hijos, como altos empleados de la compañía.

Lo que por segunda y última vez hizo rechinar los dientes en un como chisporroteo al arrugado don Sixto Pascual, que de pascuas solo el apellido tenía, y pasar del echar chispas con los ojos al escupir ralo, y del escupir al insultar, y del insultar a dar puñetazos en las mesas y puñetazos al aire, fue el nombre de la mulata Anastasia, a quien don Nepo, amigo de poner las cosas en su lugar, citaba como testigo de las barbaridades cometidas en la costa atlántica, para arrebatar las tierras a los campesinos y formar esas grandes plantaciones. Los arrojaban de sus chozas a punta de bayoneta y latigazos, al darse cuenta de que el oro mellaba su poder de corrupción en la voluntad de los que no querían deshacerse de lo suyo, suelo regado por el sudor de sus padres y lo único que tenían para sus hijos. Se puso oídos sordos a las protestas de las municipalidades, se legalizó el despojo con decretos inconstitucionales y se diezmó a los hijos del país, ahogándolos en el río Motagua o en el servicio militar, cuando empezaban a convertirse en rivales peligrosos para la producción de fruta.

—¡Nobleza obliga...! —Don Nepo tenía una voz de viento encerrado en un zanjón—. ¡Tanto marqués y tanto conde, para terminar toda la familia y hasta el criado, de rodillas ante la platanera...!

—¡Que no os lo permito, Rojas!

—¡Con un nieto evangelista y cuarterón! —remató don Nepo entre risas y pelos.

Por segunda vez intervino la Consunsino, la Marcos Consunsino, pues iban a golpearse, cada cual con el mueble que le quedó más a mano, enfurecido el español y a la defensiva don Nepo, aquel con una silla, y este con un banco de tres patas.

Y no volvieron a verse hasta ahora que se encontraron.

Un gruñido rencoroso saltó de todos los pliegues de su cara alforzada y del frenillo, su más íntima arruga bajo la lengua y fue patente su intención de atropellarlo con el carruaje, al reducir el espacio para prensarlo entre el paredón de peñas y la rueda trasera, tan patente que don Nepo Rojas apenas tuvo tiempo de escurrir el bulto.

En el último trepón, ya para subir a su casa, la bicicleta se transformaba en un mamotreto tan pesado que parecía otro vehículo, no el mismo que rodaba con él hace un momento por las calles céntricas, como exhalación de sueño.

Y después del trepón, el patiecito que seguía a la puerta tranquera. Por lo visto no estaba su nieto. Timoneó a la izquierda para ir a dejar el "caballo de ruedas" a una galera de aparejos, frenos, piales de uncir, yugos, tecomates,[10] costales, zaleas y un arado viejo. Se apeó a la entrada de la galera tiesas las piernas acalambradas, jadeante, sudoroso e impulsó la bicicleta que siguió rodando ya sola hasta detenerse en su rincón. Su nieto se la recibía pero cuando no estaba la "cicle" tenía suficiente entendimiento para irse a colocar donde le tocaba... Entendimiento y buen corazón, se dijo mientras se desataba el pañuelo anudado al pescuezo y con el pañuelo enjugábase el sudor de la frente... Entendimiento y buen corazón... El buen corazón de no dejarlo a pie en las madrugadas y el entendimiento de identificarse como una segunda naturaleza con su instinto de conservación al sortear el paso estelar de los camiones que a esa hora del alba, viajando con todos los faros encendidos, eran como astros que cambiaban de lugar, y al evitarle el peligro de estrellarse con un poste o atropellar a un peatón, cuando volvía de su trabajo nocturno, un poco atontado por el cansancio y ciego de sueño, con las pestañas llovidas sobre los párpados como mechas de sauces llorones. No en otras condiciones salía, el cuerpo cortado, bascoso, adolorido de

---

[10] tecomate: calabaza de cuello estrecho y corteza dura con la que se hacen vasijas.

las coyunturas, sin más apoyo que su bicicleta a enfrentar un mundo en que la luz era todavía sombra y la sombra comenzaba a ser luz, claror de clara de huevo, mundo en que las casas y los árboles vagaban, la ciudad entera vagaba en el espacio del duermevela a ras del suelo, desprendida de la realidad, como una emanación de ella misma, emanación hedionda, tufo de un cuero de res estacado por los cantos de los gallos.

Se frotó el pañuelo tras las orejas, por la nuca, sin dejar de experimentar por su bicicleta el conmovido agradecimiento del jinete por el caballo y ahora con mayor razón: le había salvado de quién sabe qué golpes y heridas al permitirle escapársele al don Sixto, cuya negra intención fue hacerlo cisco, polvo, dejarlo allí mismo tendido. Pero le soltó unas cuantas de su repertorio, aparte de gritarle; ¡Salvaje...! ¡Bestia...! ¡Animal...!

Se paró junto a la cama. Un catre de tijera con un petate, almohada, sábanas y tujas.[11] Por debajo de la puerta, que al entrar entornó de golpe; furioso, y por las rendijas del techo, se colaba la luz de la mañana, blanca, calcinante, esa luz que en los hornos de las caleras se convertía en cal viva. No se acostó. Un trago. Eso. Con una copa de..., cualquier cosa, en siendo fuerte, le pasaría el susto y el disgusto. Buscó en un medio aparadorcito, tras los cofres, igual que mono en la penumbra, porque se iba desvistiendo al mismo tiempo, y toda la pelambre lucía fuera. No había. Botellas de vino dulce, otras de licores de sabor, otras de cerveza, todas vacías, con mal olor de corcho en sus redondas bocas que fueron apetecibles y las que ahora don Nepo se acercaba al ojo, no a los labios, en su apremioso deseo de beberse un trago, en busca de contenido. Mal olor a corcho podrido y peor olor de polvo que se embriagó y se durmió en el fondo convertido en inútil eternidad. Y entre las botellas y basuras, un corcho de champán... (el de la botella que, por ser galana, su nieto

---

[11] tuja: poncho.

utilizó para guardar miel), ja, ja, ja... Para champán estaba él..., para todo, menos para reírse, porque no hubiera sido cosa de risa sino de agarrarse a mordidas... Que se riera, que se riera el que solo servía para meter la pata, por algo se llamaba Estribo, viejo maldito, esquinudo, maldito... Que riera con sus dos dentaduras postizas que le sonaban a cuatro herraduras de caballo de tan malísimamente mal que le quedaban... Un corcho de champán... Lo bien que le caería un traguito... Pero no de champán... Eso es para las fiestas..., de puro aguardiente, de puritita cususa,[12] de algo que le raspara el garguero igual que papel de lija, sí, sí, que le raspara todo por dentro, hasta hacerle olvidar que tenía pecho y entrañas.

Ardor, ardor necesitaba, más que trago. Ardor en el garguero y el estómago. ¡Tonto! Pero si su bicicleta estaba allí, ¿qué esperaba para volverse a vestir y pedalear hasta donde la Consunsino? Imposible. Le había jurado no poner más los pies en su expendio. ¿Prometido...? Cuando se tiene necesidad de un aguardiente no hay juramentos que valgan. Y necesidad de contar..., eso, eso, ardor de trago fuerte, no para olvidar, como dice el común de los mortales, esas son babosadas, sino para quemarse la rabia, la cólera, el disgusto, la contrariedad, todo lo que sentía; y darle movimiento a la lengua, pues solo contando se le pasan a uno las cosas que lo ofenden, que le duelen; y tal vez se encontraba con su nieto en el camino, y también le despepitaba lo sucedido.

Se puso el pantalón, de pie. Era la prueba de que no estaba tan viejo. Una pierna, otra, enfúndeselo o enfullinóselo. La camisa, la chaqueta, los zapatos, sin las medias, a pie desnudo, qué fregado si era solo, para irse a beber un trago, buscó el sombrero, sacó la bicicleta, se montó casi al salto y... El maldito carruaje lo detuvo. Muy frente a la Consunsino, a la puerta del fondín. ¡Qué bonito, de celebración estaban! La fondera reiría de lo

---

[12] cususa: o también cushusha; (RAE) aguardiente de caña.

que el vejete le estaría contando, como si se tratara de una broma pesada, pues, al no lograr su objeto, que era, matarlo, diría que solo lo había hecho para que se asustara y dejara de hablar mal de los Cojubul y la Platanera, que solo beneficios acarrea al país.

No era cobarde, pero no entró por no verles las caras alegres y tener que pelear de nuevo. No valía la pena. Que lo siguieron celebrando. Se volvió. Lo cegaba el sol Pocas nubes. Mucho sol. Rugían los camiones a la distancia, pastaban las locomotoras su carbón con fuego de llama, y retumbaba la tierra a cada explosión de dinamita. Tal vez era el fin del mundo y mejor que lo agarrara en su catre.

III

—¡Rojas y Contreras nació de nuevo...! —entró diciendo don Sixto a la fonda de la Marcos Consunsino.

—¿Quién es ese? —indagó la fondera, sin ponerle mayor asunto al español, por atender a sus copas. Las secaba con el delantal y cuando eran de vidrio fino las frotaba hasta hacerlas llorar.

—¿Cómo quién?, Rojas tu vecino.

—¿Don Nepo?

—El mismo, mujer, el mismo. Es como cuando a mí me soltáis vosotros el Pascual y Estribo.

—No muy igual, que digamos, parque a usted, don Sixto, lo del Estribo le desespera.

—¡Mal rayo os parta a todos! Haber hecho del noble apellido de mi madre, que de Dios haya, un apodo, y de mi nombre un plural.. .

—¿Un apodo?

—¡Sí, un sobrenombre, y no veo la novedad para que hagas como que te desayunas de lo que bien callas!

—¡Ah, sí! Pero eso ¿qué le importa a usted? Con no hacer caso, asunto arreglado.

—Estribo... Me llamáis Estribo porque solo sirvo para meter la pata, ¿no...? Como si yo os llamara a vosotros Esfínteres anales, porque solo sois útiles para dejar paso al excremento de vuestras cochinas vidas.

—Lo que a usted le puede don Sixtos...

—Lo que a mí me pudre es que me tocó, por mi mala estrella, vivir entre cafres...

—¡Ay, usted, qué atrasado vive, en la capital ya no hay cofradías!

—¡Santa bestia me parió en mal día! ¡Voto a Dios! ¡Cofradías, no; cafrerías! ¡Cafrerías de cafres, que no es lo mismo que cofradías de cofrades!

—Pues a mí, para entenderle, don Sixtos, que me echen los Evangelios.

—Al que deben echarle los Evangelios es a Rojas. Le he dado un susto de muerte al estrecharlo con el carruaje, entre las ruedas y el paredón, en el momento en que pasaba saludándome, sinvergüenza, como si no hubiera habido nada entre nosotros, tan campante; ¡y no lo maté, porque no era su hora llegada!

—Lo único que yo sé es que él y usted, perdón..., usted y él, primero el español, después el indio, juraron no venir más por aquí, no volver a poner un pie en el negocio de la Marcos Consunsino.

—Pues soy y seré perjuro, porque me gusta tu olor...

—¡Que no vaya a ser mucho!

—¡No entiendo, me enfada oír decir dicharachos!

—¡Que no vaya a ser mucho lo de perjuro y lo de que le gusta mi olor! —y, cambiando de tono— ¿Dicharachos...? Y una sí le puede aguantar a usted sus palabrotas, porque, ¡a la gran Santa Papucia!, usted, don Sixtos, sí que se dice unas que ni el más peor de los carreteros.

—Cuando me pican me encuentran, pues soy como el alacrán. Pero venía por algo que te quería contar...

—Antes dígame qué le voy a servir...

—Es muy temprano...

—Bueno, pues, se quita la goma...

—Como no sea la goma del disgusto que tuve al encontrarme con ese tal por cual de tu vecino...

—Una taza de café caliente le cae bien...

—Si ya he tomado en casa...

—Se asegunda la bañada, me gasta algo... Si unos vienen a verme la cara, otros a contarme sus cuitas y otros a olerme, mejor cierro el negocio y me dedico a confesora o a que me miren y me huelan...

Soltó una carcajada bulliciosa y tuvo que volverse a la media cocinita con la taza en que le llevaba el café a don Sixto, pues parte del líquido se le derramó en la porcelana.

—Vives de muy buen humor...

—Y eso que todo lo que usted ve aquí, lo debo. Yo puse el negocio con mi persona, el aguardiente y ese Santo Domingo de Guzmán, al que como usted ve —y señaló hacia una repisa que estaba junto a la puerta— no le faltan ni sus flores ni su candil.

—Santo español...

—Los santos son del cielo, no son de ninguna parte; ¿y qué pasó con el cafecito...? Bébaselo y me cuenta lo que me iba a contar. Es café hecho por mí, yo misma lo tuesto a modo de que no salga ni muy quemado ni muy crudo; canche [13] es el color del café bien tostado, tostado a punto, canchón, canchusco; yo misma lo muelo, ni muy polvito de farmacia ni muy grueso; y yo misma lo cuelo en cafetera curada con un su primer remojoncito de agua fresca y luego por gotas el agua caliente, pero no hirviendo, para que vaya colando poquito a poco la pura esencia.

—Entonces no es café hervido...

—¡Seré su india para beber café hervido, o estaré presa!

El español apartó la mano de su faz pellejuda en busca de carne sin arrugas.

—No le busque tres pies al gato porque tiene cuatrito... —se retiró la Consunsino.

—Bueno, pues te venía a contar...

—Cuente, pero de lejos, de lejos se ven los toros...

—Te venía a contar que...

—¿Qué es lo que me venía a contar? ¿Se le fue el habla?

—Lo tuyo ya no se llama escote, sino mostrador. Te venía a contar que por poco mato a ese pícaro de tu vecino.

—¿Cuándo eso? ¿Esta mañana?

[13] **canche**: persona de pelo rubio; aquí, rubio, amarillento.

—Ahora que venía para acá...

—Y la culpa es de él, quién le manda calentar sudores ajenos, Al principio yo creía que era por no dejar que le discutía, por llevarle la contra.

El español pegó el pellejo de su boca atabacada a la taza de café para dar el primer sorbo.

—Tenga cuidado, que para usted todavía está muy caliente, y volviendo a las cosas del señor Nepo, me da no sé qué que sea mi paisano, ¡Viejo lengua de trapo...! Y a usted, don Sixtos, lo que más le pudo fue lo que me contó de esos que se cambiaron el apelativo para aparentar de extranjeros. ¡Keijebul un nacido de a saber qué india culona! No lo conozco, pero el señor Nepo dice que tiene cara jicaque,[14] y que por más que se agringueye el apellido, no puede pasar por gringo, porque por allá con ellos no hay gentes con la rabadilla verde.

—¡Qué sabe ese bruto! Los indios de allá son los pieles rojas...

—Entonces, allá también hay jicaquería...[14]

—Sí que la hay, los pieles rojas, indios extranjeros que salen en el cine, no como los indios de aquí, pobres ixcorocos.[15]

—Y usted, don, ¿habla inglés...?

—¡Ni lo permita Dios! ¡Santa bestia me parió en mal día, pero no tan malo, como para tener la desgracia de hablar inglés!

—¡Que a usted lo libre y que a nosotros nos coma el chucho, qué bonito!

—Vosotros no tenéis un idioma propio, habláis el nuestro, un idioma que os hemos prestado, ¿qué más da, entonces, que habléis el de los amos del siglo? ¡Mal habláis el castellano, qué más da que habléis mal el inglés!

La Consunsino guardó silencio y retiró la taza vacía. Don Sixto, después de alinear el gusanito de tabaco en

[14] jicaque: indio cimarrón.

[15] ixcoroco: niño; aquí, menudo, pequeño.

la hoja de papel de arroz, envolverlo, ensalivar el borde, pegarlo, cerrar con la uña los extremos, colgárselo de los labios, encenderlo con el rayo del yesquero y chupetear el humo, sacó dinero para pagar lo que debía.

—¡Faltaba más! —saltó aquella—. ¡Cómo le voy a cobrar una taza de café negro, si se lo bebió sin piquete! Al señor no le gustan las revoluciones. Su café aparte y su coñaquito aparte.

—El coñaquito será a la tarde cuando regrese.

—Condición, que no venga a pelear con el vecino.

—Si no presenta batalla, lo que vomitó contra los extranjeros aún me escuece y, vamos, no se lo perdonaré nunca.

—Y en lo que dijo, viéndolo bien no deja de tener razón. No todos los extranjeros son como usted, que ya se olvidó del país con el tiempo que tiene, de vivir aquí.

Pascual y Estribo intentó hablar, pero la Consunsino alzó la voz:

—¡Ya se va a llenar la boca con lo del mister...ioso de la costa sur que dejó por montones los millones a gente de por aquí! Pero esas cosas no se ven todos los días y como lo que es del agua el río se lo lleva, ¿qué quedó de ese capital...? Una runfia de niños que hablan inglés, que visten como gringos, que viven como gringos; algunos casados con gringas, que no se siente de aquí habiendo nacido aquí... ¿Concibe usted algo peor, no ser uno de donde nació? Es peor que ser extranjero, es ser un desgraciado. ¡Déjeme decirle lo que le quiero decir y después habla usted, que por hablar no se paga alcabala! Ninguno de los que se llenan la boca con los millones del extranjero, óigalo bien, ninguno, ni los que lo heredaron, comprende ni comprenderá jamás la grandeza de su gesto. Hay cosas que valen más, mucho más que el dinero; escuche, no se haga el sordo, a usted cuando no le conviene lo que se dice, se hace el que no oye. Ese extranjero demostró que se puede ir contra la bananera que empezó sus negocios apropiándose de tierras que tenían sus dueños...

—No lo niego, mujer. En apariencia...

—En realidad, nada de apariencias. Bonito estaba eso de que cuando son verdades las cosas, resultan apariencias. Por supuesto que los herederos más tardaron en recibir el dinero que en largarse con sus críos a donde después hasta vergüenza les da oír hablar de su patria.

—A ningún padre, que yo sepa, se le puede tomar a mal que trate de educar a sus hijos lo mejor posible, como hicieron los Keijebul. Tenían todo el derecho.

—Ese es derecho torcido, y diga Cojubul, para qué tanta planta y melindre, deben ser unos indios morados.

—A las personas se les llama como ellas quieren que se les llame, cuando se es bien nacido, ¡caramba!, cuando se es bien educado.

—Pues a mí tómeme por lo más malcriado que hay, pero yo jamás diré Keijebul, jamás. ¿Adónde, pero adónde íbamos a parar? Y en cuanto a que tenían todo el derecho, digo yo que antes estaba la obligación moral, porque la herencia no era solo el dinero, sino el mandato de seguir luchando contra la bananera.

—¡Qué bien aleccionada por el vecino!

—Nada de echarle culpas al señor Nepo. Lo que estoy diciendo está en boca de todo el mundo, usted qué se cree que esa Anastasia de que habla el vecino no existe..., que la gente no habla todo lo que sabe y lo que no sabe lo inventa.., que nos beneficie la platanera, beneficie como se benefician las reses; está bueno, le dijo la piula [16] al freno, pero que nos tape el hocico, está peor...

—Pues, como es cuestión de opiniones, para mí hicieron bien en marcharse con la herencia a otra parte, y educar a sus hijos en el extranjero.

—Exactamente lo que habría hecho Judas ni más ni menos, si en lugar de ahorcarse de un palo, se ahorca de una mujer y tiene hijos.

El viejo gargajeó, mientras desdoblaba su pañuelo que

[16] piula: calma.

de tanto llevarlo, en el bolsillo trasero del pantalón, hedía a tenedora de galápago.

—Lo que me está haciendo falta —suspiró la Consunsino—, es encontrarme con un mi mister... ioso como ese de la costa sur. Hasta su muerte fue misterio, en medio del Viento Fuerte.

—Era loco… —cacareó el alforzado vejete.

—Sí, porque lo que hizo es hacer una raya en el agua...

—Me voy.

—¡Porque hablé del agua… tendrá rabia!

—¡Majaderos, vosotros sabéis que no me baño porque no me da la gana! ¡No y no, no me da la gana...!

El hongo sobre los ojos, los pantalones en bombacha sobre las botas, el faldón del saco taloneándole las nalgas, al salir el español de donde la Marcos Consunsino, se dio de narices con el nieto de Nepomuceno. "Hijo de su hija, su nieto es", se dijo hablando solo para él, de su hija y de algún calabrés de esos de por los aserraderos como lo proclaman sus ojos, retazos azules del cielo de Italia en cara de indio prieto tan prieto como el abuelo y la puta que lo parió... ¡Qué mal hablado eres, Sixto Pascual, qué mal hablado...!

Damiancito venía hostigando los bueyes en lo alto de su carreta cargada de cal, entre el silbido que iba dejando en el aire vivo de la mañana y el reguero de polvo blanco que al tranquear de las ruedas caía de los sacos de cal y pintaba el camino, una como gráfica ondulada del silbido del muchacho. Nostalgia, adolescencia, sonambulismo, todo eso en su silbido. Medio se alzó el sombrero de su cabeza llovida de pelo negro, con su mano blanca de polvo de cal, para saludar al caballero. Don Sixto no le contestó. Un regaderazo de silencio con todas las arrugas de su cara que mantuvo inmóviles para que aquel infeliz se diera cuenta de que no se dignaba contestarle, porque siendo sangre de Nepomuceno, debía responder en medida, no proporcional, sino igual a la de su abuelo, de sus opiniones y conducta.

El carretero, sin darse por ofendido, rehizo el hilo musical que salía de sus labios, modulando con bastante claridad: ¡es... tribo!, ¡es... tribo!, ¡es... tribo!, ¡lechuuuu... zón!, ¡lechuuuu... zón!, mientras el furibundo tascalabios se mordía la boca de disgusto y al apoyar el pie para subir al coche, en el estribo (¡es...tribo!, ¡estribo!), convertía el carruaje en un edificio que se le venía encima y que a punto de desplomarse encontraba su centro de gravedad, tan pronto como él posaba el nalgatorio en el asiento, a la diestra los botijos de leche ordeñada de esa mañana, todavía caliente con el calor de la vaca y el hambre del ternero, y del lado del corazón, a la izquierda, los manojos de zacate [17] pintados de verde como la esperanza.

Este venírsele el coche sobre la cabeza, bambolearse y no caer, confirmaba, prácticamente, la propuesta que para edificaciones antisísmicas hiciera al honorable Ayuntamiento de la capital. Casas y edificios en aquel malhadado país, donde cuando no está temblando se está cayendo todo por los terremotos, deben construirse sobre cimientos de resortes y apenas si se sacudirían, como se bambolea un carruaje cuando va rodando.

La Consunsino salió a la puerta del negocio con una palangana llena de agua, siguiéndole los pasos a don Sixto. Diríase que para echársela encima y bañarlo por equivocación; pero no, la regó frente a la fonda, ahora que el sol empezaba a subir de la acera a la pared. Era un secreto. A la tierra no le disgusta el aguardiente, pero no el que se guarda en las botellas, sino el que ya probó jeta de hombre, y por eso hay que darle a beber el agua en que se lavan las copas con residuos de licor y babas de briago, antes que apriete la fuerza del sol. Si se hace así todos los días, la tierra, que es humana, lo devuelve agradecida, pues como "sembrar milpa [18] de bolos",[8] estos se multiplicarán en el negocio, igual que si brotaran del suelo, o pegados a las

[17] zacate: forraje.
[18] milpa: plantío de maíz; aquí, la semilla.

paredes, por ya no poderse mantener en pie, quedarán allí como plantas trepadoras.

Regó parte del agua haciendo girar la palangana para que cayera en abanico y al tiempo de oírse el ruido de brasa apagada que hacía el terreno sediento la fondera dijo en voz alta:

—¡Que los que agarran fuerza una vez que empiezan a tragar aguardiente, los alcoholizados, los viciosos, no pasen de aquí...! —fijó los ojos en la tierra humedecida frente a su puerta—; que entren, que reconozcan este negocio como su guarida y que no se sacien de beber solos o con amigos, hasta dejar aquí conmigo el último peso, el reloj, la cartera, el prendedor de corbata, la leopoldina, las mancuernas, todo lo de valor que lleven encima y se vayan contentos dando gritos... Que no se orinen aquí, que no vomiten aquí, que no se zurren aquí, que no peleen aquí, que todo eso lo vayan a hacer a otra parte, porque nada hiede tanto como el meado, el vómito, el insulto y la ca... sualidad del bolo[8] —sacó el nalgatorio, las dos rodajas de ceiba de sus nalgas al inclinarse y saludar al sol, y temerosa de que alguien la viera, disimuló el saludo con el gesto de recoger con la mano derecha algo que se le había caído al suelo, mientras sostenía la palangana con la mano izquierda, la del corazón, ya lista para la segunda rociada sacramental.

—¡Que al que algo le gusta el trinquis y se las pela porque haya oportunidades de chupar, fiesta o velorios, no pase de aquí... —clavó los ojos fijamente en la tierra mojada y remojada por segunda vez frente a la puerta—; que se le despierte el gusanito, le entren ganas, se le encabrite el deseo y cuando sienta, si siente todavía, esté frente al mostrador ultimándose una botella de licor fino, una copa de alambre-espigado o un litro de cerveza!

Hizo la tercera reverencia al sol y concluyó, después de regar el último poco de agua:

—¡Que el que es virgen de sus labios antes jamás posados en una copa de alcohol, no pase de aquí, hoy;

que entre a celebrar algún gusto o a quitarse alguna pena, que entre por curiosidad, por sentirse hombre, por saber a qué sabe el aguardiente, que pruebe por primera vez, que le guste y que vuelva con ganas de seguir chupando, porque el que nunca ha levantado el codo, lo levantará, si tú quieres, tierra, si tú quieres, sol, padre y madre de la caña de azúcar de donde sale el Todopoderoso Señor!

Y antes de entrarse susurró:

—¡Tata-Guaro, por vos nada es triste, nada es feo, nada es caro!

El retemblar de las casas menudas, bajitas, al paso de los camiones que acarreaban los materiales para las pistas de aterrizaje, monstruos sobre ruedas y resortes, más grandes que las casas, algunos como templos rodantes (el español confirmaba plenamente su teoría de ciudades sobre resortes en países expuestos a terremotos, debía registrar su invento); el pitar de las locomotoras que reclaman ría, como vacas que han perdido sus crías, yendo y viniendo en enganches y desenganches de plataformas o vagones vacíos o cargados, entre altos cipresales y tierras de pastoreo, donde en épocas de lluvias se formaba una laguneta; los disparos de los que iban con sus escopetas a cacería de patos; los ecos rechinantes de las máquinas y los cables de acero en la extracción de la piedra, taladros, palas, hombres, su transporte en trenes diminutos, trenes ratones comparados con los grandes trenes, y su quebrantamiento de dentaduras al triturarla, molerla, pulverizarla; todo este universo sin desperdicio, sin tiempo que perder, sin domingos que guardar, caldera, condensadores, émbolos, hombres, yanquis, yunques, no pasaba de ser una mancha de aceite entre las nubes, altares del azul infinito donde decían misa los ángeles de la mañana.

El señor Nepo Rojas se tiró al catre vestido. Por segunda vez volvía a casa esa mañana y por segunda vez se acostaba. Por ahí somató el sombrero. Animal que duerme de día, de noche anda. Ni los zapatos se quitó. Se le estaba alborotando la maldita gana del trago y tendría que levantarse de nuevo, sacar la bicicleta y salir a buscar dónde, ya que no pudo ser donde la Consunsino. Pero hasta allá muy lejos por un trago. Por una docena y media, todavía. No estaba Damiancito. Andaría olvidándose de su abuelo por las Caleras del Norte... ¡Mejor...! ¡Mejor seguía él de su ingratitud, decir así de un nieto que le servía al pensamiento...! Pero, qué fregar, si no lo dijo por desagradecido, porque le cayera mal encontrarse con el que era el beso de Dios en sus mañanas. Se le salió porque no estando Damiancito, se podía echar al catre con trapos y todo, con chaqueta y todo, hasta con los zapatos, sin que hubiera quien le protestara ni le hiciera el feo, alegando que parecía muerto o fondeado.

¿Muerto o fondeado...? Si se descuida esa mañana no se queda en el parecido, pues estuvo a punto. No dejó el pellejo bajo las ruedas asesinas, porque Dios es grande; no era su hora llegada y gracias a su presencia de ánimo, a sus pedales y a su timón, no perdió la cabeza; pedaleó tupidito y timoneó que parecía torero por los quiebros. Pero si el carruaje no le hizo la malobra rodando, se la hizo parado frente a la Consunsino. Por eso no fondeó. Le quitó el ímpetu y la gana de beber aguardiente hasta que se fundieran los sesos y el corazón, con tal de no pensar ni sentir y lo obligó a regresar con la boca seca y la respiración trabajosa, como si se le hubiera desinflado el aliento, cumpliendo, muy a su pesar, la promesa que había hecho de no volver a poner los pies en La Circasiana. Pero eso no hubiera sido obstáculo, si no hubiera estado el carruaje. El caso lo ameritaba de sobra, no solo por la consigna que llevaba, tragar guaro,[19] sino por tener a quién desembucharle lo que había pasado y lo que le estaba pasando. Ni el Damiancito. Brilló por su ausencia, Si se lo

[19] guaro: aguardiente.

encuentra en el camino, se va con él a la entrega de la cal. Sube la bicicleta a la carreta, y a conversar mandan. El alivio de lo que se siente está en la palabra y él tenía que sacarse de dentro la cólera, la rabia, el susto, el disgusto, todo junto, pues si las tripas se le revolvieron con la embestida traidora del don Sixto, peor fue el atropello del carruaje inmóvil, parado frente a la Consunsino, y más amargo no poder vengarse, sin hacerse de delito. Pagarle en la misma moneda. Desgastar una pared de abajo, cortarla del cimiento, dejarla sobrepuesta y casi en el aire, en una calle orillada, de las muchas por donde Pascual y Estribo acostumbraba ir y venir en su carruaje, y cuando pasara dejársela caer encima, sepultarlo bajo sus escombros y comprar los periódicos con la noticia de su muerte y los comentarios de que había caído, víctima de la ciencia mientras experimentaba su invento de casas antisísmicas, construidas sobre resortes de carruaje.

Ni el café se bebió, ahora se daba cuenta, ni probó el pan. Estaba tan duro... Apenas si lo apretó con la mano pegajosa de sudor y hedionda a hule caliente. Morderlo habría sido como llevarse a la boca uno de los manubrios del timón. Ya no hacen ni pan bueno. Todo le molestaba y le molestaría, mientras no se vengara. La luz del sol se colaba por entre las tejas del techo que semejaban párpados cortados, y bajo la puerta, viva, blanca, calcinante. Faltaba el cielorraso. Machimbre de pino o tabla de cedro. Muchas cosas faltaban. Pero, viejo, sin dinero y sin ganas el que venga atrás que arree. Si se levantara y echara tranca.. . No sería malo asegurar la puerta. Después de lo del carruaje, el don Sixto era capaz de todo y a esa hora sabía que lo agarraría dormido. Aldaba y tranca. ¡Hombre precavido vale por dos! Pero tenía el cuerpo tan cortado... El desvelo destiempla. Se le cerraban los ojos. Quiso alzar los párpados. No pudo. Se le resbalaban. La tranca…, la aldaba…, sería bueno... Pero no se movió.... Hasta la gana de defender la vida se va quitando con los años, el cansancio de los días, los disgustos, las decepciones, los desengaños, lo cotidiano, las injusticias... Si lo mataban que lo dejaran por muerto... Algo se encomendó a Dios... La puerta..., la tranca..., la aldaba..., las cosas se iban volviendo palabras una fuercecita..., qué le costaba hacer una fuercecita... Desaparecería el peligro de que lo mataran indefenso, ¡ay!, Dios, como chucho...!

Una fuercecita... La hizo sobre las cobijas al dar la vuelta por no asarse de una vez y se quedó como privado, con la cabeza fuera de la almohada las piernas abiertas, un brazo colgado a la orilla del catre, bocabajo, dando la espalda al posible asesino, que podía ser el mismo don Sixto en persona aunque lo dificultaba, solo que viniera enmascarado, pues lo más probable es que le pagara a otro para que lo matara.

Vestido, sudando, no parecía dormir, sino sacar tarea. Por eso pagan doble la ocupación nocturna. No por otra cosa. Es un adelanto al trabajo de dormir de día, trabajo de gusano: volver sueño el cansancio, sombra la luz del sol, paz y sosiego el trotear del mundo, y si se consiguiera pegar los ojos con el sueño, ya que no pocas veces el cansancio se convertía en dolor de huesos, la sombra en aguacerito de sangre entre el párpado y el ojo, y solo se lograban retazos de silencio inmóvil en el torrente de los ruidos.

Manoteó en el vacío con la mano que colgaba del brazo al borde del catre, sin alcanzar la tierra, la realidad, todo lo que dejaba al perderse en el sueño, ventilando, suspiro a suspiro, la pena que le daba entrar a lo que más parecía a la muerte, cuando afuera para todos comenzaba la vida. Y no se suspira ya, se aúlla... Si lo sabría él, encargado de mantener en servicio los ventiladores del Granada, sucios de viento viejo convertido en polvo sobre la tristeza del metal frío. Antes arrancaban con un largo suspiro. Ahora aúllan cuando los echan a andar. También tuvo a su cargo la limpieza y el cuidado de media docena de jaulas de pájaros que deleitaban a la concurrencia con sus trinos, en la época romántica de aquel bebedero elegante. Pero cambiaron los tiempos. Se deshicieron de los pájaros —si estuvieran ahora aullarían— y trajeron rocolas que aullaban como perras de vísceras de colores con hambre de monedas.

Se volvió de lado estrepitosamente como si botara el peso que echado de bruces le ahogaba y encogió y juntó las piernas con arrumacos de recién nacido que tratara de volver al vientre materno tan parecido al sueño, y luego de un largo no moverse, lo acongojó el oído, su viejo dolor de oído, se llevó el dedo al agujero de la oreja de donde le salía más pelo que de las ventanas de la nariz. Por algo le decían Peludo, apodo que no le disgustaba.

Cambió otra vez de postura. Hablaba, como si le faltara la bóveda palatina, del resoplar al ronquido y del ronquido a la respiración parlante, el idioma del caldo en hervor haciendo pucheros de viejo condenado a morir bajo las ruedas de un carruaje por desacato a la Platanera y a los Cojubules, Sotomayores, Papas, Bulas y demás cosas consagradas. Y la sentencia se cumpliría sobre el momento, ya tenía encima el birloche,[20] el inexistente jamelgo y el verdugo arrugadísimo desovillándose al viento, como un molote [21] de venas de hojas de tabaco. Apretó los párpados a punto de gritar bajo las ruedas, ¿pero no se cumplía la pena capital? no lo atropellaba, no lo despedazaba, pasaba sobre él volando igual que una lechuza, y se le aparecía pasos adelante, ya no lechuza, otra vez carruaje fantasmal, parado como ave de mal agüero frente a la puerta de la Consunsino.

("¡Lechúuu...zon...! ¡Lechúuu... zon!", el silbido del nieto... ¿Lo oía o lo soñaba...? "¡Lechúuu...zon! ¡Lechúuu...zon! ¡Estríiii...bo...! ¡Estríiii...bo...!")

Puso los labios como si fuera a silbar dormido. Demostrarle al carruaje que se le había incorporado unos pasos adelante, deletreando el apodo de su patrón en el silbido, que no era por habérselo encontrado allí plantificado que se volvía a casa, pues qué importancia

[20] birloche: por birlocho; coche de caballos ligero.

[21] molote: (RAE) alboroto, aglomeración de personas.

podía darle un hombre como él, un hombre que desafiaba a la muerte todos los días, al enfrentar con su bicicleta los inmensos carruajones de toneladas y toneladas, manejados por titanes rubios movidos por cientos y cientos de caballos invisibles, sobre ruedas que parecían pedazos de catedrales. Verdad es que al verlos venir se le ponía carne de fusilado, como se lo confesó a una su fulana que ahora, que estaba vieja y feróstica, pasaba por su comadre, y la que al punto le contestó: "¡Por decírtelo estaba, Ponemo...! (Diminutivo cariñoso y secreto que ella, ¡ay!, usaba en los buenos tiempos). ¡Por decírtelo estaba...! ¿Cómo no se te va a poner carne de fusilado, si es en la madrugada que salís a enfrentarte con la muerte...? Pero, eso sí, él que por su gusto muere aunque lo entierren para..., siembra en campo raso o para infeliz decoración en el cementerio... Cada cual la talla a su medida, solo que los suicidas como vos, que tienen tanto donde escoger, deben regalarse una muerte de primera, que no es la que has escogido, Ponemo; hasta para eso tenés mal gusto, como cuando me dejaste por la Caifasia aquella. Morir en bicicleta, dónde se ha visto, y siquiera fueras joven y que te luciera, pero rosco como estás, hacéme favor..., te van a tener que meter en el cajón en cuatro uñas, sí, Dios guarde, chocás y te quedás tieso de golpe, porque eso de andar en bicicleta se me hace a mí que es como los antepasados que andaban a gatas, solo que sobre dos ruedas..., o te recogerán con cuchara o papel secante si causal te pasa encima uno de esos juguetillos que de un viaje carrocean un cerro pulverizado, dispuestos a ponerle zapatos de charol al ano. A agrio..., atriopuerto..., a saber cómo se pronunciarán esas palabras nuevas, ¿verdad, Ponemo...?" Y se le recostaba en la cama. Fue su quedar bien y su quedar mal. Pero de ella, ahora ni la sombra. Y cómo será la vida de injuriosa que hasta cuando la soñaba se le presentaba, no como fue, tan rechula, sino como estaba hoy, descarnada y en ruinas. Solo la funda de pellejo lavado. Se le cayeron los pechos, agüita consentida en la camisa, que ahora nadie batuquea [22] y perdió los dientes, culpa de un sacamuelas acomedido [23] que por ganarle le vació la boca con el con que de que el reumatismo le iba a botar el pelo, que igual se le raleó. Mermas que no compensaron una nariz casi adicional, dos ojeras de puntas de hojas de lechuga podrida y sobre el ojo izquierdo que se le salía a ratos, un párpado colgado como bitoque. Ahora es su comadre. Donde hubo fuego, disimulo queda...

El carruaje lo perseguía inmóvil y rodando. Inmóvil a sus ojos, parado pájaro rapaz, ave de mal agüero, lechuza sobre cuatro garras redondas frente a la puerta de la Consunsino, que si ya estaba salada por vender aguardiente, de esta se acaba de torcer, y rodando en sus oídos sobre círculos sonoros presos de metálicas llantas, tirado por ecos galopantes que golpeaban en las piedras sus cascos y herraduras, entre silbidos, fustazos, maldiciones, blasfemias, escupitajos y moqueo de narices a medio limpiar con el envés de mano tan enjuta y avara que el cuero de la rienda que apretaba era gordo y comestible, diestra siniestra de Pascual y Estribo, tantas veces brindada en apretón amigo y ahora, no contento con no haberlo atropellado, guiando el coche a rienda suelta y látigo de viento para acabar con él de una vez...

Dio un grito... Por poco se despierta... La sonora armazón que rodaba por sus oídos acababa de juntarse con la imagen, hasta allí inmóvil, y ahora arrolladora, del carruaje que se hacía pedazos para alcanzarlo, volando sobre ruedas que no eran ruedas, paralizadas, estáticas de tan veloces que giraban, arrastrado por un caballo que ocultaba en los herrajes chispas de tempestad de fragua, bamboleante la capota, a reventar los arneses, los resortes cerrándose y abriéndose como en el peor de los terremotos...

Se sintió derrotado. No tenía más que su bicicleta. Ni aguaceros de pies sobre cientos, sobre miles de pedales, lo

---

[22] **batuquear:** agitar o trasladar objetos de un lado a otro; aquí, inquietarse.
[23] acomedido: remilgado.

salvarían de morir aplastado. No tenía más que su bicicleta, ya en marcha enloquecida a juzgar por el crujir del catre la almohada por el suelo y la cobija a punto de caer. Pensó salirse de la ruta. Pero lo pensó tarde. No lo pensó tarde. Sí lo pensó tarde. En aquel encallejonamiento de peñascos lo acabaría Pascual y Estribo. ¿Y si abandonara la bicicleta y corriera a refugiarse en un barranco, donde no pudiera seguirlo el carruaje? Le quedaba ese recurso cuando ya, ya lo fuera a alcanzar, pues implicaría perder su bicicleta. Por de pronto, seguir pedaleando, seguir... Movía los pies, las rodillas, la cintura, los hombros y hasta la cabeza al compás de las ruedas que desanillaban interminable serpentina, de los pedales que se dormían dando vueltas como girándulas apagadas de toritos de pólvora, de la cadena que pasaba junto a sus tobillos una cosquilla sin fin. Pero, por pedalear tan de prisa, estaba dejando atrás al que roncaba. Frenó de golpe y tuvo la sensación de ser lanzado hacia adelante y caer hacia atrás en brazos de él mismo. Se llevó las manos al pecho apresuradamente. Exigir, exigir al que roncaba que roncara más ligero —había soltado las manos del timón—, que saliera pronto del hipo al *jazz*, de la respiración azarosa al zumbar de las batidoras eléctricas, del rechinar de sus dientes al chocar rechinante de aluminios y peltres en el lavadero, del *boogie* al vals...

"Son las tres de la mañana..." "¡El timón...! ¡El timón!", gritó, sin tener de dónde asirse, a menos que se agarrara de los ventiladores aulladores que le destrozarían las manos... "¡El timón...! ¡El timón...!", roncaba a la velocidad del eco, los ojos como pompas de jabón pegados a la cara velluda, el pecho hinchado de viento y ruido sin cuidarse de aquel otro, el que al final de sus piernas moviendo los pies en el catre, venía a todo pedal, a todo pedal, por evitar que el carruaje lo triturara en una bicicleta de ruedas de alambre de trampa, trampas circulares llenas de ratones que emitían chilliditos mecánicos, no menos reales que los que se escuchaban bajo el lecho chirriante, donde el que les había dejado el desayuno casi intacto, se debatía entre pedalear o roncar, entre ayudar con los pedales al rezagado roncador adiposo o remolcar a todo roncar, a todo roncar, a todo roncar, al que pedaleando tan a la zaga, exponíase a que le diera alcance, no aquel coche escamoso y húmedo, sombra, hollín y luto, que ya no se tenía en ruedas ni podía con el caballo, sino una carroza del tamaño de un teatro, dorada a fuego de incendio, arrebatada por corceles de humo, rodando sobre círculos de llamas y ocupada por hombres y mujeres de tempestad que llevaban en las manos banderas, arados y fusiles...

Cada vez era menos la distancia que lo separaba de aquella nube encendida que había dejado atrás el carruaje en que venían, además del cochero español, arrugado y maldiciente, los Cojubules disfrazados de Keijebules, indios vestidos de jugadores de golf, y el presidente de la Platanera sosteniendo en la mano enguantada de verde, una penca de bananos, sin bananas, que hacía alargar y encoger el miembro; al caballo, temeroso de que se lo hubiera cortado, tanto se parecía aquella parte de su caballuna impotencia, al cetro bananero.

Lo alcanzaba... La carroza lo alcanzaba... Le comía a ojos vistas la distancia que le llevaba... Lo alcanzaba y el que más riesgo corría... Por pedalear estaba dejando atrás al que roncaba..., y el que más riesgo corría..., por roncar estaba dejando atrás al que pedaleaba, y el que más riesgo corría despertó y en el aire, fuera de él, fuera del sueño, alcanzó a ver todavía la carroza formada y entre las caras de los ocupantes, se le grabó la de un lampiño achinado, hombre de media edad, que gritaba: "¡Adelante, pueblo...! ¡Adelante, pueblo...!"

Lo sobrepasó en el instante en que abrió los ojos, pero al cerrarlos y dormirse, encontróse de nuevo con los pies en los pedales perseguido por el carruaje. Parpadear, botarse el agua de las pestañas, lágrimas y brisa, al ir huyendo a todo pedal, a todo pedal, a todo pedal..., ordenarse el pelo agitado por la ventolina..., volver la cabeza a todo roncar, a todo roncar a todo roncar..., nada le era permitido, si no quería que lo atropellara aquel fantasma de carbón sin ruido…, ¿sin ruedas…?, sí, hasta las ruedas había perdido y no le quedaba ni el don…, de andaría…, dónde andaría el don Sixto… ¡Fugado! Escondido en alguna de sus ciudades construidas sobre resortes de carruajes, donde las casas, cuando la tierra tiembla, lejos de caerse parecen carrozas rodando sobre empedrados, o estaría, donde estaba el carruaje que se había vuelto a formar, contándole lo sucedido a la Marcos Consunsino, sin gastarle un peso, desarrugándose, como si sus arrugas fueran cuerdas y le pusiera música de rasquido a su sermonear, escamoso de zetas.

Alguien abrió y cerró la puerta sin aldaba ni tranca. Un portazo. Casi. En el aire detuvo la puerta y al estar dentro apoyó la espalda a la hoja de madera que lo separaba de la calle, sin ver nada, tan deslumbrado venía de la luz. Pero no perdió tiempo. Al tacto, las manos delante para no tropezar, sobando los pies en el piso, se dirigió hacia donde se oía el como respirar rencoroso del señor Nepo. Pronto se habituaron sus ojos a la oscuridad y pudo ver en la penumbra, tendido sobre un catre, el cuerpo de un hombre que dormía profundamente. Lo contempló. Se había quedado vestido. Sin duda entró y se tiró al catre. Hasta los zapatos tenía puestos. No era viejo. Tampoco era joven. Cara de barro amarillento con muchas cejas, pestañas, bigotes y pelo. Las manos gordas, pequeñas, usadas. Por el suelo, la almohada y la cobija. Caerle encima. Lo arriesgado, que fuera a gritar. Hacerle perder la conciencia de un golpe. Cuando lo pensó ya le tenía la mano apoyada en uno de los hombros, tratando de despertarlo por las buenas. No despertó. Se dio vuelta, colérico. Aquel insistió. Imposible. Defendía su sueño a manotazos de muñeco. El desconocido lo sacudió más fuerte… ¿Qué…? ¿Quién…?, gruñó don Nepo… ¿Quién…? ¿Un colado en la fiesta de su sueño en la que no cabía más que él…? ¡Fuera…! ¡Metido…! ¡Colado…! ¿Dónde se ha visto…? ¡Fuera…! ¡Fuera…! ¡Fuera de su sueño…! Y el último empellón se lo dio, ya en la orilla de la cama, a un bulto que lejos de retroceder, se le acercaba, se le iba para encima, palpable, palpable... No, no podía ser... No podía ser que el intruso que echó del fondo de su sueño, se hubiera convertido en aquel hombre... No, no, no... Aquel hombre ya estaba allí y venía a matarlo, a enterrarle un cuchillo, a vaciarle un revólver, a envolverle una sábana en la garganta para asfixiarlo... Pero, ¿cómo se explicaba entonces su lucha, su afán por despertarlo...? Apretó los párpados y se hizo el dormido... Mientras no abriera los ojos, no podía quitarle la vida, por aquello de que el que mata a un hombre dormido no puede huir del lugar del crimen... Solo a la perjura se le puede matar así... Y por eso lo sacudía y sacudía, premioso, desesperado, hablándole con la voz cortada por la nerviosidad, sin duda, de tenerlo que suprimir por cuenta del don Sixto, y tan en secreto que no alcanzaba a entender lo que le pedía... Sí, sí, que despertara..., que abriera los ojos...

Saltar de la cama, la escopeta de cacería de Damiancito, su nieto, y el machete estaban siempre atrasito del cofre, y jugarse el todo por el todo. Lo pensó, pero ¿los encontraría con los ojos cerrados? De solo imaginar una rociada de balas yendo hacia el cofre, se puso rígido y mortalmente helado, con gran susto al parecer por la angustia con que empezó a sacudirlo, de aquel que creía vérselas con una persona en estado cataléptico...

Y si solo fuera una pesadilla, se consoló don Nepo, si al despertar el hombre que sacó de su sueño, no fuera más que eso, un sueño... Pero, ¿cómo saberlo sin abrir los ojos y cómo abrir los ojos sin que aquel, que podía no ser un sueño, lo matara...? De la orilla de sus párpados fue colgando dos medias lunas visivas tan delgaditas que sin que el presunto asesino se diera cuenta, lo trasegó por el colador de las pestañas con trapos y todo. ¿La cara le era conocida... del Granada, del Portal del Comercio, de misa de doce en San Francisco, de dónde..., y no hacía mucho que se había encontrado con él..., en un desfile? Precisó sus recuerdos. Sí, sí, lo acababa de ver en un desfile... Pero si hacía mucho que él no iba a desfiles...

—¡Favor...! ¡Favor...! —oyó que le decía.

La idea de que aquel no fuera sino un franco-bebedor que al sentir el tormento de la goma y encontrarse la puerta solo entornada, se hubiera colado a pedirle dinero para tomarse un trago, pasó por la cabeza de don Nepo, y en esa confianza abrió los ojos solo para cerrarlos de nuevo. Apretó los párpados más duro que antes. Debía seguir soñando. El hombre que le pedía por favor que lo ayudara, era el de la carroza, el que iba gritando: "¡Adelante, pueblo...! ¡Adelante, pueblo...!" Pero el otro..., ¿cuál otro...? El que venía a matarlo. Si ninguno venía a matarlo, si el único que estaba allí era el de la carroza... ¿El de la carroza? No podía ser..., no podía ser o seguía soñando despierto... ¿Y el otro?..., ¿cuál otro...? El que venía a matarlo... Pero si ninguno venía a matarlo...

Presa de miedo, si cerraba los ojos trasladaba la realidad al sueño; si los abría, voleaba su pesadilla entre las cosas; se echó párpados afuera con redondos ojos de enloquecido.

—¿Qué le pasa, amigo? —preguntó tajante.

¿Y el otro...?, ¿cuál otro...? El que venía a matarlo... Si ninguno venía a matarlo..., si allí no estaba sino el de la carroza pidiéndole que lo escondiera.

—Aparte de esta pieza —se oyó hablando don Nepo, hablando en realidad, qué horrible pesadilla esa que ya no se puede borrar— solo hay una galera.

—No sé si me vienen persiguiendo —la voz de aquel sujeto de cara enmarcada en firmes y visibles huesos que desnudaba la piel pálida bajo la tostadura del sol, de pelo fino como pegajoso, labios delgados, crueles orejas separadas, volando, como ajenas; la voz de aquel era tan humana que don Nepo empezó a sentirse en sus cabales, fuera del sueño.

Pero, ¿y el otro...?, ¿cuál otro...? El que venía a matarlo... Si ninguno venía a matarlo, si allí solo estaba pidiéndole que lo escondiera porque lo venían persiguiendo, el que iba en la carroza gritando: "¡Adelante, pueblo...! ¡Adelante, pueblo...!"

—Me tiré del tren (de la carroza, se dijo don Nepo), y corrí, y corrí hasta encontrar esta puerta...

—Yo, por aquello de los temblores, nunca atranco...

—qué gusto rico el de la voz humana, hablando de cosas que son de verdad, que existen, que se palpan; don Nepo hubiera querido repetirlo.

—Me valió su precaución...

—¿Lo traían preso?

—Vigilado...

—¿Lo seguirían?

—Por las dudas, me metí en su casa... Perdóneme, usted estaba descansando, dormía tan profundamente, que me costó despertarlo.

—Tengo un mi empleo mero feo —bostezó don Nepo— y por eso duermo de día. Pero qué horrible, si hasta da remordimiento, echádote uno en la cama cuando todos están trabajando. Y no sabe ni cómo acostarse: si se desviste se siente uno como enfermo del hospital, y si queda vestido, lo que usted debe haber pensado de mí, que había fondeado... Echó el ancla, dijo usted, y qué ancla: la tripa guarera [24] con una botellota bajo la cama; y yo que pensé que usted me venía a pedir un trago.

—No me caería mal...

—En eso estaba yo pensando, pero rato hace que lo mismo me pasa a mí; tenía ganas de introducirme un guaro,[19] lo necesitaba, y ni para remedio encontré aquí en la casa. ¿Y de dónde dice que viene el amigo?

—De la costa.

—Valiente, tirarse del tren...

—Por aquí aminora la velocidad, en esa curva que hace...

—Por aquí no, por el Puente de las Vacas, dirá usted.

—Sí, y desde allí me vine cruzando calles, terrenos mal cercados.

—Se les perdió entonces.

—Eso creo...

[24] guarera: de guaro; aguardiente; por tanto, aguardentosa.

—Y viene de la costa…

—De allá mismo...

—Y por allí, ¿cómo es que andan las cosas?

—Muy bravas. Lo peor puede suceder. Hay mucho descontento entre los trabajadores.

—Eso es lo bueno...

—¿Cómo lo bueno...?

—Lo bueno que esto tiene, decía mi abuelo, es lo mal que se está poniendo...

Y a reír iban de la ocurrencia, pero quedaron en suspenso, como colgados del hilo del aliento, consultándose con los ojos... Un ruido... Alguien se deslizaba por fuera.

—No, no es nada —dijo el señor Nepo, pero se le había ido hasta la respiración—; es una chorcha [25] de mi nieto. Debe de estarle pegando el sol en la jaula y se somata [26] para que la entremos. La voy a ir a entrar. Con su licencia. Hay que acomedirse a estas niñerías, mi amigo. Si los viejos tallados a la antigua en puro roble, no nos acomedimos a salvar a las flores y a los pájaros, aquí donde todo se volvió cemento armado y hierro, qué va a quedar del mundo...

Salió, entornó la puerta, fue hasta la jaula:

—¡Venga, venga la mujercita de la casa, antes que se nos ahogue en seco!

El pájaro de pico reluciente, largo, agudo, ébano puro, ojos negros, y todo este lujoso luto resaltado en el plumaje color de fuego de oro, como si el oro se estuviera quemando en su pluma, vino con saltos y fiestas hasta la puerta de su encierra.

—Cuando mi nieto está aquí —entró don Nepo explicando al visitante— la saca de la jaula y la suelta para que ande por el frescor del suelo. Yo, no. Es mucho el cuidado que hay que tener con los gatos. Estamos en despoblado, pero hay gatos.

[25] chorcha: (RAE) reunión de amigos que se juntan para charlar.
[26] somatar: golpear, pegar fuertemente.

Y cambiando el tono de la voz para hablar a la chorcha:[25]

—¡Mujercita, se la come el gato y por eso es mejor que se esté en su jaula! Es triste estar preso, pero es nrás triste estar muerto. De la cárcel se sale, y del cementerio, no. Y las mujercitas, para eso son mujercitas, para estarse encerradas.

Y mudando de nuevo la voz, de su entonación fingida al hablar a la chorcha,[25] a su modo de hablar, interrogó al fugitivo sobre lo que pasaba en la costa atlántica. Los rumores eran muchos, pero no se sabía nada a ciencia cierta.

En la penumbra caliente —ya iba apretando el sol— se oía saltar la chorcha[25] de lado y lado de la jaula, mientras los dos hombres conversaban.

—Allá abajo hay mucho muerto. Deshicieron la huelga del puerto con ametralladora. Mucho muerto y herido...

—A tiempo escapó usted...

—No me escapé, me vine por... —se arrepintió de lo que iba a decir, y no habría sabido explicar por qué, si el señor Nepo no interviene:

—Por evitar...

—Sí, sí... —se frotó las manos el de la carroza; para Nepomuceno seguía siendo el de la carroza, y por momentos le parecía que no había despertado, que estaba soñando.

—Y como evitar no es cobardía... Si yo le contara lo que a mí me pasó esta madrugada... Es increíble... Evité por no empeorar las cosas...

—Bueno, la verdad es que yo me vine, no tanto por evitar, en el sentido de escaparme, el prudente tiene su punto de cobarde, cuanto por ver en qué se les ayuda, al cabo son paisanos, y es gente tan sufrida, tan valiente, tan heroica...

—Me parece...

—Pero disculpe, yo le corté lo que usted me estaba contando...

—Nada del otro mundo... —apresuró don Nepo, pensando que lo del otro mundo era estar de palique con un ser que había salido de su sueño y a quien vio por primera vez en la carroza, entre hombres y mujeres de tempestad que llevaban en las manos banderas, arados y fusiles. —Nada del otro mundo, una dificultad con un españolejo que vive por aquí y que les cuida unas cuantas vacas, una lechería y un zacatalito [27] a otros españoles. Dice que todo es suyo, pero a mí se me hace que es de sus patrones, y que les dará vergüenza, por ser nobles de España, tener tan poco, más ahora que valiéndose de ínfulas y títulos, casaron a la mayorcita de sus hijas con un Cojubul, hijo de aquellos Cojubules, indios mis compañeros que heredaron un fortunón de un norteamericano que murió con su mujer, hace muchos años, cuando pegó el viento fuerte en la costa del Pacífico. Pues, ¿qué cree usted que hicieron estos Cojubules...? ¡Casi nada, cambiarse el apellido...! Ahora se llaman: Keijebul, juegan al golf, hablan solo en inglés y no conocen a sus paisanos. Palabra uno, palabra otro, discutiendo con el español por esa tontería del Keijebul y el Cojubul, en un expendio de cerveza, me enchinché y le somaté unas cuantas verdades.... ¡Tanto orgullo y tanta nobleza para acabar emparentados con un empleado de la Platanera, porque ahora ya ni accionistas son, compañía que empezó sus "operaciones" arrebatándoles la tierra a sus propietarios legítimos! Pero lo que más le ardió fue lo del robo de las tierras... ¿Llamar ladrona a la compañía que poco falta para que la hagan benefactora de la Patria?... Se lo puedo probar, le dije, con el testimonio de una mulata, mi conocida, hija de una de las familias que desposeyeron y echaron de por allá, Anastasia se llama, y si un testigo no hace prueba cabal, con el dicho de Juambo, su hermano, quien también vio cómo empezó la gran compañía robándoles las tierras, quemándoles los ranchos, botándoles los cercos, arrancándoles las siembras, matándoles los pocos animales que tenían... Y, para no hacerle largo el cuento... ¿Quiere un cigarro...?

—Yo tengo aquí...

—Le acepto, ¿qué son, Camel...?

[27] zacatal: plantío de forrajes.

—¡Camelo, mi amigo, puro camelo...! Son cigarrillos del país en paquete de Camel... Lo que es yo no les soporto ni los cigarrillos; pero cargo así, para que ni por ahí sospechen...

—Pues, para no cansarlo ni hacerle el cuento más largo, por esas discusiones el español me agarro tirria y dispuso suprimirme, así como lo oye, borrarme del mapa, y esta mañana, cuando venía de mi empleo —yo voy y vengo siempre en bicicleta— trató de atropellarme con su carruaje, y solo porque Dios es grande no dejé los sesos estampados en una peña...

—Pues si es así, mi verdad es otra. Me vine de la costa atlántica, porque necesitamos que nos secunde la gente de las plantaciones del sur...

—¡El de la carroza...! —se dijo Nepomuceno—, ¡el de la carroza...! —y exaltado por esta idea, se le salió del corazón un:— Si lo puedo ayudar en algo, ya sabe que me tiene a sus órdenes...

—Sí, quisiera hablar con ese mulato que usted conoce, para tantear el terreno...

—Voy a ver cómo me las arreglo. Por de pronto, se puede quedar aquí escondido...

—Cuando las cosas convienen se hacen solas... —dijo y encendió otro cigarrillo.

—Y eso que no le he contado que cuando me despertó y lo vi, no me sorprendió. Tuve miedo al sentir el bulto. No sé por qué me acosté con la idea de que el español me iba a mandar matar. Estuve por levantarme del catre y echarle aldaba y tranca a la puerta, pero luego, me dije, sea lo que Dios quiera, y me dormí. Por eso tuve miedo al sentir el bulto. Creí que me despertaba para no matarme dormido. Pero al abrir los ojos, me encontré con la cara de alguien a quien yo había sonado..., mejor dicho, que estaba soñando en ese momento,

—Es lo que llaman la premonición...

—Eso es, ¿verdad...?

—Y le va a dar mucho gusto saber cómo lo soñé: montado en una carroza que era como un teatro con asientos superpuestos, un teatro rodando sobre ruedas de fuego, tirado por corceles de humo, lleno de hombres y mujeres que llevaban en las manos banderas, arados y fusiles...

—¿Y allí iba yo?

—Sí, sí, iba allí, gritando: ¡Adelante, pueblo...! ¡Adelante, pueblo!

—Pues amigo, aunque la explicación de su sueño es fácil, yo lo desperté en momentos en que usted soñaba en la carroza y unió su personaje a mi persona, quiero creer que no es así y que efectivamente iba yo allí...

—Sí que iba..., en la carroza del triunfo...

—Pues, amigo... —se levantó aquel emocionado y abrazó a don Nepo—, si es en la carroza del triunfo, que su boca diga verdad... —y antes que este le correspondiera, agregó medio retirando el cuerpo: —No me abrace, no ha llegado el triunfo... ¡Pellízqueme...! ¡Pellízqueme, que quiero estar seguro de que ahora soy yo el que no está soñando...!

IV

...Son..., son..., son..., las tres de mañana...

—¡Ya se están mamando otra vez los grinnnn...!

A la Anastasia le quedó el "grinnnn..." en la boca abierta alrededor de un vacío deforme que no era el de su encajadura, "grinnnn..." en los huesos de la nariz que le tronaron como cohetillos, "grinnnn...", en el labio golpeado y partido en banderola... "Grinnn...", "grinnn...", arañó pared, puerta, suelo, no supo lo que arañó, "grinn...", hasta enderezarse, encontrarse la lengua y escupir la primera baba de sangre espesa, después fue sangre más rala, revuelta con saliva, pero siempre pegajosa y caliente.

El más rápido de los pelotones de la policía yanqui bajó de un camión militar y por la puerta lateral, donde la mulata estaba asomada al interior, tomó al asalto la parte del Granada correspondiente al bar. Algunos de sus efectivos se tiraron antes que el vehículo se detuviera, para actuar más rápidamente. Cascos, botas, correajes, silbatos danzando entre batonazos de caucho, patadas, izquierdazos, derechazos, golpes bajos, y en la puerta medio enderezándose la mulata.

No la pisotearon ni la mataron, porque si de necesidad al pasar le dieron el gran empellón por la espalda, alcanzó a meter las manos y de ajuste la boca, con tal de salvar el sentido del filo de la puerta, donde espiaba a los enfurecidos borrachos tratando de linchar al *barman* que se había negado a servirles más tragos.

El pelotón de la policía militar impidió el linchamiento, libró al *barman* más pálido que amarillo, y empezó a cargar con los titanes que salían arrastrando los enormes pies, llevados de los musculosos brazos, las cabezotas rubias colgando, como peroles de miel. A los más ebrios los alzaban del suelo, a donde habían caído en la lucha, sin poderse levantar, y los sacaban en vilo hasta uno de los camiones que noche a noche, al igual que los carros municipales de basura, recogían de los bares, cantinas, clubs, fondas y bárdeles, a sus borrachos.

Fue una de las tantas "operaciones relámpago". Momentáneamente se respiró en el bar, pero otra perolada de los que bailaban en el salón, al terminar el vals de las tres de la mañana, ocupó con us compañeras de juerga los bancos vacíos, y empezaron a exigir *whisky*, cerveza, ron, coñac, y el que sustituía al *barman* a servirles sin medida.

La Anastasia se tocó con la punta de la lengua el labio partido, y tras escupir para no tragarse la sangre, masculló solo para ella:

—¡Ya se están mamando otra vez estos hijos de...!

El sobrino, que al entrar la policía militar había corrido a esconderse al zaguán más próximo, volvió al pasar el peligro, y la interrumpió:

—¡Tiíta, ahora sí que compró...!

—¡Consuelo con vos, infeliz...! Si compro, me mato. No vidiste que no caí dealtiro,[28] que solo mordí la pared... ¡Ah, pero ahora mismo me voy a ponerle la queja a yo sé quién...

—¿Al policía? —volvió a interrumpirle el sobrino.

—¿Al policía...? No soy tan bruta..., no seas inocente... ¿Reclamar o quejarme con un policía de aquí? ¡Ja! ¡Ja! ¡Ja...! Mejor me río con sangre... Me partí el labio, ve... Hasta los dientes se me destemplaron del golpe... Voy a irme a quejar con Jesús de Santa Clara..., vale que es aquí cerca...

---

[28] **dealtiro:** o también **dialtiro**; del todo, de una vez, por completo. Es preciso apuntar que M. Á. Asturias prefiere el modismo **dialtiro** en las entregas anteriores de la *Trilogía* y en *El Señor Presidente*.

—Pero ahora está cerrada la iglesia...

—Le digo lo que le tengo que decir desde la puerta. ¿Acaso no es Dios para oírme? Le voy a reclamar por las buenas que con él no es así el trato. Nosotros le gastamos en sus candelas todos los viernes, pero él debe velar por nosotros... ¿Qué es eso de dejarnos a la descampada y a la destampida? Sobre todo, a nosotros, que no tenemos materialmente dónde estar, que no tenemos techo, que andamos como el Judío Errante, y no porque nunca le hayamos tenido, ¡achís la mierda!, o porque seamos de lo peor, hijos de las más malas malvas, sino por culpa de estos malditos gringos que nos echaron de nuestras propiedades en la costa donde hoy luce Bananera...

La presencia de don Nepo Rojas, que salía del trabajo a pie llevando la bicicleta por el timón, hizo que se olvidara del chiquillo.

—Le contaba a mi sobrino—dijo a don Nepo— lo requetebién que vivíamos cuando teníamos nuestras tierras, nuestra casa, todo propio. ¡Ah, porque usted no sabe que yo pagué el pato de la escandalada que armaron en el bar!

—¡Menudo escándalo —exclamó Nepomuceno—, por poco linchan al *barman*! y dentro también hubo su alboroto. El personal empezó a prepararse para salir a defender al señor Mincho: los cocineros con sus cuchillos, los de los lavabos con baldes de agua hirviendo, otros con hachas, barretas, picos..., y otros preparando botellas vacías con gasolina, todos..., y no se han calmado, piensan presentar un memorial y no venir a trabajar si no les dan seguridades...

—Pues cuando se dejó venir la policía militar... —empezó la mulata.

—¡Por fortuna...! —le cortó don Nepo, mientras aquella se quejaba del dolor del labio partido y de los dientes golpeados. —Por fortuna que vino, si no se arma la de Dios es Cristo, y en la tremolina me olvidé el paquete de comida que les tenía apartado...

—Pues cuando se dejó venir la policía militar —insistió la Anastasia entre escupida y escupida de sangre—, yo estaba en la puerta del costado y de necesidad al pasar me dieron el gran empellón, que si no meto las manos y el caite [29] en la pared, me matan... Y diga que todavía alcancé a meter las ma... ñosas, aunque peligré la jeta, que si no doy con el sentido en el filo de la puerta y entonces sí que me hubiera tenido que ir a ver usted a la losa fría, porque no debe ser de los que si te conocí, no me acuerdo... ¡Ay —suspiró—, ay, Dios mío, Señor de Santa Clara, estarles sufriendo siempre a estos...!

—¡Ah, es verdad que ellos los desalojaron de sus propiedades en la costa, pero de eso hace mucho tiempo!

—¡Como si hubiera sido ayer! —respingó la mulata.

—Lo que no recuerdo —dijo don Nepo, distraídamente, pero con toda intención—, es si les pagaron...

—¡Nos pegaron, qué nos iban a pagar! ¡Leño fue lo que nos dieron..., y..., labio condenado, cómo me duele..., que agradeciéramos que no nos mataban... ¡Hubiera sido mejor que nos mataran... —sollozó—, no dejarlo a uno sin sus cosas!

—No les pagaron, entonces...

—¡Ni entonces ni nunca! ¡Usted sí que la amuela! ¡No se convence de que nos pegaban, nos pegaban, nos... ¿Y quién?... ¡Mejor le contesto como mulata: *Chos, chos, moyon con!* ¿Sabe lo que significa...? ¡Nos están pegando..., manos extrañas nos están pegando...!

Don Juan Nepo marchaba a pie, medio apoyado en el timón de la bicicleta, al lado de la mulata que traía arrastrando de la mano al sobrino más dormido que despierto. Sombras por la sombra de la media calle. Era peligroso ir por la acera a esas horas. No falta gente mala que se esconde en las puertas. Y es de más confianza aprovechar todo el ancho de la calle olvidada a esa hora de vehículos y peatones.

No se oía lo que hablaban. La mulata alargaba el cartílago negroide, congelado como oreja de muerto, a los

---

[29] caite: sandalia de cuero; aquí, despectivo del rostro; o sea, jeta.

labios tiritantes del ciclista, cuyo bigotón entrecano parecía un pedazo de neblina y tiniebla pegado a su nariz para que lo fuera respirando.

El que respira así su bigote acompañado de un cigarro después de su trabajo es un hombre feliz y aunque la ocasión era poco propicia a las dichosidades, el señor Nepo, contento por el rumbo que llevaba su conversación con la Anastasia, lo respiraba feliz.

—¿Juambo mi hermano?

El nombre del mulato dicho por la Anastasia con la boca dolorida por el golpe y el alma adolorida por los recuerdos de pasadas glorias de tierras que fueron suyas, sonó como golpeándose en las paredes.

—¡Sí, Juampo!

—Ju... am... bo... —corrigió la mulata—, no Juampo. Yo no me hablo con él.

—¡Entre hermanos esas cosas!

—¡Es un infeliz! Abandonó a mis padres, se hizo el que no me conocía...

—¿Y vos no los abandonaste?

—¡Pero él era el de la obligacionota, era el hombre!

—Era el más chico, Anastasia, y vos misma me contaste que se lo iban a dar de comer al tigre y se salvó por milagro, porque lo recogió de donde tu padre en el monte lo dejó perdido, Maker Thompson. Creció con ese resentimiento contra ustedes...

—Yo inventé eso del tigre... —escupió la mulata saliva ensangrentada al decir así, con voz de la que se arranca una confesión muy íntima.

—Razón de más para que vayas a buscarlo...

—Creo que vive allí donde Maker Thompson y de buscarlo sería en otra parte; en la casa de ese maldito yo no pongo los pies...

—Hablále por teléfono...

—Seré yo de esas...

—Pero, Anastasia, por mí tenés que buscarlo..., en qué se conoce...

—Por usted, tal vez que me decida; le tengo recibido tanto favor.

—Bueno, te dejo apalabrada; Juambo debe venir por casa a buscarme hoy o mañana. Lo más tarde, mañana. Mi casa queda por las Caleras del Norte, o si le es más fácil, que me busque en las horas de trabajo, de las siete de la noche en adelante, donde vos sabés qué se sufre con música eléctrica... Si así como su música es esa silla en que los sientan para matarlos, en lugar de fusilarlos, mejor mil veces que me fusilen.

Siguieron en silencio. No era el silencio de la calle. Silencio con temperatura de claridad que surge milagrosamente. Era un silencio más pegado al hueso, más de ellos, pegado a sus dientes, a sus pelos, a sus uñas, al silencio de la tierra que rodea a los muertos.

El cerro del Carmen surgió con color de sueño, de sueño que se levanta hacia las estrellas, últimas, altas, y en cuya cima, entre las brumas, como entre espumarajos de mar revuelto, se adivinaba el mascarón de proa de una nave que era el frente de una ermita.

La mulata y el ciclista, como soñar andando, se vieron en una ciudad desconocida, entre personas de otra época. De Santiago de los Caballeros llegaban a caballo, personajes del más ridículo vestir carnavalesco. Algunas damas. Un obispo. Frailes. Tercios. Criados. Indios. Todo un séquito. Reunidos al pie de la colina, ascendían hacia la ermita, los más animosos delante, jóvenes de la Universidad Carolina, las damas con los armados capitanes de pluma en el sombrero, sin faltar la auspiciadora de aquella visita en peregrinación a la imagen de plata y oro de la Virgen del Carmen que acompañó a Don Pelayo, cuando fue confiado al cesto, como Moisés.

Juan Corz, el fundador de la ermita, desvió su paso, venía al encuentro de los nobles y señoriales vecinos de la capital del reino, y fue hacia la Anastasia, el ciclista y el sobrino. Estuvieron cerca, prontos a encontrarse, a golpearse, cuerpo con cuerpo, si daban un paso más, y no se detuvieron ni se atropellaron; el ermitaño pasó por ellos atravesándolos de parte a parte y ellos pasaron por el ermitaño que huía despavorido.

—¿Qué le pasa, hermano? —le preguntaron.

—¡La Inquisición...! ¡La Inquisición...! —y añadió vehemente—. ¡No me detengáis, dejadme pasar...!

—¡Pase, hermano pase!

—¡Vuestros cuerpos me detienen, andáis en lo que yo anduve hace tres, cuatro siglos, en la gran caridad de defender a los indios de los españoles, y por eso me persigue el Santo Oficio!

—Hermano Juan.

—¡No me digáis hermano, os quemarán conmigo, me acusan de extranjero y predicador de milagros!

Y tras una pausa palpitante como las hojas de una palmera sembrada por el ermitaño, la misma voz, pero ya se veía a Juan Corz, les dijo:

—¡Vayan, vayan, sigan en su lucha, yo les bendigo, mas no salgan sin ver este cuadro!

—¡Es el Infierno! —gritó la Anastasia momentáneamente corporizada en lo que ella era, por el horror.

—Y aquí estarán, ese demonio ciego y mentecato se encargará de atormentarlos eternamente, un arzobispo, un embajador y un teniente coronel, cuyos nombres execrarán los siglos...

Una extraña angustia, violenta huida de los árboles en sombra sobre el terciopelo rosa que subía por el oriente, desató aquel instante de conjuro en que se trenzaron el ciclista, la mulata y el chiquillo, de quien la Anastasia parecía que solo el bracito llevaba, tanto lo había arrastrado, solo el bracito, parque el cuerpecito quedaba atrás, deshecho de sueño, de cansancio, hambre y fatiga.

La mulata levantó al chico y se lo echó al regazo bajo el rebozo.

—Solo porque es usted voy a ir a poner mi carota donde ese mi hermano. Me tiene tan ofendida que se me hacen nudo las tripas cuando lo diviso. Pero por hacerle el favor a usted, que es tan bueno con nosotros... Sé que me expongo a que me mande a freír niguas.[30]

El señor Nepo ya no la oyó. Montando en la bicicleta escabullóse por las callejuelas de El Martinico. Corrales, mugidos, caballos, ladridos, gallos y campanas. No eran calles sino veredas de arena húmeda en lo alto, lodazal en lo bajo, y pequeños pasos empedrados. Casas y patios, ranchos y desmontes. Hortalizas, jardines, establos, rehiletes girando en las torres a favor del viento, para extraer el agua de los pozos. Y el bandolerismo de los sanates que por su canto se diría alimentados con chicharras. Del naranjo al aguacate, del aguacate al jocotal,[31] se paseaban en bandadas. Rociones de rocío, igual que lluvia, remojaban el capote del señor Nepo, al pasar bajó los árboles de donde se alzaban los sanates. Era tan pronto su llegar y pasar con la bicicleta, que apenas si tenían los pájaros tiempo para alzar el vuelo. Por fin, El Martinico. El estanque para lavar ropa. Solo se les veía el busto a las mujeres sobre los lavaderos. Unas pocas. Otras llegaban con tinajas a traer agua. De entre las rascadas peñas surgían filas de cabras seguidas del látigo del dueño. Moscas, mosquitos, carroñas de bestias muertas, cornamentas, quijadas y zopilotes,[32] pesados por la traza, pero al salto, livianos. Saltaban al paso de la bicicleta trastumbante, pero ya en las rejoyas altas, guardadas por cercas de feroces alambradas de púa, cara a las azules montañas y a los cercanos montes, entre siembras de maíz y zacatales,[27] dominando la autopista por donde circulaban a todo motor los veloces camiones militares con sus faros de luz hiriente y sus choferes embozados, solo los ojos visibles, neblina y sueño con pestañas.

La Anastasia, en despidiéndose de don Juan Nepo, buscó como quien va hacia el Portero de Corona, el chico en brazos, la barba del rebozo terciado hacia atrás medio

---

[30] nigua: insecto minúsculo que se incrusta en los pies.

[31] jocotal: plantío de jocote.

[32] zopilote: ave carroñera de cabeza rojiza y desplumada, y plumaje negro.

arrastrándola y en la pupila, el ermitaño. No se le borraba la imagen de Juan Corz. Por todo su cuerpo pasó, pero se le quedó en la frente, en lo menos inmundo, como una llamarada de barbas que agitaba el viento y ojitos que brillaban como carbones. La campana de la ermita empezaba a llamar a misa de cinco, sin importarle que no fuera una mañana del año de gracia de 1615, sino cualquiera de las mañanas desgraciadas...

En el portón medio derruido por donde entró la mulata se movían los corraleros, las vacas, los terneros, las personas, los tarros de ordeñar la leche.

Múuuuuu... Múuuuuu... Múuuuuu...

Un mú... uuu... caliente, oloroso a leche cruda, a nata, a mantequilla, a queso, zacate,[17] orines, estiércol, oloroso a verdura de campo y a respiración de tierra húmeda, a pezuña de hediondo casco y a flores amarillas como ojos olorosos en medio de la mañana.

—¡Marcial...! —gritó la Anastasia a uno de los corraleros y ya más cerca de un campesino enjuto, barbilampiño, de ojos achinados, agregó por puro presentimiento. —No me vas a hacer la mala acción de dejarme sin leche para el muchachito...

—Solo que me la pague al contado. Supo el patrón que yo le estaba regalando sus vasitos de leche con el disimulo del fiado, y me regañó que por un poco me pega. Si le podés dar veneno a esa negra malvada, es que me dijo por último, pero leche ni una gota.

—Él todo porque no he podido pagar el alquiler de tristes tres meses que le debo de la pieza. Tomá lo del vaso de leche. ¡Porquería de ricos, todos son de la misma miér... coles!

—Solo porque me da lástima la criatura, porque la orden era de que ni pagándomela al contado rabioso se la vendiera.

—Eso sí no lo creo de Peluca...

—¡El patrón tiene su nombre qué es eso de llamarlo Peluca!

—Apúrate con mi leche vaso y medio quiero...

—Ahora ya se volvió vaso y medio...

—De paso que me olvidé de pasar a comprar las roscas, causa de venir hablando con el padrino...

—¿El padrino de quién?

—Del muchachito, caso no es cristiano y hay que confirmarlo, hay que llevarlo a la confirmación...

—¡Ínfulas!

—¿Cómo ínfulas?

—¡Ínfulas! ¡Los sacramentos son puras ínfulas! El bautismo, la ínfula del faldón, chinche de cuartillos y repique; la confirmación, ínfula del sopapo con esposa que le da el obispo a uno; el matrimonio, ínfula de..., de dos; y la extremaunción ínfulas de la muerte...

—¡Qué bien que te enseñaron la doctrina!

—Me la enseñó a sopapo limpio una vegetariana que venía en tiempo de mi señor padre a beber leche con excremento caliente...

—¡Ínfula!

—Eso iba yo a decir.

—¡Ínfula de excremento, no de sacramento!

—Por supuesto que de vaca...

—Se entiende y en un galán vaso de leche, no como esta escupida que me estás dando. Vaso y medio te dije, no medio vaso.

—¡Qué viva es usted! Me mete la platicona para dar tiempo a que se le baje la espuma...

—El vivo sos vos, que para hacerle la bolsa a Peluca me querés dar medio vaso, por vaso y medio de leche...

Y mientras el corralero llenaba de nuevo los vasos ordeñando de mal modo y con una mano, la Anastasia se sacaba de por donde es el corazón y están las tetas, el pañuelo con nudos donde guardaba el dinero.

***

Ya dormía el sobrino prieto con la cara bañada en la regadera de luces que se colaban por el techo mal entejado, sobre el labio el bigote de la espuma seca de la leche, bigote que entre respiración y sollozo, se lamía y relamía saboreando el recuerdo de una felicidad pasada o la felicidad infinita de soñarse ternero. Sí, eso parecía soñar. Ternero. Ternerito hijo de la vaca pinta. Iba con ella por todas partes, nervioso de patas y rabo, saltando y dándole de lengüetazos en las ubres para que le diera de mamar o de topetones con la cabeza cuando le escondía la leche. Topetón y topetón, mientras ella, su mamá, se quejaba de los malos tratos del hijo con un mugido largo, mojado, melancólico. Se atorzonaba y le daban purgante de miel de caña con sebo. Las moscas se lo comían, costroso de estiércol y más peludo que un gusano, se paseaba la lengua por los bigotes de la leche seca.

La mulata se echaba al lado del hijo en el mismo catre, después de pasarse al estómago con repugnancia de blanco y apetito de negro, las sobras de comida que le regalaba el señor Juan Nepo. Pero esta vez, con el amargor en la boca de tener que buscarle la cara al infeliz de su hermano, ni bocado probó. De la vecindad de la nariz se volvía el bocado. Mejor era acostarse sin comer aunque tuviera acabamiento. Es pecado estarle haciendo ascos a la comida. Se acostó vestida, es decir, sin la enagua y la camisa, con el cotón, el camisón y los fustanes. Pulgas y hediondera. Pero ¿dónde se iba a bañar? Al río de las Yacas, mucho bolo.[8] Bolo y bolas, porque por ahí tiraban los desagües de la ciudad. A los baños del Cabildo, muy caros. A los del administrador, Dios guarde, allí salen serpientes. Y en los del sur, lo menos que le sale a uno es tiña.

Suspiró. Las pupilas se le salían de los párpados negras como sus pensamientos. Ni dónde bañarse, ni dónde vivir ni dónde morir. Es el colmo, los pobres no tienen ni dónde morir, y tienen que irse a morir al hospital. Los hospitales son para que se mueran los pobres, y ya ni allí quieren que se mueran; los sacan cuando están deshauciados. Mueren en los caminos, en las puertas, como morían, como murieron y siguen muriendo los que desalojó de sus tierras el entonces joven y guapo Maker Thompson aconchabado con doña Florona, para formar esas grandes plantaciones de bananos que no hay quien las recorra andando a pie.

Los sacaron. Sus padres y ella con lo que tenían puesto. Su madre se agarraba la trenza negra, mientras ardía la casa, babeaba lágrimas y escupía llanto. La ley, Mayarí, Chipo Chipó... Nada valió. De Mayarí y Chipo Chipó quedan sus nombres en forma de flores en la costa. La flor de Mayarí es una lluvia de lentejuelitas de oro. La de Chipo Chipó una orquídea macho en forma de boca entreabierta. Nada valió. Los lanzaron de sus tierras. La doña Florona, al final de yuntas, paró enredada con el gringo, a la vejez canela, porque le doblaba la edad y como no hay nada más sometido que una vieja caliente, resultó gruesa de una tal Aurelia, pero como de tal palo tal astilla, esta tuvo un hijo sin padre, que lleva el nombre del abuelo, y al que le dicen Boby. Eso debe querer decir bobo, pájaro bobo. Ella se quedó dando guerra en los Estados Unidos.

Las doce del día y su hijo a todo dormir. Ella también debía quitarse de la cabeza eso de hijo, sobrino, sobrino, ya dos o tres veces que ante la gente lo llamó hijo. Se echó la enagua y la camisa, se pasó por el pelo crespo un peine dientudo y fue en busca de una su conocida para dejarle recomendado a su..., sobrino, mientras ella iba a buscar a su hermano, por cumplirle al señor Juan Nepo, a quien tantos favores le debía.

La residencia de Maker Thompson, ahora presidente de la Compañía, por lo que desde hace tiempo residía en Chicago, era un cascarón de paredes y rejas, entre las rejas y paredes de un jardín con más monte que flores. La mulata tanteó el timbre con las puntas oscuras de sus dedos, hasta quedar el botoncito blanco bajo su yema. Un momento después vio venir a su señor hermano jugando con un perro lanudo... ¡Señor..., ya señor, eso...! Su hermano, a secas, qué se estaba creyendo, que porque vivía en casa del Papa Verde era ya gran cosa.

Al ver, ya más cerca de la puerta, de quien se trataba, Juambo apuró el paso y abrió en seguida.

—¡Juann...

—¡Ta...

—... bo!

—... cha!

Encogieron los labios, al reír, hacia los pómulos y de los pómulos duros hicieron lavaderos de lágrimas al no poderse atrancar el llanto en los rincones de los párpados. Juan Tabocha. Ella joven y él niño jugando a ese personaje misterioso que formaban alternando las sílabas de sus nombres. Juan Tabocha. De Juan... bo y Ta...cha..., diminutivo de Anastasia.

Y tras abrazarse, casi al mismo tiempo se preguntaron, no por su padre, ya fenecido, padre enterrado en la costa sur, no por su madre sobreviviente y ciega, no por su hermana Toba, sino por Juan Tabocha que tan pronto se figuraban como uno de esos muñecos crucificados en las maizales, para asustar a los pájaros, como el San Joaquín de la iglesita del pueblo, o el pastor protestante oloroso a tabaco que se adelantó con la Biblia en la mano a querer convencer a sus padres que dejara las tierras en manos de Maker Thompson.

—Pero, no te quedes en la puerta, hermana, pasá adelante... ¡Qué lejos estaba yo...! Te dejaste venir el rato menos pensado... Pasá adelante...

La mulata no le perdía movimiento al perro que saltaba y alharaqueaba gozoso.

—No le tengás miedo, no muerde, juguetón es lo que es...

—¿Có, có, cómo se llama?

—Hasta tartaja estás del miedo, ya hora eso, ¿nunca has visto un chucho?

—Pero así tan imponente y lanudo...

—Se llama Júper..., más bien Júpiter, pero le decimos Júper...

Al oírse nombrar el inmenso animal, del tamaño de un cordero, sobre las patas de un galgo, se deshizo en fiestas.

—Entrá, Tacha, pasá adelante, pasá por aquí, voy a ir yo adelante para enseñarte el camino...

—Pero no me dejés sola atrás con el Dios sea con nosotros, tan grande, hasta los chucho nos son bastos en estas casas...

—No le tengás miedo, si es muy noble, es un animal muy noble, solo de noche se vuelve como era. Inmejorable para cuidar la casa, ¿no te parece? Pasá, pasá por aquí, vamos a celebrar tu venida; te resolviste a buscarme, y me alegró, quién, mujer, te puede querer más que yo que soy tu hermano; y ni te cuento, estuve en la costa con madre, padre murió... Fui cuando se hizo efectivo el testamento del millonario que les dejó su fortuna a unos de aquí... Toba me llevó con madre. Hablé con ella. Fue duro, pero hablamos.

Estaban con el inmenso animal de cuatro patas, en la puerta de una habitación no muy grande, donde, pegados a las paredes, se veían escaparates llenos de botellas, otros con latas de conservas, jamones y bolsas con nueces, avellanas, chocolates. Juambo le acercó un pequeño banquito a una mesa cubierta por una carpeta rojo oscuro, pero se arrepintió al verle el nalgatorio a su hermana. ¡Banquito para quien tanto merece...! Y se trajo una silla de cuero, propia para fraile grande o gran señor de la historia.

—Cerveza es lo que te gusta... Al menos te gustaba... —y extrajo de un mueble blanco, dos botellitas de cerveza que sudaban de heladas— Los brequeros, los fogoneros, los maquinistas, siempre te regalaban cerveza negra revuelta con clara, para beberse tu sangre, porque te llamaban Claranegra. Con vos me llevabas, la presencia de un muchacho por chico que sea infunde respeto.

—¡Mordé, mordéme el dedo! —la mulata hablaba entre líquido y espuma, al tomar la cerveza, acercando el meñique de su mano izquierda a la boca de su hermano.

—¡No, Tacha, si no me estoy haciendo el chiquito! ¡Dejáme hablar, recordar, decir cosas que solo a vos te las puedo contar, porque solo vos me las entendés! Me llevabas de respeto, pero ellos me daban que un dólar, que dos dólares, para que me fuera a silbar por allí... Yo hacía como que me iba, pero me quedaba volando ojo, la curiosidad es lente fina.... Te hociqueaban... Te metían las manos en el escote... Te querían levantar la ropa y eso sí, vos nunca dejaste que te la levantaran sin preámbulos, juntabas las rodillas duro, duro, apretabas las canillas duro, duro, mientras te ahogaban a besos y magullones de pecho...

La Tacha, que hasta allí se hacía la halagada desentendida, juntó las pupilas, como dos carbones de odio, sobre la cara de su hermano, obligándolo a callar. ¡Bonito estaba, so pretexto de recuerdos, sacarle los trapos al sol! Intencionalmente, la mulata dejó espesarse el silencio. El mejor tapabocas. Para un espeso otro más espeso. Se oía la respiración del perro, el volar de las moscas, la espuma que se iba desprendiendo del cristal de los vasos para fundirse en el líquido.

No hallaba la Anastasia, por más que le daba vueltas en la cabeza, al compás del vaso que hacía girar en su mano, no hallaba cómo decirle a su hermano a lo que venía, desembucharle el mandado del señor Nepo. Otras botellas de cerveza, negras y claras, para la mezcla de la claranegra. De pronto se le ocurrió algo que fue su salvación. Acercóse a la oreja de Juambo y le dijo:

—¡*Chos, chos, moyón, con...!*

No dijo más. No necesitó decir más. Aquellos sonidos lo explicaban todo. Un escalofrío helado y caliente recorrió la epidermis del Sambito. Algo se le trabucó en la garganta.

¡Chos, chos, moyón, con...!

Donde se escuchaban aquellos sonidos el suelo quedaba mojado de lágrimas, de sudor, de sangre...

¡Chos, chos, moyón, con...!, nos están pegando..., nos están pegando..., ¡manos extrañas nos están pegando!

Eran unos simples sonidos y pesaban como una cadena con retumbo de aguaje de río bravo.

Puso los ojos de anestesia, se limpió la boca con el revés de la mano y acercóse a la Tacha, el corazón ya como un nudo corredizo.

—¿Qué hay de nuevo?

—Hay...

—¿Hay de que hay o ay de que te duele?

—De las dos cosas, Juambo. Un conocido mío que vive por las Caleras del Norte, me encargó que fueras por su casa, está noticiado de que por allá por donde nosotros...

Callaron. "Por allá por donde nosotros...". Muy bien dicho porque, seguía siendo de ellos. Sus padres no vendieron las tierras. Se las arrebataron. Se las quitaron a la pura quién vive. Y si es verdad que ahora se admiraban a no creer sino viendo las gigantescas instalaciones de la Tropical Platanera S. A., las inmensas plantaciones del tamaño de la luna, rutilantes, el río dividido en tomas de agua para los regadíos, los pastales mansos como el ganado, las ramas de los rieles igual que si hubieran sembrado un árbol de metal para tener ramazones Juambo y la Anastasia seguían considerando todo aquello como de ellos.

—Por allá por donde nosotros... —repitió Juambo con voz triste de autómata que no cree en lo que dice, sino en la medida en que para él es cierto, sustituyendo su deseo a la realidad que lo desmiente. —Por allá por donde nosotros.

—Tenés que preguntar por el señor Juan Nepomuceno Rojas. A un ladito de las Caleras del Norte. Pasás un puente viejo, medio enterrado que hay por allí. Y al solo pasar, después de un paredón de peñas rosadas, a mano derecha se ve la casa. Si lo fueras a ver hoy mismo, mejor.

—Tal vez aproveche ahora que vos te vas y salimos juntos, ¿no te parece? Claranegra, cómo te gusta la cerveza. Lleváte unas tus botellas, y leche condensada, así en polvo y mermelada de fresas, y aceite de olivo, es del fino, y estas tus galletas.

—Dios te premie tus favores, Sambito. Tenés tan buen corazón. Los mulatos diz que sacamos lo mejor del negro y lo mejor del blanco, y por eso somos mejores que los blancos y los negros... —titubeó antes de seguir, se había parado, era un mujerón de hombros caídos y amplias caderas— somos mejores y yo te lo quisiera probar confesando mi mal corazón en algo que te hice, más para mi daño, vas a ver vos, que para el tuyo, porque desde entonces me remuerde la conciencia y no he vuelto a tener paz.

El Sambito hizo el ademán del que borra en el aire, con la mano, lo que oye, pero la Tacha insistió:

—Yo fui la que inventé que padres querían darte de comer al tigre, y esto sé que te ha hecho sufrir mucho y odiar a los viejos...

—¿Por qué te acusás, hermana, si madre ante Toba no dijo que tú...?

—¡Perdóname!

—Padres me regalaron con Maker Thompson, y este, para que yo no los quisiera ver, ni pensara volver a reunirme con ellos, inventó lo del tigre.

—¡Peor, entonces, Sambito, peor, mucho peor...; mi cuento le hizo el juego al que nos dejó en la calle; en cuántos designios estamos contra nosotros mismos sin saberlo!

—Así es, en lo que sabemos y en lo que no sabemos, estamos al servicio de ellos. Son poderosos, repoderosos, rerrepoderosos...

—Entonces no se les va a poder.

—Qué querés que te diga...

Habían cruzado el jardín en el que el viento soplaba haciendo ondular las escasas flores y abundantes malezas con el peso de una mano que fuera buscando al tanteo lo más mullido para acostarse.

—Ahora ya conociste el camino y espero que has de venirme a ver más seguido. Vos te quedaste sola como yo, y ¿sola seguís...?

—Recogí a una criatura...

—Ya me lo habían contado.

—Entre el cielo y la tierra, no hay nada oculto, ¿verdad?, pues un día de estos te lo voy a traer para que lo conozcás.

—¿De qué color es?

—De las dos cervezas, clara y negra.

—Un día de estos lo traés...

—¿Y no hay peligro de que regrese Maker Thompson? A ese gringo maldito no lo quiero volver a ver...

—¿Y nunca lo encontraste en la calle?

—Cuando lo veía venir, cruzaba.

—No creo que vuelva en muchos años. Ahora está de presidente de la Compañía. Es el famoso Papa Verde. Su hija Aurelia suele venir de vez en cuando.

—¡Otra que bien baila!

—El mayordomo y yo ocupamos toda la casa. Nos dejaron solos. Ahora hasta el niño Boby anda de temporada en la costa.

—En su casa, porque toda la costa es de ellos.

—Donde los señores Lucero, se han hecho muy amigos, después que el viejo les salvó las acciones, y muy partidarios de la compañía.

—Así sabía yo. Me voy y hasta..., a saber cuándo. Cuidáte bastante. No dejes de ir hoy o mañana lo más tarde por las caleras. Caigo muerta si ese chucho se viene tras de mí. Llamálo... ¡Tamaño animal, parece el Cadejo! ¡Ve que me puede botar, llamálo!

—¡Júper...! ¡Júper...! —se oyó la voz del mulato, el perro vino en seguida, tres, cuatro saltos, lo tomó del collar, y vio alejarse a su hermana pensando en Juan Tabocha. El misterioso Juan Tabocha los había vuelto a juntar.

V

Los ojos enrojecidos por el polvo vivo de la cal, tomate en llaga, la cara de ratón de amasijo y el pelo blanco, quién iba a reconocer bajo aquel disfraz de peón que ayudaba a Damiancito en el acarreo y entrega de la cal, al que días antes había llegado huyendo de los sangrientos sucesos provocados por las autoridades para acabar militarmente con la huelga portuaria. Nadie. Era otra persona. Ni el mismo Nepomuceno lo reconocía.

—Hasta ayudante se echó su nieto —comentó la Consunsino, la Marcos Consunsino. —Esta en todo se mete, dirá usted, como si le importara, pero es lo que pasa: una no se mete en lo que le importa, sino en lo que no le va ni le viene.

—Si le viniera...

—¡No sea liso,[33] don Nepo, dése a respetar, conteste lo que se le está hablando!

—Sí, mi nieto no se alcanzaba, son tantos los pedidos, y tomó ese ayudante por día.

—¿Por día o por trato?

—Pues vea, la verdad no sé.

—El don Sixto que en todo se mete dice que ustedes empezaron por el ayudante...

—¿Por el ayudante?

—Sí, por el ayudante y que dentro de un tiempo van a comprar el camión... Por algo se empieza...

---

[33] liso: pesado, abusivo, grosero.

—Por la carne humana, verdá, porque es lo que cuesta más barato. Si fuera cara la carne humana no habría tanta guerra. Montones de hombres se están matando, cuando pienso que ahora mismo, en este momento, mientras hablamos, miles y miles de soldados caen para no levantarse más.

—No se vaya tan lejos, lo de por ái, qué nos importa; aquí en Bananera están matando, mucha gente. Sacude carne de gallina cuando se oyen las ingratitudes que están haciendo con la pobre gente.

—Pues dígale a don Sixto que ya tenemos el ayudante...

—¡Dígaselo usted!

—No, yo no le hablo, desde que me quiso matar. Por poco me deja hecho pozol bajo la rueda del carruaje. Me agarró así contra la peña y si no ando tan listo... Solo porque no era mi hora llegada. Dígale a don Sixto que ya tenemos ayudante y que si él como buen Estribo sirviera para algo más que para meter la pata, nos daría el dinero para comprar el camión y se lo desquitaríamos acarreándole madera; él o sus patrones supe que están botando bosque, allá por la Periquera.

—Pues lo sacarán a lomo de mozo, qué camión; los españoles saben que cien espaldas de indio cargan mejor que un camión, y no les cuesta nada.

—Por estar platicando, no le he pedido. Deme un anisado. Tengo un mi dolorcito en la boca del estómago, aquí de este lado, que se me figura que es aire.

—¿Se lo toma solo? A muchos les gusta con agua...

—Esas son embelequerías.

—No, le llaman palomitas, anís con agua y hielo.

—Sí, ya sé, mujer, no soy tan ignorante, y sé más: la paloma es el trago de moda entre las señoras... —no dijo más; por poco se ahoga se le fue el trago por otra parte.

—Dios lo castigó, por andar hablando lo que no debe, si a las señoronas les gusta el anís con agua allá ellas. —La Consunsino, la Marcos Consunsino, aligeró sus ojos sólidos en un licor, de sonrisa que la hacía verse más bonita, pupilas de tinta negra llenándole casi los ojos, boca aporronada, labios finos y abiertos, nariz respingada, llena de hombros, llena de pechos; lo único que la afeaba, sin poderlo disimular con el pelo que por eso usaba siempre suelto, era el hueco de un ganglio que le quitaron bajo la mandíbula, cerca de la oreja, rodeado de costurones rojizos, y las dos enormes rodajas de ceiba del fandango.

—Otro anisado, pero ahora me lo voy a beber con agua...

—Después no diga que solo a las señoras les gustan las palomitas, aunque usted, don Nepo, es hombre de pájaro en casa, porque esa chorcha [25] se somata [26] todo el día.

—La chorcha es de mi nieto...

—Pues es bueno que le abran la jaula y le den libertad, no sea que se les vuelva huevo duro.

—Por lo amarillo, dice usted...

—Por lo amarillo y porque un buen día la van a sacar tiesa...

Entre el pelo suelto brillaban sus dientes, entre sus dientes, su lengua, toda ella sacudida de risa.

—Pues si es de Damiancito, la paloma, el pájaro, quise decir, allí me le da el mandado...

—Cuando regrese, porque se fue muy lejos, tenía entrega hasta más allá del Campo de Marte. Se está construyendo en grande por ese lado.

—Los militares... El otro día le oí decir a don Sixto que esto ya no parece la tierra, sino el planeta Marte, y que un buen día el cura va a encontrar militares en el copón.

—Me repugnó el anisado así con agua...

—¿Ya no se lo va a tomar? ¿Le repugnó que le hablara del don Sixto, del copón y de los militares?

—No, me cayó mal el olorcito del anís, y lo que se me está antojando es un pedazo de cecina, una costillita de marrano, algo que se masque y sepa a carne, con su chirmol picante y sus tortillas...

—Me gusta que sea de buen diente. Longanizas es lo que tengo, longanizas con guacamol, guacamol hecho con aguacates de donde el mejicano, que son puritita mantequilla, como dice él. Ese hombre me gusta, vea. Es brilloso y limpio. Los de aquí tienen encima una conformidad que más parece mugre, esa suciedad de los iglesieros que se vuelven mansos...

La palabra se fue con ella y en el silencio que rodeó a don Nepo, oíase el reloj, el chisporrotear de la candela encendida ante Santo Domingo de Guzmán, el vuelo religioso de las moscas, que era como el residuo del zumbar de los motores en la lejanía, las punzadas de alguna avispa perdida. Un agujón del diablo entró y salió después de golpearse en las botellas. Don Nepo seguía con el pensamiento, los ojos en el misterio de las cosas que estaban pasando, el rodar de la carreta en que el ayudante conversaba con el hermano de la Anastasia, Ningún sitio más seguro que una carreta rodando. El nieto atento a los bueyes, el ayudante haciéndose el dormido sobre los sacos vacíos después de la entrega, el sombrero sobre la cara, y a su lado, el mulato, sentado, igual que un pasajero amigo a quien se hace el favor de encaminarlo.

La única vez que Juambo vino a casa del señor Nepo, no convenían las visitas, este le presentó al que ahora se hacía pasar por ayudante de su nieto. Era un hombre alto, esquelético, los ojos muy pegados a la nariz y muy hundidos en la cara, en la cara un poco triangular, escaso de mandíbula, los dientes fríos, desnudos, mostrándolos siempre con risa de calavera.

—¡*Chos, chos, moyón, con...!* —mordisqueó los sonidos, mientras el mulato, con la lengua hecha un nudo, se aflojaba el otro nudo, el de la corbata, para no ahogarse.

Donde se decían aquellos sonidos, el suelo quedaba mojado de lágrimas, de sudor, de sangre, de sangre en movimiento como si perpetuamente bajara de las heridas.

Se convino que se verían en la carreta. Ningún lugar más seguro. Tenían entregas por el Campo de Marte y conversarían largo y rodado, de regreso o de paseo, mientras el nieto se quedaba a pie cobrando algunas cuentas, buscando nuevas entregas de cal, o de compras.

—Octavio Sansur —repitió, el fingido ayudante su nombre para que se le quedara, al mulato, al tiempo de hundir la puya en el cuerpo del buey barcino que no tiraba parejo, y agregó mostrando los dientes fríos, afilados y granudos:— Octavio Sansur, o simplemente Tabío San... ¿Se acordará...?

—Pero también se llama...

—Sí, también me llamo Juan Pablo Mondragón. Este es mi verdadero nombre.

Sentados en la parte delantera de la carreta, uno junto a otro, fumaban unos chichicastes [34] tan hediondos que era fragancia el aire que soltaba el pedorro buey barcino.

—¡Buey cochino, buey...! —lo castigó Sansur con la puya haciéndolo correr con todo y su manso compañero, y girar más a prisa las ruedas de la carreta.

—¿Cuántos quedarán de ustedes? Muy pocos... —siguió diciendo Sansur—. ¡Tanta buena gente sacrificada en ese primer momento!

—Sí, no quedamos muchos —contestó Juambo—; sabido es que en la costa no dura la gente, y menos gente desposeída. Murió mi padre, murieron los Marín, los Salcedo.

—¡Sí, hasta esa ventaja nos llevan! Los nuestros desaparecen. Son rápido pasto de la muerte las víctimas y los testigos de sus métodos implacables, y como aquí no hay memoria de padres a hijos, diezman una generación y con la misma impunidad diezman otra, y otra...

—¡Pobre mi padre terminó de jalador [35] de fruta, que es como debo terminar yo, si es que quiero que me perdonen todo lo mal que me porté con él!

—Sin tener usted que jalar fruta, va a hacerle justicia...

—Esa palabra no me gusta, Donnn…, pues lo que yo quiero es vengarlos, sí, que algún día nos paguen todo lo que nos han hecho: robarse las tierras, convertir a gente

[34] chichicaste: especie de ortiga espinosa, de tallo fibroso que se utiliza para cordelería.

[35] jalador: peón recolector de las bananeras.

que tenía su buen pasar en una legión de miserables, y ¡la impotencia!, lo que más duele es la impotencia, no poder nada contra ellos... ¡Solo el que como yo lo sufrió en carne propia sabe lo que es eso!

Un escuadrón de oficiales de caballería pasó junto a la carreta al trote inglés. Caballos, cascos nalgas de militares entre la polvareda.

—Y eso que había gente bragada. Tan es así que una noche, si no se embarranca un gringo en la Vuelta del Mico, se doblan a *mister* Thompson los Esquiveles, los Lezama y otros que lo estaban esperando en un puente. Se salvó del puente, pero esa misma noche lo pensaban rodajear en su cama a machetazos. En el puente iba a ser con pistolas y escopetas, pero en su cainita a filo de machete, que para eso se tenían buenas guarisamas.[36] Al no más dormirse, yo que me echaba al lado de su puerta, aullaría como chucho que ve llegar la muerte, y allí sí que la muerte... Pero el maldito no pegó los ojos. El remordimiento de haber ultimado a uno de sus paisanos, lo embarrancó para que no fuera a informar allá de sus fechorías, o la preocupación de la hija preñada por un tipo que decía que era arqueólogo, tan bien dotado que yo que lo vi todo tuve la impresión de que la había embarazado con manguera. Lo cierto es que amaneció despierto, fumaba y apuraba sorbos de *whisky*, ni siquiera se quitó la sobaquera cargada con todos los tiros... ¿Presentiría algo...? Y los muchachos afuera, esperando que yo aullara, echándole saliva al filo de los machetes.

—Pero ahora creo que si las cosas salen bien, van a cobrarse ustedes de tanta ingratitud; no es que vayan a recobrar las tierras, pero al menos tendrán que reconocerles el valor, y pagárselos.

—No sé si usted ha oído hablar de los hermanos Lucero. Ellos también nos prometieron algo, pues por ser

---

[36] guarisama: tipo de machete.

accionistas de la compañía, pensaban hablar por nosotros y que nos dieran algo... Algo es algo, ¿no le parece?, pero después ya no hicieron nada.

—Sé quiénes son los Lucero, gente rica e idealista que no sirve para nada, como no sea para ofrecer el oro y el moro. En lo de nosotros compañero, solo hay que contar con nosotros, con nuestras fuerzas. Es la peonada la que se debe alzar y exigir...

—La peonada y los arrastrados —dijo el mulato con toda picardía; se llamaba arrastrados a los que adulaban al gobierno, a los servidores incondicionales del dictador de turno.

—¿Los arrastrados? —inquirió Sansur lleno de extrañeza.

—Sí, porque se debe contar con nosotros que vamos completando arrastrados...

El toloc toc..., toloc toc..., toloc toc..., de la carreta sobre el empedrado hizo más evidente el uso, en otro sentido, de aquella triste palabra, pues ellos, sin ser de aquellos, iban arrastrados.

Sansur volvió a hablar en serio:

—En la costa sur nos faltan organizaciones, hay que ir y regar, como semilla; en el aire, la voz de organizarse. Para unos será un mandato vago, para otros un sentimiento preciso, inmediato, instintivo ante el peligro...

Toloc toc..., toloc toc..., toloc toc..., seguía la carreta tras el desplazarse de los bueyes, que apenas despegaban las patas del suelo.

—Dicen que en Bananera ha habido grandes matanzas; en Bananera, en Barrios, en todo eso de por allí...

—Desgraciadamente, sí —respondió Sansur a las palabras del mulato—; muchos compañeros cayeron bajo las balas de las tropas que movilizaron para defender los intereses de la Platanera; pero, ahí tiene usted, la huelga continúa, lo que significa que si hay organización, los sacrificios no son inútiles, como pasó con ustedes cuando los echaron de sus tierras para hacer las plantaciones; individualmente se sacrificaron muchos, pero nada derivó... —casi no se oía la voz del cabecilla la carreta iba por un empedrado—, nada derivó de allí...

—¡El *chos, chos, moyón, con*...! —clamó Juambo, descontado el respeto que aquel grito de guerra encontraba en todo hombre de pecho de macho que supiera su significado.

—Es cierto, quedaron esos sonidos proyectados hacia el futuro, como una exigencia...

Octavio Sansur dejó en blanco los dientes entre sus labios, pálidos y finos, como hilos de suturar heridas, mientras clavaba sus ojos en los ojos de Juambo.

El mulato le quitó la mirada para escupir al aire. El salivazo, al saltar de la carreta fue lluvia y al caer al camino vidrio apelotonado brillando al sol de la tarde que se hundía entre los volcanes. El nombre de Chipo Chipó se le vino a la memoria. Lo conoció en su casa cuando lo buscaban las escoltas vivo o muerto. Pero Chipó, aunque lejano en sus recuerdos de juventud, era la figura de un hombre existente, real, y este Tabío San, al que veía, oía, palpaba, sentía en aquella larga entrevista sostenida en una carreta rodante, para que nadie sospechara ni se pudiera oír lo que se hablaba, no pasaba de ser un fantasma de cal salido de un cementerio de gente viva, un hombre de hueso, hueso y pellejo, ojos sin párpados arrinconados contra la nariz, dientes filudos, labios sin sangre. Chipo Chipó hablaba de no dejarse arrebatar las tierras, Sansur de no dejarse arrebatar al hombre. Chipo se perdió en el río Motagua, y toda la lucha se frustró; como una sombra, Tabío San podía desaparecer él, sin que nada se perdiera, porque otros quedaban en su puesto. A Chipo Chipó lo recordaba como un cansancio, el cansando quemado por la desesperación con que lo miraban sus padres, un poco incrédulos ante sus prédicas; a Sansur lo encontraba numérico, incansable, exacto, demoledor, sin el silencio de enigma y agua con que callaba Chipó, silencio total, abismal; palpable al oído como el humo del tabaco a la nariz.

Sansur no se dejaba interrumpir por el toloc toc, toloc toc, toloc toc, de la carreta.

—Sí, señor, vamos a necesitar de su persona. Ha llegado el momento de romper el cerco. Volver a darle sentido al *chos, chos, moyón, con...*; no con el sacrificio inútil del que opera solo, sino a sabiendas de que en las manos tiene las cartas del triunfo, porque lucha organizado.

Guardaron silencio para dar amplitud al sentimiento que les desbordaba del pecho, ese sentir cavadas las entrañas por un sacudimiento que no cabe en palabras, que no cabe en gestos, que necesita del callar para expresarse entero.

Juambo suspiró:

—En la vida yo soy antes que usted, si se puede decir por el orden en que nacemos que en la vida hay antes y después. Lo cierto, en fin, es que yo soy más viejo y recuerdo que en la costa, abajo, en Bananera, cuando nos despojaron de lo que teníamos, se repetía un dicho así como profético del famoso Chipo Chipó Chipopó. Hablaba de que todo esto que está sucediendo ahora, lo verían los ojos de los enterrados, más numerosos que las estrellas... ¡Recobrar las tierras...! —la carreta tropezó con unas piedras cambiando su parsimonioso toloc toc, toloc toc, por un taca toco lon tlac, toco lon tlac, toco lon tlac, casi ensordecedor. —¡Recobrar las tierras...! —sacó Juambo la voz.

Murciélagos y moscas. Esas moscas pegajosas de la entrada de la noche. Araucarias, eucaliptos, nubes, rumor de viento.

—La hora llegará —dijo Sansur—, la hora de recobrar la tierra o su valor. Por el momento hay que salvar al hombre, hay que organizarse para poder luchar contra ellos, que son muy poderosos. Vamos a necesitar de usted. Una pregunta quería hacerle: ¿puede usted ir a la costa sur? Tendría que ser en estos días.

—¿Cuándo más o menos?

—Eso usted lo dispone, pero no hay que dejar que se enfríen las heridas de nuestros muertos en la costa norte.

—Podría pretextar que mi madre está muy vieja y que como se llevaron a la Toba, no tiene quién por ella. La

Toba es mi hermana menor. Se la llevaron a educarla en Norteamérica los hermanos Loswell. Los abogados que hicieron el testamento de Cosi...

—Sí, ya, ya...

—Con ese pretexto yo podría ir a la costa, y mejor si le pidiera, por cable, permiso al patrón.

—¿El Papa Verde sigue en Chicago?

—Dijeron que con los desórdenes de Bananera iba a venir, pero su hija habló por teléfono desde Nueva Orleans con el mayordomo, indicándole que su padre no vendría y que no se pintará la casa.

—Ahí tiene usted; lo que me está diciendo es para nosotros un dato muy valioso, que ya no viene el bandido ese, y son de esta índole los datos que más necesitamos. Por de pronto usted se va a la costa a cuidar de su señora madre, sin cable ni aviso a Maker Thompson, con solo el permiso del mayordomo.

—No va a querer darme licencia sin la anuencia del patrón; es hombre quitado de ruidos y responsabilidades.

—La elocuencia de la madre enferma quebranta piedras.

El fiestero ladrar de un perro hizo que Juambo levantara la cabeza de la carreta donde venía tendido, y al ver de quién se trataba, exclamó con un extraño gozo en la voz, era tan difícil todo lo que venían hablando, algo así como un alimento que se apetece y se tiene temor de probarlo. ¡Qué gozo el de su voz ya humana, encontrada, sabida, al hablar al Júper!

—¡Animal, tené juicio! ¡Tan grande y tan juguetón! ¡Quieto! ¡Quieto! ¡Váyase quieto! ¿Cómo dio conmigo? ¿Cómo me encontró es lo que yo quisiera saber...?

El Júper ladraba, salto aquí, salto allá, intercalando sus ladridos entre los rayos de las ruedas, vacíos que, al girar rápidamente, le permitían una visión cinematográfica de luces y sombras en fuga nocturna.

—Perdone que lo lleve por estos ceniceros, pero es que me quiero quedar escondido. Por aquí crecí y conozco esto como mis manos.

La voz de Sansur también se había humanizado. La presencia del perro gigante, con toda la pinta del Cadejo, que cansado de ladrar a las ruedas, sin que las ruedas le hicieran caso, rifaba quejiditos, bostezos, aúllos.

—¡Curruchiche, buey..., ¡eh...!, obedezca, buey maleta!

Una de las ruedas se detuvo y giró sobre el sitio en que al varazo, el Curruchiche hizo girar la carreta, para seguir por la derecha a lo largo de un rellano de gramilla y tierra suave hasta desembocar en una callejuela desdentada, porque solo tenía una que otra casa.

—¡A los cenizales [37] nos estamos yendo...! —alarmó la voz de Juambo en la oscuridad parpadeante de la noche estrellada.

—¡Si es peligroso jugar con fuego, más peligroso jugar con fuego apagado! —flotó, porosa de nostalgia, la voz de Sansur—. Yo crecí por estos ceniceros y por aquí, del otro lado, más arriba, me voy a quedar, esperando que pase el tren que va para el Sur.

De los valles de ceniza asomaban unos seres tiznados, blanquizcos, hablaban, reían, encendían cigarrillos y perdíanse por donde tal vez había casas. Un foco del alumbrado público, único en muchas cuadras a la redonda, colgado de un poste en una como esquina, alumbró de la cabeza a los pies a estos seres blanquizcos. Cuán diferente su blancor de ceniza de la blancura de los que trabajaban en las caleras. El polvo de la cal era un polvo vivo; el de estos seudofantasmas un residuo sepulcramente blanco de carbón quemado.

Más adelante encontraron una fila de gatos carcomidos por la ceniza, casi leprosos, con el pelo que se les caía a pedazos, maullantes, con ojos de baba azulhambre.

Sansur escupió maldiciendo:

—¡Por la gran... diosísima, todo está igual! Crecí por estos cenizales.[37] Años después, muchos años después me vine a esconder de la policía que me buscaba como aguja cuando fusilaron a..., no me acuerdo a quién..., a varios

---

[37] cenizal: aquí, baldío.

fusilaron esa vez... Qué triste..., murieron como héroes y ya no nos acordamos ni cómo se llamaban..., y ahora que vuelvo, nada ha cambiado, todo, todo está igual...

—Y si ahora se queda usted, ¿quién se va a llevar la carreta? —inquirió Juambo— porque de eso no sé; lo que manejaba bien, en mis tiempos de Bananera, pero cuánto hace de todo aquello, era motocar.

—No hay cuidado, vendrá a reunirse con nosotros el hijo del señor Nepo y se van juntos...

—¿El hijo...? El nieto, dirá usted...

—Eso es, el nieto. El viejo me resulta tan joven que no me hago a la idea de que es abuelo. ¿Hace tiempo que usted lo conoce...?

—No, de la que es gran traslapado es de mi hermana Anastasia.

—A su hermana no le vamos a contar nada.

—Algo habrá que decirle...

—Sí, le diremos que hay esperanzas de recobrar las tierras, pero de lo demás ni una palabra; ya está chocha y se le puede ir la lengua.

—Ya lo había yo pensado pero estuvo bueno muy bueno estuvo que me lo haya dicho.

De un salto Júper se había plantado en la carreta y ladraba y acometía a los murciélagos y a los bultos de los ceniceros que curvados bajo quintales de ceniza, se miraban pasar, blancos, silenciosos. Ladrido aquí, ladrido allá, jadeante, nervioso, enloquecido contra las rúbricas de los murciélagos que se incorporaban y desaparecían al vuelo y contra las sombras que bajaban de la ciudad con sus fríos y pesados doble sacos de ceniza —nada pesa más que el polvo muerto—, desencantados de acarrear aquel residuo final de tanta hermosura de troncos y ramas de bosques enteros convertidos en carbón y leña, y después en ceniza utilizada, ¡ay!, utilizada en las lejías de las fábricas de jabón que repartían por allí su hedor a perro muerto, no lejos del rastro donde la sangre comenzaba a correr ni lejos de la Penitenciaría donde empezaban a despertar los carceleros.

Bajaban aquellas sombras de un gran río parpadeante de luces eléctricas y faros de automóviles que coronaban en alto la oquedad de la barranca en que se iba amontonando la ceniza entre casas y chichicastales.[38] Iban descalzos unos, otros traían caites[29] o zapatos viejos. Las gruesas alfombras de polvo se tragaban sus pasos. Y vaciaban el doble saco de yute después de quitarse las cuerdas con que lo traían a miches[39] o con mecapal.[40] La ceniza caía sin el menor eco en la ceniza, como la luz de la luna que acababa de asomar en el horizonte. Al terminar, sacudían los sacos, entre estornudos, toses y ahogos, quemados los ojos, seca la garganta, ardiente la nariz, y a saltos, sorteando a los zopilotes[32] que velaban alguna agonía, promesa de futuro banquete, perdíanse en sus casuchas construidas con pedazos de tablas, latas y cartones, en los ya mares de plata, que tal semejaban las inmensas sábanas de muerte en que la luna vaciaba el blanco polvo de la noche, carbón quemado en la estrellas.

---

[38] chichicastal: terreno de **chicastes**; ver nota en p. 95.

[39] miche: expresión a **miches**; a la espalda, al lomo.

[40] mecapal: pedazo de cuero que aplicado a la frente sirve para cargar a la espalda objetos o mercancías que se transportan.

VI

—Y por estos cenizales,[37] dice que creció...

—Sí. Quedé huérfano y me recogió una señora que me sirvió de madre y que vivía aquí cerca, en Bellaluz. Mujer de hombre tomar, cuando fue joven, porque se casó y enviudó varias veces, y con una retahíla de nombres y apellidos que ella misma se quitó. Magdalena Ángela Cenobia, así empezaba el nombre, y era de apellido Gañiz. Magdalena Ángela Cenobia Gañiz, viuda de Vivanco, el apellido de su último marido. Se acababa el aliento si se decía sin respirar. Se puso Juana Tinieblas. Se puso o se lo pusieron, no sé bien. Lo cierto es que así la llamaba todo el mundo: Juana Tinieblas.

En nagüillas, transparentando unos enormes glúteos sostenidos por dos piernas escuálidas, manchadas de veras gordas, así la recordaba Tabío San, en la atmósfera astringente del cenicero, mientras rodaba la carreta, y en la carreta con él, Juambo y el Júper, sorprendidos de mirar aquel mundo blanco, postrero, helado como los huesos.

Cuando llegó a poder de la Juana Tinieblas, el pequeño Octavio era un ser endeble, los ojos vidriosos y recordaba que ya lo llevaban para el hospicio los vecinos de la pieza donde murieron sus padres de viruela, más bien de alfombrilla. Del cuarto en que vivía con sus padres sacaron camas, sillas, ropas, colchones y a todo le pegaron fuego en el patio, y ya lo llevaban para el hospicio, cuando de lástima lo recogió un señor llamado Tránsito, amigo o a saber qué de la Tinieblas, a donde lo vino a dejar recomendado.

—Te recomendaron conmigo, ¿no te gusta...? —le preguntó la señora de los promontorios de carne bajo las nagüillas y las piernas como varejones.

Tabío quiso esconder los ojos, pero como era algo escaso de párpados, apenas se veló la imagen de la tarasca que le hablaba, pasa que te pasa un peine de hueso finito, para sacarse los piojos, minúsculos puntitos que sobre el mismo peine tronaban al reventar bajo su uña.

—Las mujeres tenemos el pelo largo, porque así son nuestras penas; nos dejamos crecer las penas y el pelo...

Esto pasaba en el fondo de Bellaluz, en un patiecito mal empedrado con un huizquilar seco enredado en una pared llovida. Al oír doña Juana que alguien andaba en el patio de la vecindad, alzó la voz para que la oyeran decir:

—Como ese gato condenado se siga viniendo a mearse aquí, le va a costar muy caro.

—¡Mejor gato que lechuza! —contestaron del otro lado de la pared.

—¡Las lechuzas no se mean! —gritó la Tinieblas, ciega de cólera.— No me den gente que aguante la hedentina de meado de gato...

—¿No se mean? —tardó la respuesta—, pero hieden a miedo, no a meado, a miedo hieden.

Por aquel diálogo de patio a patio enteróse el pequeño Octavio que en la casa había una lechuza, y esa misma tarde, después del almuerzo, la descubrió. No se sabía si dormía o estaba despierta. Inmóvil. Panegírica, la llamaba su protectora, y solo a su voz despertaba, si por despertar se entendía el que espeluznara las plumas con los ojos cerrados.

—Panegírica, tenemos un muchachito que nos regalaron ¿oís?, no es muy chulo, pero tampoco es feo. Después no vayas a reclamarme que no te lo hice saber a su debido tiempo. Es un muchachito que se llama Octavio. Sus padres eran de Sansur.

Y desde entonces no se le conoció por otro nombre que el de Octavio Sansur, como ante la lechuza lo bautizó esa tarde la Juana Tinieblas.

El pico en gancho, las plumas en remolino sobre la frente, las orejitas de ratón.

Jamás olvidaría Octavio Sansur la presencia de la Panegírica, presidiendo la consulta de los viernes, cuando su protectora tiraba la baraja para indagar el futuro de las personas que la visitaban ansiosas de saber su porvenir.

Damas y caballeros llegaban los viernes hasta Bellaluz, en el barrio de los ceniceros —también llegaban los otros días, pero el día principal y de más público, era el viernes—, a que les dijera la suerte, bajo la advocación de la Panegírica, leída por sus ojos de agorera, en cartas de baraja hediondas a ombligo.

—Aquí conmigo vas a estar mejor que en el hospicio —le advirtió de entrada, convencida de lo que decía—, porque en el hospicio tienen el mal de enseñar a ser humilde a la gente y para mí la gente humilde es lo más inútil que hay. Humildes y rezadores, que es como decir haraganes. Y los mantienen con hambre. Aquí, conmigo, eso sí que no. Vas a comer bien. Juana Tinieblas me llamo, no Juana Hambrosía. Empanadas en Semana Santa, de leche, de carne y de verdura; chiles rellenos con arroz blanco, para el día del Corpus; pepián de indio, para el quince de agosto; fiambre para el día de los Santos, y batido y buñuelos, para Nochebuena. Para mi santo, marimba, guaro [19] y tamales.[41]

Algunas señoras venidas de provincia, vestidas de trajes tiesos, como cáscaras de cacahuetes, preferían que les leyera el oráculo.

Al pie de la Panegírica bajo un cilicio de alambre trenzado que lucía en los extremos, fundidas en plomo, las siete uñas del dragón, cilicio que hizo las delicias de fray Severando de la Porciúncula, dormitaba en párpados de cuero el *Libro de las Siete Letras*, como lo llamaba la Juana Tinieblas, y al que tomaba ceremoniosamente en nombre del Profeta, y lo besaba siete veces antes de empezar la consulta.

[41] tamal: torta de maíz rellena de carne.

De las páginas del libro de los destinos, tras recorrer sus columnas, en las que Babilonia dejó una contabilidad completa del porvenir del mundo, despegaba la punta del dedo del corazón, con la que había palpado los símbolos y trazaba signos cabalísticos y letras árabes en el aire, introduciéndose después en el oído la yema de ese mismo dedo a fin de escuchar lo que decía el *Libro de las Siete Letras* a la dama que la consultaba, mientras por el escote le botaba los ojos, para ver qué clase de ropa interior llevaba, si de seda o de algodón, y cobrar en consecuencia.

Si intervenía el Profeta de las manos pulsadoras de la lira y el laúd, la tarifa era más cara (le llamaba la tarifa de los pezones rosados), y más barata si se consultaba al Profeta del yatagán, el de la tarifa de los pezones negros.

Andando el tiempo, su protectora lo entregó al propietario de una de las tres mejores peluquerías de la ciudad, en la que Sansur empezó a recoger el pelo de los clientes, con ayuda de una escoba y un cucharón de bronce, en los momentos en que no había que lustrar, limpiar o sacudir los zapatos a algún parroquiano. Dos o tres veces al día cambiaba las escupideras hediondas a desinfectante y a colillas de cigarrillos y puros habanos —detalle muy importante, porque una peluquería se juzga por las chencas[42] de la clientela— y los papeles de moscas, en los que las moscas se iban pegando, atrapadas en miel y cola, y los que causaban, cuando ya estaban negros de insectos, no el asco, sino la envidia de los clavos a los que les arreglaban las uñas, los afeitaban, locionaban o les daban masaje vibratorio.

El operario más joven, un costarricense nacido en Puerto Limón, voz de tribuno y ojos de mostaza dorados, le fue mostrando las letras en los titulares de los periódicos, para que las conociera, y más tarde en un libro de lectura que le regaló el cliente más lustrado de la peluquería, quien se lustraba los zapatos dos y tres veces al día, a tal punto

---

[42] chenca: colilla de cigarro puro o cigarrillo.

que ya no eran zapatos, sino espejos. Zope[9] apodaban al costarricense, por su andado, el pelo sumamente negro y los ojos color mostaza. Daniel Mondragón era su nombre.

Si no es por este ciudadano se queda sin aprender a leer. A su protectora, con el poder sobrenatural que ejercía sobre las esposas de los jefes de policía, jamás la hubieran obligado a mandarlo a la escuela pública.

—Mi muchacho es de colegio, no de escuela y como no soy rica para mandarlo al colegio, se quedará sin aprender. Faltaba más. Para que cualquier maistro hocicón de esos que abundan le fuera a echar en cara ser pobre. ¿A la escuela nocturna? Será preso...

Al enterarse la Juana Tinieblas que Sansur sabía leer, le dijo:

—No me pesa haberte mandado donde don Pepeque López, no me arrepiento: te enseñaron a leer y se te han pegado los buenos modales de la gente con quien te rozas allí, toda gente distinguida. Bien pude meterte de aprendiz de zapatero, pero, ¡Dios nos guarde!, el zapatero no pasa de la cuchilla y el cerote; o de panadero, para peor, terminan todos tísicos de no dormir de noche, salvo que se beban los huevos en lugar de echárselos al pan; como hacen muchos, pero eso ya no es honrado, y por eso dicen "panadero honrado muerto horneado..."

La escuchaba la Panegírica y reflexionó para no apartarse un punto de la verdad.

—Que aprenda de carpintero, pensé, pero luego me dije, ya pasaron los tiempos en que los carpinteros eran como Señor San José: ahora todo lo hacen a máquina, sierras para cortar las grandes trozas, cepilladoras, machimbradoras y corre el riesgo de cortarse una mano. Lo que sí nunca pensé fue meterte de herrero. Para que te mantuvieran entre las patas de los machos y una mala patada en una mala parte, el rato menos pensado, quién la quita, o soplando el fueye: junto al fuego, lo que abodoca[43] la sangre.

---

[43] abodocar: salir chichones en el cuerpo; aquí, alterar.

El primer libro que leyó, *Los credos libertadores*, le hizo una profunda impresión. Lo olvidaron en la peluquería un día sábado. No lo soltó hasta el lunes. "Los libros se leen, no se aprienden", le dijo el maistro Pepeque, al oírlo recitar de memoria lo que repetía de *Los credos libertadores*, de Bergua, feliz de oírse en los labios otro idioma que no era el cotidiano, y de poderse sumar a los comuneros que empujados por sus ideas dieron la batalla de los fueros en España.

Y de comunero pasó a formar parte del pueblo de la Revolución Francesa. Apasionado hasta los tuétanos por la figura de Marat, se bañaba en sus palabras. Otros se dan otras duchas. Él, ducha de Marat, el Amigo del Pueblo: "La Revolución está toda entera en el Evangelio. En ninguna parte la causa del pueblo ha sido bien defendida; en ninguna se han lanzado más maldiciones a los ricos y a los poderosos de este mundo..."

Su primer artículo, publicado en *El Mutualista*, bajo título de *Marat y el proletariado moderno*, recogía en forma vaga y sentimental su dolor de desheredado, personificándolo en ese ente que va por las calles de la ciudad de puerta en puerta, preguntando: "¿Hay ceniz...?", y el cual, tras escarbar las hornillas en las casas burguesas, vuelve con su saco lleno del trágico residuo al barrio de los ceniceros y jabonerías, tan esclavo como los esclavos y más pobre que estos.

En otro escrito, *Libertad sin pan*, seguía más de cerca el pensamiento de Marat, al sostener que "la libertad no puede existir para los que no tienen nada". Lo publicó en *Renovación Obrera*, y decía: "Los dueños de los periódicos se enriquecen, ¡viva la libertad!; los hijos de los ricos se ejercitan en los ocios de la poesía y de la prosa, ¡viva la libertad!; los comerciantes aumentan sus utilidades con la publicidad, ¡viva la libertad!; solo el pueblo no puede repetir ese grito porque tiene hambre, lo envilecen los andrajos y lo enmudece el hábito de soportar callado a los verdugos".

Mal año el año en que leyó *El 93*, de Víctor Hugo. Le contagian una enfermedad que será su bandera de hombre entre los compañeros y muere la Juana Tinieblas de "pálpitos indostánicos"; ella misma se diagnosticó y no alcanzó a preparar la medicina que la hubiera salvado, azúcar cándida y polvo de perlas marta jadas, y día en que aparecen, igual que si brotaran de la tierra, un sinfín de parientes que Sansur jamás había visto en su vida de la que hoy, tendida en su cama de cajón, tenía la frialdad de la Panegírica, prenda que ninguno de los miembros de aquella tribu, hombres y mujeres vestidos de negro, quiso llevarse, cuando se lo estaban arrebatando todo, y con la cual acarreó, así como con un estante de libros prohibidos (magia, quiromancia y astrología); el joven peluquero y rapabarbas a quien en esos días, en una francachela, don Pepeque López, fígaro decano del taller, le había dado la alternativa de la muleta blanca y la navaja y la tijera en lugar de espada, con la advertencia de que nunca fuera a cortar orejas.

La cama de la Juana Tinieblas también se la dejaron y, en una carreta tirada por una bestia humana (le salía el Marat), llevóse el lecho en que estuvo una noche entera doña Magdalena Ángela Cenobia de Vivanco, antes de Calcaluis y más antes de Partegas (el orden de los maridos no altera el producto); una mesa de caoba, el estante de libros, los libros, un baúl de pino pintado de amarillo y la lechuza, pajarraco que hizo escupir ralo al semoviente humano que tiraba de la carreta, pues le parecía que era de muy mal agüero aquel viaje.

Amaneció con el día jueves en una pieza de la avenida de los Árboles y muy de mañana se asomó a la puerta, pues quería ver la calle, ese placer infinito de ver la calle; respirar el fresco fuera de la cuadratura del círculo que representaba su pieza, que no tenía más que las cuatro paredes, el piso y el techo, y se la alquilaron como pieza redonda; y tantear por dónde iría a desayunarse. Sacó los ojos a la luz natural. Había leído casi toda la noche *Las mentiras convencionales*, de Max Nordaux. Replicaban las primeras misas. Mejor no hubiera salido a la puerta. Otras puertas se abrían y para su mal las de un negocio patibulario y extraño.

Más conocido en las montañas que el pino colorado, por ser el que pagaba mejores precios a los que venían a la ciudad a vender pájaros de vistoso plumaje o prodigiosa garganta y porque hablaba los dialectos de los cazadores y comerciantes de animalitos presos, abrió su negocio como todos los días el señor Roncoy Domínguez.

A su quejarse no le dejaba mayor ganancia aquel ir vendiendo pájaros cantores, pero lograba guardar algunos pesos porque vestía de jerga, una íngrima [44] mudada para toda la vida, y comía lo que su plumífera mercancía: aguacate rayado, platanito, tortilla deshecha y miga de pan hecha polvo, sin beber más que agua, y eso que para que le pasaran las masudas viandas por el cerrado gaznate. Su único gasto mayor eran los zapatos, unos botines de elástico que no dejaban de gastarse de la suela y eso que solo se los ponía para salir al centro, pues el resto del día lo pasaba en caites [29], desesperado por tener que sufrir en los empeines de los pies desnudos, sin calcetines, las gracias de los pájaros que lo pringaban de caca blanquisca, blanca y calientita al caer y al enfriarse dura y tostada como cáscara de viruela cascaruda. No sabía leer, contaba con los dedos, pero en lo de hacer cuentas con granos de maíz para no dejarse robar de las personas que le mercaban las existencias canoras era maestro. Ni dejarse robar de estos ni robar él a los indios cobanes que le traían los pájaros de la montaña.

Un existir parejo era su vida entre las cuatro paredes de una amplia habitación con el piso más bajo que el

[44] íngrima: sola, sin compañía; aquí, única.

nivel de la calle, y de cuyas paredes, en clavos y alcayatas pendían jaulas y más jaulas adosadas al muro, fuera de las que colgaban del techo y varias otras que acomodaba en la puerta a la hora del sol, como el mejor anuncio de su negocio pajarero, y para qué se alegraran aquellos prisioneros que sin ver el cielo se obstinaban en no cantar.

La limpieza de las jaulas, la muda de los trastos con agua de beber, el reparto de las raciones de aguacate rayado, guineo morado, miga de pan para unos y tortilla mojada para otros, se hacía a puerta cerrada, en el duermevela de la luz que se colaba por las rendijas de las puertas, casi al tacto, y al abrir la puerta, con una fuerte escoba dejaba limpio el enladrillado de la pieza y el piso de la acera, previa fregazón de agua para que no se levantara mucho polvo. De su negocio, que atendía a todas horas, solo se ausentaba el ratito que empleaba en ir a la panadería vecina a comprar las batidas de sus loros, gasto que le dolía, porque alimentar esperanzas que nunca se realizaban, ya que uno de los sujetos era mudo, y el otro ronco profundo, solo sabía decir: "¡Ah vaya...!" "¡Ah vaya...!" Y por la competición de los "jonógrafos", cómo él decía, ya que quién va a, querer loro, gallina que come y no comestible, si ahora tiene el loro de cuerda...

—¡Domínguez, no los chingues! —le pasaba gritando muy de mañana un borracho, primogénito de una familia de ebrios que de buena hora, como el que va al trabajo abandona el caserón lleno de gritos, hipos, vómitos y miedo, casi de estampida, llevando en las manos libros, trastos, santos, cuadros para el noble ejercicio del trueque en cualquier venta de licor, donde saciaba *ipso facto* la necesidad de beberse un trago.

Domínguez no contestaba.

—Una plasta de vaca te tiraba a la cara —seguía el borrachín amenazante— para cegarte con mierda, tanto pájaro preso por tu culpa...

Domínguez no contestaba.

—Espera, voy a traer a mi familia...

El beodo se alejaba paso a paso, tambaleante, pero al llegar a su casa, sus tres hermanos ya no estaban para insurgencias, yacían en sus camastros, el más viejo de ellos en el suelo, con los ojos cristalizados bajo los párpados y supuración de babas en los labios.

El menos tomado alzaba la cabeza para decir:

—¡Yo me quedo con el loro, si hacen eso de matar a ese, y lo vendo por un trago!

—Casi nada se te antoja a vos, Cejijunto, el loro ya se los tengo reofrecido en la venta de aguardiente por botella que está aquí a la vuelta de la casa. Me van a dar seis pescuezudas.

—Pues quédate con el loro... ¡Ah!, pero eso sí, no contés con tu hermano para pegarle al vejestorio, ese... Me salgo de tu santa alianza para libertar a los pájaros, si eso querés vos... El loro o nada.

—Pues iré yo solo...

—Mejor acostáte y no jodás...

Roncoy Domínguez, el pajarero, seguro de poder repeler cualquier ataque con la tranca y una señora de la agonía, daga de doble filo, daba poca importancia a las amenazas de aquella familia de andrajos humanos que destilaban aguardiente, peludos, barbados, con los zapatos sin amarrar. Lo que quisieran es que les regalara dinero para beber, pero eso no lo verán sus ojos, y menos con insultos y chantajeadas a base de acusarlo ante la Sociedad Protectora de Animales.

Por fortuna para Domínguez, tan tremenda familia tuvo que salir de la casa de sus mayores, expulsada porque un abogado usurero y libre pensador que les dio dinero en hipoteca, se las remató. Roncoy Domínguez casi aplaude al ver salir a los tambaleantes vecinos con sus trastos y tapalcates [45] en carreta. Poco les quedaba; armarios, consolas, mesas y otros muebles que no pudieron sacar a vender, porque pesaban mucho. Pero ya no pudo seguir curioseando,

---

[45] tapalcate: (RAE) tiesto y, más frecuente, trasto viejo.

porque en eso llegaron los cobanes, indios vestidos de blanco, cuyos cargamentos volátiles bajaban a su puerta.

El más viejo de los cobanes, cara de cecina revolcada en ceniza, pelo que no era pelo, sino cáscara de tronco centenario, trataba con Domínguez la venta del cargamento sin alzar la voz, y Roncoy le contestaba en quekchí suavemente, como convenía al trato de personas como ellos.

La gente se detenía a espiar las jaulas amarradas una encima de otra, jaulas de caña de castilla, lustrosas y hechas como de marfil verdoso, y dentro de las jaulas las chorchas [25] color de fuego y sangre, el luto del ébano dormido en el pico, las patas y los ojos; los guardabarrancas de ojos dulces como espejo; los pitos de agua, saltarines y con el violín de la garganta soltando, por gotas encadenadas, trinos de agua nacida; los cenzontles [46] de pluma café y cuatrocientos sonidos de cristal en el pico.

Domínguez hablaba y hablaba, le contestaba el Cobán el jefe de los cobanes, y el trato se iba cerrando, la cuenta hecha con maíces: dos con cuatro, seis con nueve, siete con quince, era lo único que se oía decir en español. Cerrado el trato, el Cobán llamaba a sus compañeros y les consultaba si estaban de acuerdo en dejar así. Y así dejaban.

Roncoy, al marcharse los cobanes —uno tras otro se iban seguidos de sus hijos y sus perros—, empezaba el acomodamiento de los recién venidos prisioneros, hablándoles con hipócrita dulzura de carcelero que sabe que aquellos infelices vivirían presos toda la vida y, observándolos, al soplarles las plumas, cuáles, por ser más finos, despuntarían más pronto con la magia de sus trinos de sombra y agua.

Mejor no se hubiera asomado a la puerta el joven fígaro aquella mañana, espiando un poco el barrio, tratando de ver si había cerca algún comedor para desayunarse, mejor no hubiera fijado los ojos Octavio Sansur en aquel comercio patibulario y extraño.

---

[46] **cenzontle**: pájaro de plumaje pardo y blanco y canto melodioso.

Domínguez acababa de abrir su negocio de venta de pájaros y estos saludaban con sus trinos matinales el alborozo del día, una temblorosa orquesta que se regaba en las calles barridas, cotidianas.

Sansur endureció las facciones, atravesó la calle y de un salto —el piso del negocio quedaba más bajo que la calle— se plantó en medio de la habitación y pasó los ojos por las jaulas, como un poseído por una tempestad que era rayo, relámpago, trueno.

Un puñetazo hizo rodar a Domínguez por el suelo. Lo tomó tan de sorpresa que no pudo echar mano a la daga, bien que ya en el suelo intentó arrastrarse para tomar la tranca de tras de la puerta. Un puntapié en el brazo, a la altura del hombro, que le alcanzó parte de la quijada, la oreja y la cabeza, lo dejó exánime, sin conocimiento, aunque más parecía haber quedado así, voluntariamente inmóvil, para dar la sensación de estar muerto, y que no acabara de asesinarlo aquel loco, loco al que manos le faltaban, manos, manos, manos, para abrir las jaulas, de donde los pájaros escapaban y tras revolotear en la negrura de la pieza, encontraban la puerta y se perdían en el resplandor luminoso del día azul.

Sansur volvió a su pieza a recoger algunas cosas, ropas, libros, lo más necesario, tijeras, navajas, peines y escapó hacia la costa sur, en busca de trabajo. Temía haber dado muerte al vendedor de pájaros. Lo único que recordaba de aquellos momentos era su voz retumbante, sangre hecha aliento, cuando, cantando *La Marsellesa*, mientras abría las jaulas, repetía "la santa libertad...", "la santa libertad..."

La Panegírica y el carretero facilitaron a la policía el esclarecimiento de aquel tremendo desaguisado. Comprobado quién era el autor, se pudo establecer que el móvil había sido el robo. Interrogado Domínguez sobre una posible enemistad o venganza, contestó con filosofía de cimarrón: "Nunca le hice favor a nadie pa tener nemigos; ese hombre estaba loco". "Sí, corroboraba el carretero ante el juez de Paz que instruía las averiguaciones, hacerme cargar unos cuantos tapalcates[45] que él llamaba muebles, y una lechuza; loco de porra, me torció, no he hecho un solo viaje desde que cargué al maldito pajarraco". ¿Cómo no iba a estar loco, si mientras me golpeaba y soloncontroneaba, que por muerto me dejó en el suelo, cantaba que el día de gloria había llegado y abría las jaulas gritándoles a los pájaros: "la santa libertad", "la santa libertad".

Se dio orden de captura contra Octavio Sansur, pero a este se lo tragó el mar. Anduvo escondido por las salinas del puerto de San José, trabajando como peón, hasta conseguir plaza de peluquero en un barco que procedente de Salina Cruz se dirigía a Panamá. Allí se quedó y se hinchó de dólares trabajando en la peluquería del mejor hotel. Amistades encumbradas sometidas al filo de su navaja le facilitaron un pasaporte panameño con el nombre de Juan Pablo Mondragón. Lo de Juan Pablo se lo puso por Marat, su ídolo, y lo de Mondragón, en recuerdo del profesor costarricense que le enseñó las primeras letras. En su pasaporte se leía: nacido en Taboga (isla donde él hubiera querido nacer), padres desconocidos, religión católica, peluquero, de veintitrés años de edad. Trabajaba y leía. Poco era el dinero que ganaba para procurarse libros y estudiar inglés, idioma que llegó a dominar a la perfección. ¿Despegar de América? Muchas veces estuvo en los puentes de barcos que zarpaban hacia Europa, y allí se quedó con la maleta lista y el contrato de trabajo. Una especie de elefantiasis, que empezaba en cosquilleo de hormigas en las plantas de los pies, le inmovilizaba, y nunca dio el paso decisivo. Cerraba los ojos y se llevaba las manos a los oídos, trémulo, como si su cuerpo fuera todo un pedazo de sirena de barco sonando.

Roncoy Domínguez se paseaba en la habitación de su negocio, entre las jaulas vacías, verde de ira, con la bilis regada en la sangre, bascoso, espumante, la desesperación pintada en las manos contraídas. "¡Bien vengas mal si vienes solo, repetía, pero el contratiempo es que la desgracia siempre pare cuaches…! [47] ¡Pagaría lo que fuera, aunque me quedara sin calzoncillo, sin nada, con tal que el juez no me nombre depositario de la Panegírica…!

Un abogado necesitaba, un buen abogado, alguien que lo defendiera de lo que ya no era una amenaza, porque lo andaban buscando del juzgado para notificarle y hacer efectivo el depósito, con el consiguiente traslado de la lechuza del cuarto del semiloco aquel que le soltó los pájaros, a su deshabitado negocio.

No hubo necesidad de abogado. La lechuza fue muerta de una pedrada y yacía por el suelo con el corazón roto entre las plumas suavísimas. El carretero se encargó de despenarla, para no morirse de hambre. Desde que la trajo en su carreta le entró el tuerce. Nadie lo llamaba. No la mató. La despenó. Esos "animales" son ánimas en pena. Llegóse a su carreta y le dijo acercando los labios a la rueda, como a una gran oreja de triángulos vacíos: ¡Alegrémonos, carretilla, pues ahora sí vamos a tener trabajo; muerta la lechuza vamos a tener trabajo!

Bien noche era ya para andar carreteando, pero lo habían hablado todo. La "conspiración de los arrastrados". Juambo bajaría a la costa con un mensaje y allí, el segundo de Tabío San, le daría instrucciones. El nieto del señor Nepo les esperaba ahora cerca de donde pasaba la línea del ferrocarril por aquellos cenizales.[37]

Allí estaba Damiancito. Había que despedirse. Juambo estrechó la mano sucia de cal y transpiración de Octavio Sansur, al tiempo de pronunciar, enfáticamente, el que seguía siendo su grito de guerra:

—¡*Chos, chos, moyón, con…!*

Damiancito puyó los bueyes antes que se les hiciera tarde y la carreta blanca de acarrear cal se perdió como la cama de un fantasma sobre ruedas de ceniza por entre las sabanas y volcanes silenciosos, plenilunares, con hedor de agua de cernada donde la luna era más humedad que oro.

---

[47] cuache: mellizo.

El Júper mostraba los dientes magníficos, pero no ladraba, cohibido por el inmenso sueño de la noche y el silencio de los cenizales.[37]

Segunda parte

VII

El tren va perdiendo velocidad al entrar en una curva. Cada rueda es una herida de pestañas chirriantes a lo largo del filo de los rieles y cada ventanilla un lento parpadeo entre serranías de piedra y cielo y campos anegadizos que a esas horas, dos y media de la tarde, son un solo aguasol. La estridencia, el aullido, el rechinar de los vagones en las vías, sacude a una joven pasajera que viaja como ausente bajo un sombrero de paja de Italia, el cuerpo de niña grande enfundado en un traje sastre color de arena oscura que le da aspecto de persona seria, las briznas de sus pies en zapatos de tacones exageradamente altos y los párpados llorosos al amparo de anteojos ahumados. La estremece tanto aquel chillido de limadura inacabable que siente que el ruido le quema los oídos, el pelo, la raíz de los dientes destemplados y no apaga el sonido en sus orejas bajo las palmas de sus manos, apretándoselas, enloquecida, al borde casi de un ataque de nervios, como a veces le pasaba con la campanilla del despertador, por tomar sus valijas apresuradamente y prepararse a descender.

Rieles, durmientes, terraplenes, afirmados de piedra, postes, señales, ataujías, puentes, todo al arrastre detrás del culebrón de hierro en llamas y vapor que minora la velocidad, se descoyunta y no quiere detenerse a sabiendas que allí no hay estación y que si la hay es solo un contratiempo. Los trenes conocen las grandes estaciones terminales y las estaciones de tránsito y en ellas entran o por ellas pasan felices silbando al compás de la campana, el rezongo de las calderas y el estornudo de los frenos, y aunque el maquinista no maniobrara y aunque no tuviera que subir nadie o qué bajar nadie, se detendrían misteriosamente, no como en ese momento, contra la voluntad candente de la locomotora, a la intemperie, en pleno campo, por cumplir con la pasajera del billete milla 177...

—¡Esto, compadre, es como atajar un río para que baje una sirena! —dijo galante el único pasajero con quien cambió algunas palabras la joven viajera de las antiparras negras que se dirigía hacia la puerta del vagón, pero esta si lo oyó no lo oyó y aunque aquel le quiso ayudar con las valijas, apenas se fijó en él. Un pasajero al que le dijo cómo se llamaba y le contó que iba de directora a la escuela mixta de Cerropón.

Todas las cabezas de todos los pasajeros en todas las ventanillas indagando por qué se había parado el tren. ¿Algún desnivel...? ¿Algún desperfecto...?

—¡Se enarenó la máquina! —grita un viejo que, curándose en salud, añade:— ¡No lo afirmo...! ¡Pregunto...!

—¡Algún animal muerto sobre los rieles y hasta que no lo levanten de la línea no podremos seguir...! —grita otro, al que un tercero ataja allí mismo:

—¡El gran animal es él y habla porque tiene boca! ¡Lo que hay es un derrumbe para que ustedes sepan y ya nos llevó la gran..., santa papucia, porque nos van hacer trasbordar! Vamos a tener que seguir a pie, dejar este tren aquí, pasar por el derrumbe, y del otro lado tomar el tren que va a venir a buscarnos, a saber a qué horas...

—¡Déjense de alternancias fatales! —reclama una jamona que viaja medio desnuda, al sacar la cabeza por la ventanilla para que le chorreara el oro de las orejas y se le medio salieran las chiches[48] del escote.

Pero todo lo hablado se les enfría, lo hablado y lo entablado al solo soplar la trompeta del Juicio Final por boca y galillo de un espiritista que anuncia que un tren

[48] chiche: senos, pechos femeninos.

124

loco se aproxima y va a chocar con ellos de un momento a otro.

—¡Solo que se despedace en el camino nos salvamos…! —vocifera el espiritista, pero nadie le hace caso—. ¡Sálvese el que pueda…, es un tren loco…, viene a todo vapor, sin maquinista…!

Pero algo hace callar a los pasajeros amotinados en las ventanillas, todo ojos y oídos por saber lo que pasaba. De uno de los coches de primera, el último o el penúltimo, se desprende la causante involuntaria de tanta alarma y alboroto, la sirena por la que se detuvo en descampado aquel río humano.

—¡Fue por…, eso que estopó esta porquería! —grité un zambo de cara acaramelada, lustrosa—. ¡No hay cuidado, caballeros…! ¡Fue para que se apeara esa chancla planta de lechuza!

"Has llegado…, quítate esos anteojos…, te están llamando lechuza…,¿no oyes…?", dícese la viajera al descender del vagón y dar los primeros pasos inseguros por los tacones altos y el peso de las valijas. "Has llegado, gracias a Dios, has llegado, has llegado y ahora que tienes los pies en la tierra pórtate como si fueras tú, no la ausente pasajera que ocupó tu puesto, la de la milla 177. Porque, parece mentira, pero no fuiste tú la misma que tomó el tren en la Estación Central. Otra viajó en tu lugar, con tu hombre, con tu equipaje, con tu cuerpo, con tu vestido, sin saber qué hacer ni qué decir y por eso actúas con la lentitud de la que recuerda movimientos ajenos, gestos que debe imitar, y hablas contigo como con un ser impresente, hablas y te hablan, sin saber bien cuándo eres tú y cuándo la otra, la que subió a ocupar tu asiento, la que montaron en el tren, y pensar que tú ayudaste a montarla, no tenías fuerzas, pero la empujabas, le exigías que obedeciera al destino, que no se quedara, que no perdiera el tren... Has llegado…, pero quién ha llegado, la otra; tú te quedaste entre los parientes y amigos que hicieron el sacrificio de levantarse temprano y llegaron a despedirte medio peinados, la cara olorosa a jabón y los ojos con sueño; tú te quedaste en aquellos brazos que te estrecharon de último, en aquellos ojos que de último con la mirada te besaron... Pero entonces, ¿quién fue la que agitó el pañuelo húmedo de lágrimas en la ventanilla diciendo adiós al que se iba haciendo pequeñito en el andén en la medida y a la velocidad en que iba creciendo en tu corazón...? ¡Ah...!, también eras tú..., la del cabello de cascada de espuma de sueño sobre la piel dormida, boca infantil de labios rellenos de cariño y afligidos hacia las comisuras, alta de hombros y bajo la veste los pechos sin corpino, duros, sueltos, titilantes..."

Cabezas, pescuezos, caras, manos, sombreros, dentaduras con dientes de oro, orejas con aretes, cinturas con revólver o machetes en las ventanillas y las puertas de los vagones esperando que el tren arranque...

"¡Quítate esos anteojos..., te están llamando lechuza!... ¿No oyes...? Sirena... Chancla... Lechuza... ¡Ya quisieran...! ¡Fíjate en algo y no les hagas caso…! ¡Fíjate en esa bandera roja clavada a ras del suelo, no lejos de los durmientes, ni muy cerca..., cómo aviva su fulgor de ascua la arena amarillenta del terraplén por donde van en fuga los rieles pavonados y cómo mueve los colores, los verdes de las vegas, de los pastos, de los árboles, de las cañas, de las serranías, los ocres, los azules que de la unánime quietud saltan y se mezclan en una nueva vida al conjuro de su latir aleteante...!

"La única que se apea eres tú... Estación de bandera... Milla itineraria 177. El tiempo de bajar con tus valijas y de treparse al estribo de un vagón de segunda un matrimonio de negros, color de brin alquitranado, la negra con el pelo en un turbante hecho con una media color naranja y el negro de corbatona colorada como la bandera que flamea al viento... Nada después... Pitazos..., pedazos del tren en el humo... Pitazos…, pedazos del tren en el eco... Pitazos…, pedazos del tren...

La sensación del campo decapitado...

"Tendrás que dejar o quitarte los zapatos…" Y te dices yendo con tus valijas hacia un gran árbol que lo domina todo, como la cúpula verde de una iglesia. "¿Los zapatos...? Arrugas el entrecejo... Se te mueven los anteojos... Te los quitas o los dejas, así no puedes seguir... Pero... Pero si los vas dejando clavados de tacones en las islillas de arena por donde te vas abriendo camino de equilibrio y saltitos, para no caer en los anegadizos que por ese lado separan la línea del tren del amatón en que ya debía estarte esperándote el carruaje... Los zapatos y el sombrero... ¿El sombrero...? Sí, te despides de él o te lo amarras..., ya no puedes defenderlo del viento con solo el juego de la cabeza..."

Ni estación ni nadie a quien preguntar por el dichoso carruaje. Ni edificio ni nombre. Las estaciones de bandera no tienen nombre. Son como las ánimas. Son anónimas.

"Pero alguien asomará..., piensas al llegar al amatle los brazos como desprendidos de los hombros por el peso de las valijas. Tendrá que venir el que cuida de la bandera, lo único vivo por su color de sangre y su moverse de muleta a ras de aquestos campos quietos, de aquestas vegas ciegas de agua evaporada, y a él le preguntarás por el carruaje".

No es hombre. Es una mujer la que viene y se lleva la bandera. La cabeza envuelta en trapos, las ropas raídas, descalza. Amarilla imagen de enfermedades de aguas quietas y miserias heredadas. La arranca de un tirón y no logra enrollarla. Se la arrebata el viento. Lucha, se da vuelta, como si fuera un barrilete sin flecos. Por fin la enrolla, se la pone bajo el sobaco y se va. El viento agita sus ropas, la palpa, la aúpa, la hincha, busca buscando dónde lleva escondida la bandera. El viento jamás se da por vencido. Por momentos diríase que la detiene, que le impide seguir adelante. Cerca debe tener su choza y hacia allí se dirige arrastrando los pies, levantando polvo.

"¡Anda! ¡Síguela! ¡Alcánzala! ¡Averigua con ella lo del carruaje! ¿No quieres saber nada? ¿Estás con el pesar del ramo de camelias que olvidaste en el tren...?"

Y en aquel desconsuelo de estación, si no había esta-ción, era el descampado, sin teléfono, sin telégrafo, sin cómo poder avisar a la próxima parada del tren, que habías olvidado, en uno de los asientos del coche de primera, lo más preciado de tu equipaje, sus camelias rojas… ¿sus o tus…?

¿Olvidado…? ¿Dudas…? ¡Sería horrible…! ¡No, no, sería horrible que se te hubiera caído tras el asiento, al levantarte a tomar la valija, el ramo de camelias encarnadas que traías sobre el pecho, prendidas al vestido —"como un corazón de fuera", dijo el señor que te galanteaba, el que te dio su tarjeta—, o que las hubieras botado en el pasillo al salir precipitadamente!

Retira el pañuelo de tus ojos. Tus lágrimas asoman como pollitos gordos, pero no corren.

¿Y el carruaje?.... ¿Y la mujer envuelta en llamas de viento, la que se llevo la bandera?¿Y tus anteojos ahumados...?

En la extensión, a la redonda, de un lado la tierra hacia el mar, y del otro, la tierra hacia el cielo. Al fondo, campos de clarísimos verdes prendidos a las faldas de las montañas más claros ahora bajo el sol fulgurante, y desde allí hasta los albardones donde pasaba el tren, en una media vuelta, vegas y más vegas de un verde profundo, casi azul. Sin embargo, nada tiene que envidiar el ama fie, a cuya sombra estás sentada en un como escaño, a tantos y joyosos verdes. Invierno y verano mantiene sus lampiñas hojas lustrosas, brillantes, esmalte sobre oro de orfebre, dibujadas, recortadas contra su tronco y sus ramazones de gigante nudoso de piel oscura. Aquellos son pasajeros. El verdor de los campos se marchita, se pudre la esmeralda de las vegas, caen las hojas del encino, se tiñen de púrpura goteada los cafetales, de morado los jacarandás, se desnudan los tamarindos. Solo el amatle sigue inmutable, fuera del tiempo...

¿Qué grito fue ese...? ¿Una lagartija...? ¿Una simple lagartija te hizo gritar...? ¿Creíste que era una culebra...? ¿Y por qué tanto aspaviento, tanto mover las manos, los brazos, la cabeza, el sombrero de ala espaciosa...? Por una avispa... Es un moscón y bien vengas mosca si vienes sola, pues son varios enormes tábanos que del aire saltan y se pegan a tu piel como ventosas de alambritos eléctricos y alas de humo caliente.

Las 3 y 35 minutos en el relojito de pulsera que te regalaron tus papás el día de tu recibimiento, y el condenado carruaje sin venir. A las 2 de la tarde quedó de estar bajo el amatle.

Unos pasos, levántate a dar unos pasos. Lo peor de esperar es que entumece.

—¡Los maestros somos los grandes tullidos de las antesalas y por eso, señorita, permítame que no la felicite…! —te dijo uno de tus profesores cuando ya tenía sus champanes en la cabeza, el día de tu recibimiento— Los grandes tullidos de las antesalas…, no lo olvide, ¿eh?, ¡y prepárese!

Unos pasos para allá, otros para acá, a manera de centinela, las manos trenzadas a la espalda, los dedos rígidos, doblados, entrelazados, pequeñito y duros, como bocados de freno, y la cabeza sobre el pecho, lista la nuca para el tajo con tal de no seguir esperando el carruaje que no aparecía… —inútil registrar el horizonte, por más que te empinaras, que no necesitas empinarte mucho con tus tacones que te mantenían empinada, a punta de pescuezo y de hacerte visera con la mano sobre los ojos—, no aparecía, y no aparecía, y no aparecía…

Las 4 y 7 minutos…

Las 4 y 9 minutos…

¡Mal agüero: 13! ¡Di, 14…! Las 4 y 14 minutos…, y no aparecía, y no aparecía…

¿Qué hacer…? ¿Ir en busca de la mujer que arrió y arreó con la bandera y preguntarle…? Pero…, cómo dejaba las valijas…, ¿abandonadas…? Y cargar con ellas ni pensarlo…, el peso y los zacatonales sembrados en agua donde se congregaban aves de todos colores y tamaños a simular bordados de plumas.

Las 4 y 15…

Las 4 y 16…

Ahora hasta que no sean las 4 y media no vuelves a mirar el reloj…, ¿convenido…?, salvo que el carruaje asomara antes, porque no esperarán que entre la noche para venir a buscarte ni pretenderán los muy salvajes que te eches las maletas al hombro y emprendas la caminata por esos cerros, sin conocerlos, hasta Cerropón...

Las 4 y 20...

¿Pero no era a las cuatro y media cuando ibas a mirar el reloj...? Sí, pero algo tenías que hacer antes de caer en aquel escaño hecho de troncos y ramas, y que haya a quien le gusten los muebles rústicos, que son la negación de toda comodidad...

¡Las cuatro y media...!

¡Por fin, las cuatro y media...!

¡Los tullidos, no…, los maestros somos los acalambrados de todas las antesalas y de todas las esperas sin esperanza!

Las 4 y 59...

Ayer a estas horas... A estas horas, no... Un minuto más tarde... Ya eran como las cinco cuando vino a buscarte a casa de la modista, más bien a la puerta, el futuro galeno, tu futuro marido, y te invitó a rodar en automóvil.

El paseo de la despedida. En amoroso relámpago, por dónde no te llevó, quería recorrer los lugares, todos los lugares de los alrededores de la capital en que fue dichoso con... ¿Con quién…? Con quién iba a ser…, contigo…, con la ausente, la que tomó el tren, no la que se quedó en sus brazos en el momento de la despedida y que también eras tú…, aunque…, cómo estar segura de que no hubiera otra en sus brazos que no fuera esa otra que eres tú…, patatatá…, pataleas... ¡Esa otra, no...! ¡Esta otra, no...! ¡Ni esa otra-otra...! ¡Ni esa otra tú...! Tienes celos, hasta de tu persona y qué calvario el que te espera antes que él se reciba de médico y se puedan casar o logres tu traslado a una escuela de la capital...

Ahora, sí…, las cinco de la tarde...

A estas horas empezó el peregrinaje. Por dónde no fueron a que te despidieras y te vieran, decía, te vieran los paisajes con él... Los paisajes…, los rinconcitos…, los caminos…, las sombras de los árboles…, el agua…, la peñas misteriosas... No dejaron sitio por visitar..., sitio a donde no llegaran y después de un beso a seguir rodando, veloz el auto veloz, más veloz, la sangre..., veloz, más veloz, el tiempo... Desde las 5 de la tarde basta salir los luceros, kilómetros y kilómetros, a borrar distancias, a borrar el tiempo, a convertirlo todo en recado de perfume apremiante, en vibración de madera dormida...

Primero fueron golpeteándose en el auto que saltaba por el asfalto resquebrajado de la ruta que va bordeando los barrancos detrás del Hipódromo del Norte, hasta la orilla de esos inmensos abismos de pájaro y luciérnaga, fatigada, llorosa de estar; entre sus brazos, le dijiste al oído: "¡El canto de los nidos me está volviendo loca...!"

Y de allí, a velocidad de kilómetro contra reloj, hasta un pueblecito de indios invisibles, alfareros y carboneros que vivían ocultos en ranchos construidos entre riscos y follajes con tantas hojas como besos en su boca calcinante... Te besaba..., te besaba..., hasta carbonizarte..., barro y sueño..., movimientos adormecidos..., y el gusano azuloso del humo que subía de las hogueras enterradas.

Y este pueblo de humitos perdidos, neblinas crepusculares y hondas, hondísimas cañadas, rodaron por caminos de tierra que se enrollaban como cuerdas alrededor de cerros en forma de trompos, hasta asomar a lo alto de las montañas desde donde tantas veces vieron encenderse los focos de la ciudad estremecida en el fondo del valle a esas horas por las campanas del Ángelus. Miles y miles de luces eléctricas abrían los ojos al mismo tiempo y el rito era estar allí y darse un beso en ese momento...

El relinchar de un caballo que pringó de sonidos el silencio. ¿Sorprendida? Estabas tan ausente que fue un volver en ti misma despedazada, palpitante, un recoger tus manos hacia tu pecho y tus sentidos, contenta, inmensamente contenta de poder decir: "¡Allí está el carruaje...!" Lo que soñabas despierta retrotrayéndote a la tarde de ayer era muy lindo, pero se esfumó, se borró en presencia del destartalado vehículo tirado por dos caballos prietos, del que se apeó un hombre que dijo llamarse Cayetano Duende, campesino de cabeza semicuadrada, estrecha frente, grandes orejas, ojos saltones y con muchos, muchos modales.

Tomó las valijas, reverencia va y reverencia viene, y te invitó a subir al coche, una tartana en la que muy aseñorada ocupaste el asiento de atrás.

—Malo el carruaje y el camino peor; si no quiere llegar molida, mejor se viene conmigo aquí adelante... —te advirtió Cayetano Duende.

—Aquí voy bien... —le contestaste en seco, nerviosa, fastidiada, deseando que arrancara lo más pronto posible para sentirte en marcha hacia tu destino. ¿Prisa por llegar...? ¿Prisa por salir de allí...? Prisa por todo. Era como ir muriendo alejarte de tu amor, y el que siente que se muere tiene prisa de todo, no sabe de qué, pero tiene prisa.

—Los mayorías dicen su nombre y uno los oye —reclamó el cochero, las riendas en la mano, a punto de arrancar—, y como usted no me ha dicho cómo se llama, se lo pregunto, no por preguntar, por saber su gracia.

—Malena Tabay, para servirlo...

—¡No más faltaba eso! El que está a su servicio soy yo, Cayetano Duende. ¿Y es primera vez que viene a dar clases por aquí?

—Primera vez que doy clases...

—Primera vez que da clases... Vez, pues... —aupó los caballos y arrancaron. —La escuela quizandito que le parezca... Bueno, escuela propiamente no hay. Es una gran pieza donde se dan las clases. Tal vez que le parezca, que le guste. Se mandó pintar con Zonicario Sarillas. Lo de pintar fue fácil. Cal y brocha. Lo tramado estuvo en la agarrada de las goteras. Zontearlo cambiaba las tejas de día y de noche se las quebraba el Sisimite... Hubo que hablarle al cura para que bendijera el cielo de ese lado que daba al tejado de la casa y que lloviera agua bendita. Y llovió agua bendita y el Sisimite se fue arañando los tejados con sus uñas de gato de fuego. No le gusta al diablo que se

132

cojan las goteras, porque es lo que más hace renegar y blasfemar al cristiano. También se habló donde la Chanta Vega, mujer que jamás saca el cuerpo cuando se trata de quedar bien con gente principal, para lo de su hospedaje y alimentación. Allí se va a quedar, allí va a comer, allí va a estar bien, yo sé lo que le digo, pues despueseando el hotel de Santa Lucrecia, adelante de Cerropón aquí lo más granado es lo de la Chanta Vega.

Apenas escuchaba Malena las informaciones de Cayetano Duende, pendiente de la marcha del carruaje, con las llamas de sus ojos encendidas, su pulsación cosquillosa, el viento de la tarde helado en las narices, no porque fuera veloz, como ayer el automóvil de su adorado ausente —trepaba tan despacio que una persona podía seguirlo al paso— sino por los precipicios que iba dejando atrás. Las alternativas peligrosas de aquella ruta de deslaves entre barrancos sin fondo, piedra y arena, arena y piedra, le permitían dar forma de grito al sentimiento de pavor con que iba entrando, por entre los pliegues de la cordillera, a un mundo desnudo, desierto, y de pedregales, donde la tierra, vegetal, quemada por la erosión, se refugiaba en las más altas cumbres.

El camino, aliviado de las primeras pendientes, tal vez las más acentuadas, se deslizaba por una planicie regada de pinos, milpas [18] secas, pajonales y ranchos abandonados, de esos que solo se ocupan en la época de la siembra y la cosecha. Disimuladamente, al sentir que iba cayendo la tarde, Malena empezó a seguir las agujitas del reloj. Quería decirse algo que ya se decía: ¡Ayer a estas horas se encendieron todas las luces de la ciudad al mismo tiempo, y mi amor estaba conmigo…! Pero, qué rabia…, haber desperdiciado como locos, corriendo de un lado a otro, aquella última tarde, no haberse quedado en el automóvil juntitos, más juntitos, más juntitos, sin moverse, callados, silencio e inmovilidad del amor que toca el fondo de la vida, o besándose, abrazándose, estrechándose a pérdida de aliento, sin saber cómo volver de las profundidades, entre

la tortura del deseo y la caricia que no puede ir más lejos...
Pero no, ¡qué hombre!, le dio por única explicación
plausible y allí fue la de anular distancias, quemar en la
velocidad lo que sentía al despedirse de ella, la de salir
a todas partes a tiempo, la de ver encenderse las luces
de la ciudad, darse un beso y correr camino abajo a ver
salir la luna de las aguas de un lago, desde los miradores
cercanos al aeropuerto, donde las matas de los maizales
secos, sacudidos por el viento, sonaban como hélices
de aviones.

Había oscurecido, pero la tarde quedaba latente, mi-
neral, lustrosa, porosidad de luz de piedra que se corta.
Malena trató de destaparse los oídos golpeando las palmas
de sus manos sobre los helados pabellones de sus orejas.
De altura la traía sarda y escuchaba muy lejos la voz de
Cayetano Duende.

—¡Ea, niña...! —ella lo alcanzó a ver y había crecido
en la oscuridad, como todos los cerros.

—Sí, niña, soy un cerro parlante —le adivinó el
pensamiento— y por eso ahora que está oscuro, solo yo
voy a hablar.

Malena sintió que desaparecía en el asiento, irre-
mediablemente, moviendo los dedos como manojos de
llaves frías.

—Todo, niña, lo va a poder abrir con esas llaves —adivinó el cochero su sensación—, si no se olvida de Cayetano
Duende —¡qué lejos, qué remota escuchaba su voz que
salía de su cabeza de cerro!—; sus dedos son las llaves de
esos abujeros... —y señaló las estrellas.

Los caballos empolvados de los cascos a las crines
parecían de piedra y de piedra el sonido de las ruedas
del carruaje.

Malena indagó si ya estarían cerca de Cerropón.

—Lumbre bonita se va a vistear ya mero —contestó
Cayetano Duende.

Medio dormida, Malena le oía la voz de cerro.

—¿Las luces de Cerropón? —inquirió ella.

—No, niña, las luces, el lucerío de Cerropón todavía no. La lumbrera que se está empezando a vistear es del Cerro Brilloso. Junte los ojos para allá y vea qué le parece tanto brillo. ¡Si Cerropón huele que perfuma, este Cerro Brilloso da lumbraje de lucero negro! Y nada es lo que brilla, si yo le cuentara lo que esconde... De Cerro Brilloso es aquella historia del hombre que pasó un año sin cabeza. Se la voy a contar: el Cerro Brilloso se abre y se cierra todos los primeros de año. Hay mucha riqueza allí. Y por aquí vivían dos compadres. Yo los conocí. Uno de ellos resultó rico de la noche a la mañana. Halló entierro murmuraban unos; hace aguardiente en una gran clandestina murmuraban otros; y no faltó quien asegurara que era contrabandista, aunque lo más probable es que le hubiera vendido el alma al diablo. Y qué va lo que fue. Se logró colar en el Cerro Brilloso y de allí salió con un tesoro de monedas de oro que pesaba tanto, tanto, que como dos días y medio estuvo acarreándolo a su casa. "Es maíz amarillo", no más decía a los que le preguntaban, pero qué maíz amarillo maíz de oro. Grande fue su riqueza, y como el dinero y el amor se lucen, no pueden estar ocultos, empezó a mercar buena ropa para él y su mujer y sus hijos, a comprar tierras y ganado, y a dar fiestas; gastaba en grande. Su compadre Jutiperto Arteaga le preguntaba cómo había hecho. Al fin le dijo. "Pues me vas a llevar", le pidió Arteaga, "porque es muy feo eso de compadre pobre y compadre rico". "Pues sí, te voy a llevar", le contestó aquel, "te voy a llevar el último día del año, a las doce de la noche en punto, para que amanezcas al día siguiente bien rico, tal vez más rico que yo". Y así se hizo. Se despidieron los compadres de sus mujeres y se fueron a la entrada del Cerro Brilloso. "Compadre", le dijo el que ya era rico, "hay una condición. No perder la cabeza". "Y para eso", le preguntó el compadre pobre, "¿qué debo hacer? Me vas a decir". "Sí, te voy a decir. No vas a volverte a mirar ni de un lado ni de otro. Te van a llamar por tu nombre y no vas a contestar. Te van a tocar un buen son y no vas a bailar. Te van a asustar con un lagartón que echa agua por los ojos y no te vas a asustar, no te va importar. Recto vas a entrar y después de agarrar tu riqueza, recto vas a salir". Y así instruido y muy recomendado, a las doce en punto de la noche, al abrirse la puerta del Cerro Brilloso, se entró el compadre pobre y el compadre rico se quedó esperando con un puro en la boca, calculando que al acabarse el puro, el compadre debía salir. Pero se acabó el puro, ceniza y humo se hizo, y el compadre pobre no salió. Con ruido de retumbo se volvió a cerrar la puerta y dentro se quedó el compadre. "¡Ay, comadre", volvió el compadre rico con la mala nueva, "mi compadrito se quedó adentro, no salió, a saber qué le pasó..." La mujer, triste, vino a estar palpando el Cerro Brilloso, lloraba y le pedía que le devolviera a su hombre, al padre de sus hijos. Pero el Cerro Brilloso es sordo, porque es un cerro muy rico. Y lo primero, para ser rico, es volverse sordo. Al necesitado, no se oye; al amigo que pide prestado, no se oye; al que se quiere regalar a costa de uno, no se oye... ¿Qué hacemos? No le puedo andar su novenario de ánimas porque no sé si está vivo, y no puedo dejarlo así como así, porque si está muerto por allí me espanta, en reclamo de que no atiendo su memoria. "Pues, comadre, esperemos", es que le dijo el compadre rico. "Al finar el año, cuando se abra otra vez la puerta, vamos a ir juntos y tal vez que sepamos el paradero del compadre". Largos, interminables se hicieron los meses, hasta que por fin llegó el día de ir a Cerro Brilloso. Desde muy temprano de la tarde estaban, la comadre y el compadre, en espera de que la puerta se abriera. Trajeron sus bastimentos para no tener hambre y no desear nada. Salió la luna con su gran conejo en la cara a repartir conejitos entre los cerros, unos conejitos raros, de orejas de caracol de donde salían saltando otros conejos. Por fin las doce... "¡Comadre, ya va advertida!" le respiró encima el compadre rico, oyendo que la puerta se abría. Y entraron y vieron y por la ropa conocieron que era el compadre y más luego fue su mujer a mirarlo por delante, solo que al entificarlo estuvo a punto de caer patas arriba, si no la sostienen los instantes almidonados y la advertencia que llevaba del compadre rico. Su marido tenía la cabeza en las manos. Sin pérdida de tiempo, el compadre rico se la arrebató y se la puso en su lugar. Y aquel, después de algunos movimientos, como si le apretara el cuello de la camisa o hubiera tenido el pescuezo tieso, retrocedió con ellos hasta salir. "¿Qué tal?", fue lo primero que les dijo y luego agregó: "Hace un ratito qué entré y perdí la cabeza". "¿Hace un ratito?", le lloró la mujer. "¡Hace un año, hace un año, Jutiperto!". Y efectivamente, lo que pasó fue que al encontrarse rico y oír tocar el son, se sintió tan contento que empezó a bailar, y en una de esas, perdió la cabeza, y en lo que le pareció un ratito, había pasado un año...

Habían dominado la cumbre y al parecer empezaba el descenso que no debía durar mucho. Cerropón era la más alta ventana, de ese lado de la cordillera, sobre el Océano Pacifico, cuyas aguas alcanzaban a verse en los días muy claros.

Por una callejuela de lajas y piedras que todavía era camino, bien que en las esquinas, sobre cercos y ranchos colgaban los focos del alumbrado público, entraron a Cerropón despuesito de las siete de la noche, más o menos. Cómo más o menos, si ella tenía su reloj de pulsera. Las siete y treinta y ocho minutos eran exactas, exactamente, cuando Malena Tabay bajó del carruaje a la puerta de la pensión en que sería huésped principal, rodeada de las autoridades que la saludaban, la gente del pueblo que le sonreía y niños que le ofrecían flores. Bajó sacudiéndose el vestido. Estaba literalmente bajo una máscara de polvo.

Cayetano Duende saltó para tomar los caballos de la brida, no fuera a varajustar el potro canelo que estaba medio entero, y al apaciguarse la bulla de la gente entró a dejar las valijas y a despedirse de la señorita Tabay. Más advertencias que adioses.

—No se vaya a olvidar de Cayetano Duende, el cochero que la trajo en el carruaje, el que para que no sintiera el camino tan largo, le hizo fingimiento de cosas. Sé que va decir que Cayetano Duende, es duende, y va a oír decir que Cayetano Duende es duende, pero no va a saber si es o no es, porque esas cosas no se saben... Y un día voy a venir a llevarla a los baños de vapor de Zanja Grande, y a los Cerros-palomos, donde el eco del viento se enreda en unas cuevas, y sonajea con arrullo de paloma. A su servicio, señorita, a su servicio...

Al salir el cochero, un mensajero le entregó un telegrama.

No con goma, con cola le pareció que venía pegado, tal fue el apuro que puso al abrirlo. Mi amor, pensaba, mi dulce amor... Y leyó:

"Sin querer me dejó algo suyo. Gracias, Mondragón".

Alegrón de qué le habían dado. Ese mensaje no era para ella. No conocía a ningún Mondragón ni sabía de qué se trataba. Sin embargo, su nombre, Malena Tabay, y su dirección, Escuela Nacional, Cerropón, eran correctos. Y ya salía tras el mensajero a devolvérselo, cuando recordó al señor del tren. Tal vez se llamaba así. En su bolso tenía la tarjeta. Efectivamente: Juan Pablo Mondragón.

"Telegrama doble urgente... Puerto de San José... Sin querer me dejó algo suyo. Gracias, Mondragón..."

Las camelias rojas que se había prendido en el pecho...

—Trae el corazón de fuera —le había dicho aquel.

La mano derecha en el anca y a la izquierda abarcando con todo el brazo a un crío que berreaba y pataleaba, detúvose la Chanta Vega a esperar a la recién llegada, bajo el foco que alumbraba la intersección del zaguán y el corredor. De lejos se les ve la pinta.

—¡Sho, patojo baboso, dejás hablar! ¡Infeliz! ¡Gritón...! —se soltó la Chanta Vega para acallar al chico y luego con la amabilidad de su miseria malsana y triste, tras subirse los cabellos desflecados, añadió;—Por aquí, señorita, por aquí le voy a mostrar su cuarto.

Malena Tabay la siguió con sus valijas por un corredor que daba a una habitación bastante amplia, amplísima para el foco miserable que la alumbraba. Una cama baja, una mesa pequeña al lado de la cama, una repisa larga al pie de un espejo, el lavabo, consistente en una palangana y una jarra de agua en una trébede, una estera a medio cuarto, y una capotera.

Malena levantó disimuladamente la colcha de floronas amarillas sobre campo celeste, tratando de ver las sábanas y el colchón.

—Todo es nuevo... —se interrumpió la Chanta por cerrar la puerta al crío que pretendía entrar gateando y que al quedarse fuera se deshizo en berridos—, nuevecito, las sábanas, el colchón, las fundas, pero usted lo mejorará, si le parece, y si trae apetito, ya le puedo servir: tengo sopa y caldo, chilaquilas [49] y platanitos en miel.

Al quedar a solas, Malena Tabay se desplomó en la cama. Se cubrió la cara con las manos y así estuvo largo rato. ¿De qué se quejaba, si ella había escogido aquel camino? Ella, no. La vida. Sus padres no tenían dinero y eran muchos de familia. Hubo que lanzarse al aprendizaje más corto y al que más pronto producía: Maestra. ¿Vocación...? Hace tiempo que esa palabra, en su forma teórica, sirve como tema de conferencias se oye hablar de ella en la misa, por aquello de las "escasas vocaciones sacerdotales", es motivo obligado del editorial de la *Revista del Magisterio*, ponencia trascendental de los congresos de Educación, porque en su forma práctica, se confunde con la necesidad. En la vocación hay inclinación, en la necesidad hay imperio. El que tiene medios económicos puede escoger, le es permitido el lujo de la vocación. El que carece de bienes y dinero y tiene que subsistir con cierto decoro, aceptar se inclina, besa el yugo inhumano que le imponen.

Sacó los ojos de sus dedos y quedóse mirando el piso mucho tiempo. Había tan poca luz y tanta sombra en su corazón...

Sacudió la cabeza, se puso de pie y fue hacia la palangana que llenó de agua, la trébede también parecía nueva. Se lavó las manos, se miró en el espejo y se vio

---

[49] chilaquila: (RAE) tortilla de maíz con relleno de queso, hierbas y chile.

como si se tratara de una aparecida y, antes de salir hacia el comedor, recogió el sombrero de paja de Italia de la cama —se había sentado en él— y lo colgó en la capotera un poco al tanteo, con la mano sin tacto, como dormida.

—Aposéntese en ese banquito de tres patas; es el más seguro y trae buena suerte. Con decirle que allí estaba aposentado el mayor Tirso Lobos, hombrón ese, cuando recibió la noticia de su ascenso. Siéntese y coma, mientras..., ve qué arregla, porque se ve que está a disgusto. Por allí le puse en agua, las flores que le trajeron de bienvenida.

—No, no es que no esté a gusto. Lo que pasa es que extraño las comodidades de casa.

—Y tiene razón. Gente tan fina traída aquí para enseñar a estos hirsutos. ¡Sea por Dios! Por eso no duran las profesoras. La última que vino se frunció el día que llegó y se fue fruncida. "¡A mí", decía, "no me han educado para esto...!" Y eso dirá usted y con mucha razón.

—Pues yo, al contrario, creo que la..., (necesidad iba a decir), vocación me obligará a quedarme...

—¿Tiene sus padres vivos?

—Sí...

—¿Y cómo la dejaron salir a dar clases tan jovencita y a un lugar tan reapartado? Se lo deben ofrecer a todas las maístras y ninguna agarra viaje y cuando alguna llega a venir, se va hecha un basilisco: hasta en eso se conoce que es jovencita, porque, cuánto se le puede echar...,19 años...

—Cumplidos...

—No los representa...

—Esos también son cumplidos.,.

—¡No, no, yo dije 19, por no decir 20...! ¿Y tiene más hermanos...?

—Siete más pequeños que yo. Y su chiquitín —siguió Malena por cambiar de conversación, para no seguirse confesando—, ¿cómo se llama?

—Decí como te llamás, vos... ¡Pobrecito, 'ta muy chiquito pa'hablar! Se llama Poncio, no por Poncio Pilatos, Dios guarde, sino por Poncio Suasnavar, su mero hacedor, pues en el registro vil le aparece el que no es su hacedor sino su padre, Paulino Panzos.... ¡Casi nada, verdad, m'hijo, hecho con cuatro huevos!

—¿Y con qué nombre está en el Registro Civil?

—En el registro vil está apuntado con el pelativo de Panzos.

El chiquitín venía gateando de cajete, la piernita a rastras. La Chanta lo levantó de las mamitas y se lo llevó a limpiarle el trasero.

—¡Cochimote, cuándo aprenderá a sentarse! ¡Eso no se hace! ¡Lo voy a ir a lavar y lo acuesto! ¡Pobre hijo, quién lo salvará de la vida...! —y volviéndose a la profesora, le dijo: —¡Vea si se repite sopita y caldo, mientras le traigo sus chilaquilas...! [49]

Malena quedó a solas con los ojos en la bombilla, pecosa de las moscas que tampoco aprendían a sentarse, los dedos de la mano derecha tecleando la mesa y en el oído con la música de la *Donna é mobile*, este fraseado:

—*...Don automovilé,*
cual pluma al viento...

Esa noche le escribiría al acabar de comer, a don automovilé cual pluma al viento, contándole sus impresiones del primer día de ausencia, lejos de él, de la pérdida de las camelias, y del chasco del telegrama que abrió creyendo que era suyo, y se le cayeron los brazos al leer que era de un tal Mondragón, a quien vio en el tren, pero no recordaba cómo era. Juan Pablo Mondragón... No, no recordaba... Allá lejos..., una cara angulosa, achinado, con los labios muy finos...

La Chanta le trajo las chilaquilas [49] nadando en caldillo de tomate, como barquitos de papel. Tortillas de maíz, dobladas a la mitad, con queso fresco dentro, envueltas en huevo y fritas. Y después de las chilaquilas, los plátanos fritos sacaditos del fuego, brillantes de manteca de cerdo, y reclamando el aguamiel que venía en un recipiente con un hisopo hecho de tuza [50] desflecada.

---

[50] **tuza**: hoja que envuelve la mazorca de maíz; figurado, dinero.

—Le voy a dar mi parecer, —asentó al entrar—, sírvase y coma... Como que me llamo Chanta Vega Solís —tal vez por eso me decían la Solisssítatada—, que si usted, señorita, hace el arresto de quedarse aquí, no se va más... —lucía la fila de sus hermosos dientes blancos tras los labios carnosos—, y se lo esclarezco por experiencia propia y por lo que he visto. La que de entrada no hace el ánimo recto de irse se queda en estos cerros de un día para otro, que, cuando se viene a dar cuenta, ha sido de un año para otro, de un año para otro... No sé si usted huma...[51] Voy a encender esta mi chenca...[42] Véngase conmigo para la cocina... Uno es y existe sin tiempo en estos cerros... —continuó la Chanta Vega al entrar en la cocina y apoyar la punta de su cigarrillo; medio mascado en una brasa. —Y ese Cayetano Duende que la trajo en el carruaje, no por no dejar se llama Duende, y bayunco,[52] como usted lo ve, sabe explicar mejor que ninguno, lo que le estoy cuentando que uno es aquí: un ser sin tiempo...

—Algo así como los arrebatos de los santos —opinó Malena.

—Algo así como estar en el infinito, explica Cayetano Duende. A mí, qué le parece a usted; vieja como soy, me da miedo lo que dice, miedo de criatura, y me quisiera ir de estos cerros, a esos lugares en que el tiempo pasa, pues como humanos que somos queremos que el tiempo exista... ¡Me desespera el señor Cayetano...! ¡Me va a volver loca...! ¡Sus ojos de ahorcado! ¡Su cabezota llena de fluidos...! ¡No, no, señorita, no se quede aquí, váyase mañana mismo, como todas las profesoras que se han salvado sin saber lo que les esperaba, porque no esperaron razón, se fueron...! ¡Qué les esperaba…, vivir sumergidas en esta claridad de los cerros, sin conciencia, al sol, como los garrobos![53]

—Cálmese..., hablaremos mañana..., le dije que me quedaba porque hay un sentimiento profesional...

[51] humar: fumar.

[52] bayunco: aquí montaraz, tosco, sandio.

[53] garrobo: iguana comestible.

—Y porque Cayetano Duende la trajo en el carruaje y es ahí donde empieza el maleficio. A mí también me trajo hace una pila de años que allá fuera diz que han pasado, entre estos cerros, no... ¡Ni el chino, con ser chino, se pudo ir de aquí! Allí está, viejo y transparente, hable con él y verá que no le miento.

—¿Y todo esto, perdóneme, se lo dijo usted a las otras profesoras?

—No hubo necesidad. Al solo darse cuenta de que venían a enterrarse a estos montes sin pasado, presente ni porvenir, se fueron más corriendo que andando. Pero usted dice que se va a quedar aquí. Por eso hice la fuerza de hablarle y descorazonarla. Quiero que esté advertida y que si mañana se arrepiente, memore que la Chanta Vega se lo hizo ver.

VIII

—Y de esto hace once años… —golpeaba el lápiz en su escritorio, nerviosamente. Diríase que añadía aquella pulsación al tic-tac solemne del reloj de la dirección, como picoteando con la punta del lápiz los minutos.

—Once años… —repitió.

—¿Arrepentida…?

Suspiró, sin saber qué contestar, luego se puso de pie, tan alta como era, y le tendió la mano al jefe de la Zona Caminera de Entrecerros, al que había conocido casualmente en el tren que la trajo hace… Once años.

—Perdone si he prolongado esta visita —dijo aquel, a la pesca del casco que había dejado sobre una de las sillas—, pero estoy tan contento, ha sido tan grata la sorpresa…

Encaminóse hacia la salida y prosiguió:

—¡Tan grata…, tan grata! Espero que alguna vez nos hará el honor de visitar nuestro campamento. No está muy lejos de Cerropón y no hay mucho que ver, pero nosotros la veremos a usted. ¡Y me voy antes que me vaya a preguntar por su camelias!

—Se habrán secado después de once años… —dijo Malena; su impasible cara de barro no traicionó la ráfaga de desesperación momentánea que aquel recuerdo le causaba.— Pero, nadie lo está espantando… —arrepintióse ella de haber cortado la visita—, si tiene tiempo le quiero enseñar mi escuela.

—Es un hermoso edificio…

—¡No me diga que le gusta! Se construyó a iniciativa mía y un poco con mis ideas; por eso dije "mi escuela". Cuándo llegué a Cerropón no había escuela. Se daban las clases en una sola pieza. Autoridades y vecinos aportaron los medios. Me alié con el párroco del Calvario (aquí no hay más iglesia que el Calvario, qué simbólico, ¿verdad?; en estos cerros todo es cuesta arriba) y hacíamos *kermesses* y de lo que se sacaba, descontados gastos, tomábamos, él la mitad para la reconstrucción de la iglesia, y yo la mitad para edificar esta escuela.

—Les llevaría mucho tiempo...

—No sé. El tiempo aquí no cuenta, no existe, y por eso cuando una envejece, lo sabe porque los otros se lo dicen...

—No, yo no he querido decir que es usted vieja, paro un edificio así y recaudando los medios con *kermesses*...

—De su galantería me dio suficientes pruebas el día que lo conocí en el tren. Déjeme seguirle explicando lo del tiempo; como recién llegado, le interesará saber que aquí no existe... Bueno, ¿explicarle...? Es inexplicable. Cuando vine, el mismo día de mi llegada me advirtió una mujer en cuya casa me hospedaron, se llamaba, o se llama, porque todavía vive, Chanta Vega. Debe ser Chenta diminutivo de Vicenta pero aquí dicen Chanta. Según ella el cochero que me trajo de la estación al pueblo, Cayetano Duende, era el que más sabía del tiempo infinito, del tiempo que no existe, tiempo en el que el ser queda sumergido como en un sueño.

Malena guardó silencio, como sorprendida de sus palabras, con ese callar hacia adentro de los cerros, mientras aquel, mirándola a los ojos, entre incrédulo y convencido buscaba el equivalente de la explicación en su lenguaje.

—Sí, parece que no ha pasado el tiempo...

—¡No parece! —rectificó ella vehemente—, no ha pasado...

—Muy bien, no ha pasado, por eso la eternidad dicen que es no encontrarse como uno se encontraba, y la estoy viendo, como la vi la primera vez en el tren, bajo un gran sombrero de ala manila, vestido sastre color de humo y en el pecho...

—El corazón de fuera...

—¡Qué bien se acuerda! Se lo dije por las camelias, que eran de un rojo tan encendido...

—¡Usted es el que cómo se fijó en mí!

—Me la aprendí de memoria... Lo malo es que el tren se detuvo en la milla 177...

—Como detener un río para que bajara una sirena...

—¡Pero, cómo se acuerda..., se le grabaron mis palabras!

—Yo también tengo memoria; pero volvamos a lo que le explicaba de la inmovilidad del tiempo en estos cerros. Déjeme que le cuente cómo se llega a no existir existiendo. Experiencia personal. Al principio se experimenta un gran desasosiego, espantoso, una verdadera agonía. Según Cayetano Duende, está muriendo en la persona el ser que vive diariamente y que diariamente muere, y al que sustituye el ser que ya no vive ni muere, que es, y es, y es...

—Algo de lo que logran los yoguis en la India.

—Otra cosa. Esas son prácticas individuales. Aquí también existen los que comen hongos de sol-naranja, hongos que inmovilizan la sangre en el punto que empieza la vida, según ellos, la prueba es heroica porque la mayoría muere o se vuelven locos, y los que consumen el cactus negro del ombligo de la tierra que traen desde muy lejos y que les sirve para no rodarse de los cerros, mientras siembran, calzan o cosechan sus milpas.[18] Pero estos son casos individuales y a lo que yo me refería es a la colectiva inanición ambiente por falta de un mecanismo que los haga vivir en el tiempo nuestro. Y por eso observará usted que yo trato de mecanizar al maximum el tiempo en la escuela. Por todos lados verá usted relojes, en las clases, en la dirección, en la sala de estudios, en el patio, en la portería, pues, para mí lo primero que hay que hacer aquí, es mecanizarle el tiempo a esta gente; lo primero y... Lo último que le digo, porque ya va a ser la una y tengo que almorzar; a las dos de la tarde vuelven las alumnas...

—Antes de irme, una pregunta, ¿se acuerda de mi nombre...?

—Mondragón... Se me quedó por el telegrama que me mandó...

—Mi apellido, pero mi nombre.

—Sé su nombre, pero no me acuerdo...

—Juan Pablo, como Marat...

—¡Jacobino!

—¡Mejor que Girondino!

—¿Quién le ha dicho...? —cortó ella—, ¡Más jacobina que usted...!

Pero Juan Pablo Mondragón echaba a andar el *jeep* y no la oyó.

Las violentas sacudidas de aquel vehículo de trabajo en el que la persona o personas que lo ocupaban, se tornaban rígidas, no derramaba de su cabeza poblada de pensamientos dispares, contradictorios, uno solo de estos pensamientos, y tan pronto la veía bachillera como simple; práctica como quimerista, pretenciosa como humilde, desencantada como madura para nuevos encantamientos, ideas que se fragmentaban al particularizar sobre su rostro que era un rostro común con la piel y los rasgos afinados entre los empellones de la sangre y el viento de las montañas de piedra, sus ojos auditivos, oyentes, no hechos solo para mirar y su boca de labios gruesos con un rictus de hegemonía triste. Y entre este bullir de pensamientos y fragmentarse de ideas, el apresurado hacer planes para no dejarla escapar... ¡No, no habría más la milla 177..., la vida no se pararía como el tren para que se bajara! Iban en el mismo vagón, entre los cerros, sin tiempo. Él había arrastrado ya mucha existencia, sin gastarse, como los ríos en que van sirenas, arenas, y todo lo que todos arrojan a su corriente, y el amor hería su costado, ciego como Longinos... ¿Por qué aquella chica graciosa, aquella estampa de figurín de modas que viajaba en el tren, hace once años, se quedó allí sepultada, igual que esas vírgenes que los indios sepultan en las alturas para que las cubra la nieve...? Allí empezaba el enigma...

Pero ya se aproximaba al campamento que hormigueaba de peones camineros maestros de obras, ayudantes, mecánicos, como tantas veces más volvería en el futuro del "frente" —¿no es el amor una batalla?—, perdido en el ruido de sus pensamientos, después de haber estado con ella ora en el recinto de su pequeña biblioteca, donde, poco a poco, habían pasado a la fila de los invisibles los libros de versos, novelas, ensayos, antologías, ocultos por la avalancha de los manuales prácticos, tratados de zootecnia botánica, veterinaria, primeros auxilios y obstetricia; ora en una galería interior, donde tenía improvisado un comedorcito infantil de treinta puestos, quince y quince en una sola mesa para darles café con leche y tortilla de maíz, o pan cuando había, a los alumnos que llegaban a la escuela, sin haber probado bocado; y ya fuera de la escuela, visitando con ella un taller también improvisado, donde un indio, habilísimo tallador y modelador, enseñaba, no estas artes, habría sido mucho pedir, sino algo más útil y sencillo, la fabricación de trastos de barro, a todos los que deseaban aprender, que eran muchos, tanto que dentro de poco ya no daría abasto aquella improvisada instalación...

—Y a ese escultor lo conocí —hablaba ella—, ¡ay, si le dijera, si le dijera cómo lo conocí! Esa tarde, hasta bien entrada la tarde, me quedé en el Cerro Vertical contemplando el mar..., tan lejano. No sé, pero a mí me resulta dolorosa la visión del mar desde estas alturas y a la distancia de la falta de platita par poder viajar. Tenía el infinito la evaporación de fuego azul que sube de la extendida e impecable lámina marina, y tanta inmensidad se acerca desde el Cerro Vertical, que coronas de pámpanos semejan los robles y pinos gigantescos en las recortadas cabezas de los otros cerros, emergiendo de la nubes, como de túnicas de espuma...

—¿Y allí lo conoció? —preguntó Mondragón, ligeramente pálido, con la voz que traicionaba sus sentimientos. ¿Quién podía ser aquel hombre, aquel escultor, aquel artista para ser digno de semejante panorama?

Malena libró el brazo que Mondragón le apretaba, en espera de su respuesta, entre amistoso e imperativo.

—No, a "mi" escultor lo conocí ese día, pero no allí —el "mi" lo clavó como una espina por dar rienda suelta a su instinto de gata que juega con el ratón— pero evoqué la visión del mar, desde el Cerro Vertical —nunca lo vi más bello— porque fue lo que señaló ese día, para mí inolvidable.

Mondragón encendió un cigarrillo y se puso a fumar, a fumar, a fumar, por no concluir allí mismo destruyendo a manotazos y puntapiés los cacharros de barro fresco, los cocidos, el horno, los bancos, como había acabado aquella vez con las jaulas de Roncoy Domínguez, para dar libertad a los pájaros.

—Lo conocí en un corralón de carretas —siguió ella—. De regreso del Cerro Vertical di un rodeo y al pasar por aquel sitio llamó mi atención un bulto que se movía entre basuras y estiércol. Creí que era un animal. "Es Popoluca...", me informó una mujer con cara de batracio, que estaba cerca. "¿Y qué es Popoluca?", le pregunté... "¡Popoluca...!", me contestó. Me llegué al bulto y era un hombre viejo, barbudo, con el pelo tan largo como el de una mujer, vestido de harapos podridos, descalzo, durmiendo entre la basura. "Popoluca no se mueve", agregó la mujer; "allí se está, y está, y de allí nadie lo saca, lo invaden las moscas caminadoras, azules, verdes, rojizas, negras, le caminan por encima, y Popoluca no se mueve; lo recorren ríos de hormigas, se le meten entre las barbas, hasta le llevan las barbas que se arranca cuando se rasca, creyendo que son yerbitas, y Popoluca no se mueve; los zompopos,[54] más vivos, se le meten por la boca y le despegan los pedazos de comida de entre las encías y los dientes, y Popoluca no se mueve: las moscas volanderas se afilan las alitas en sus pestañas, una vez se le metió un grillo en la nariz y allí estuvo cantando ratos y ratos y Popoluca sin moverse... No se mueve y no se mueve, y no da señales de vida hasta que vuelven las

[54] zompopo: hormiga grande con espinas en el dorso.

carretas renqueando, vacías; las carretas solo cuando están llenas caminan bien, cuando vuelven de vacías, renquean. Entonces, al oír entrar las carretas, Popoluca se levanta, da un salto increíble a su edad, se golpea las manos en los muslos, levanta los brazos para estirarse, hace como tirabuzón de remolino de basura en el aire, abre bien los ojos, y no solo las moscas, las hormigas, los zompopos,[54] los grillos, los piojos, las pulgas, las niguas,[30] se espantan, sino las gallinas, los pollitos, las palomas, las ovejas y perros que se echan a dormir a su calor. Bosteza bien y luego se va con andadito de pieses que solo apoyan la punta, a preguntar a los carreteros si estaba abierto el paso para el Cerro de los ídolos; había camino pero se lo tragó el abismo y donde él decía que tenían escondidas las esculturas que le robaron, y a las que solo volvía a ver, como en sueños, recostado en las materias más peores, durmiera o no durmiera, pero inmóvil". Y así fue como encontré a mi escultor, a Popoluca.

Mondragón se la hubiera querido comer del gusto. La abarcó con los brazos, mientras le decía:

—Habría que curarlo. Ese hombre estaba loco...

—No, señor caminero, no hubo que curarlo ni estaba loco —y al verse rodeada por los brazos de Mondragón, apartóse suavemente, antes de añadir: —Se le dieron los medios de trabajar en su oficio y allí lo tiene, este es ahora su taller, de maestro de pequeños alfareros que yo llamo los popoluquitas.

—No sé, hay personas, Malena, que no sabe uno si las quiere o las admira. Con usted me pasa: ¿la quiero…?, ¿la admiro…?

—Quererme como amigo y admirarme como nada, lo que hago lo puede hacer todo el mundo. Pero tenga las manos quietitas —le tomó las manos que había apoyado sobre sus hombros con peso de caricia se las juntó, y celando con una de sus manos que no volvieran a volar a sus hombros, le dijo: —Voy a darle el secreto de mi buen éxito. Si es capaz de guardar un secreto...

—Igual que una tumba...

—¡Hacer las cosas! Y ni siquiera hacerlas, empezar a hacerlas. Vea usted, tomé a dos alumnas, entre las más grandecitas, para organizar una biblioteca infantil. Las chicas jamás habían visto una biblioteca infantil, y yo tenía ideas generales. Bueno, pues conseguimos los libros y allí está funcionando. Después, para perfeccionar su funcionamiento, hemos estudiado con ellas el asunto ficheros, clasificación...

—Hacer las cosas, pero con un plan...

—Desde luego —contestó Malena—; yo aquí me he propuesto preparar una nueva generación de indias montañesas, con todas las dificultades que da trabajar con un material humano empobrecido física y materialmente, que come una vez al día cuando come. El trabajo que costó hacer desayunar a las chicas: "No como —decían algunas, las más pobrecitas— porque me acostumbro". Antes estaban juntos hombres y mujeres, pero creo que los separaron y crearon la escuela de varones, porque mis alumnos salían muy alzados y ya no se los llevaban a trabajar a otras partes como corderos, exigían contrato, seguridades y varias fueron a parar a la cárcel por rebeldes.

—¡Cien profesoras como usted!

—¿Para qué, para transformar esto en cárcel o cementerio? Educando hombres así, tendrían que multiplicar las cárceles y ampliar los cementerios.

Se dejó besar las manos por Mondragón.

—Sí, *Monsieur* Jean Paul, más jacobina que usted, que en caminos trabaja con cuadrillas de peones que no reciben jornal y tienen que pagarse ellos la comida...

—Se eximirían, si pagaran el boleto de vialidad...

—Bien sabe usted que eso es mentira, aunque lo pagaran tendrían que ir cuarenta días a los trabajos camineros.

—Una de las causas del gran descontento que hay —expresó Mondragón e insensiblemente volvió la cabeza a un lado y otro y encogió la espalda.

—No tenga cuidado, una escuelita insignificante como esta, olvidada en estos cerros, es el lugar más seguro para conspirar....

Mondragón se dio cuenta, por el tono con que lo dijo, de la verdadera intención de su frase, reprocharle su cobardía por haberse vuelto a mirar a todas partes, cuando formuló aquella tímida objeción a la política del gobierno. Sin embargo, el corazón le latía, todo él estaba tenso. Le preocupaban dos cosas: que fuera ella, el ser que ahora más adoraba, a estar en una conspiración, o que él se hubiera traicionado con algún gesto, con alguna palabra. Mas fue por ella por lo que se sintió aterrado, sin poder reaccionar. Por otra parte, comprendió que se estaba traicionando como un estúpido.

—¿Qué le pasó? —apoyó Malena su mano tibia sobre sus manos frías, asentando a sus pupilas, por primera vez, dos inmensos cariños, dos inmensas ansias, dos inmensos ojos.

—Malen —así la llamaba él en sus soliloquios y ahora ya la llamaría así siempre—, no vuelva a decir esa palabra…

—¿Tan grave es?

—Pululan los espías, y por menos hay mucha gente en la cárcel.

—No fue por eso por lo que usted se puso así: cambió de colorase le trizó la voz y se puso a sudar fríos.

—Es verdad…

—¡Dígale entonces a Malen…, Juan Pablo, no me lo oculte, dígame que hay esperanzas! Algo sabe usted, en algo está y no quiere hablar.

—Nada de lo que usted se imagina…

—Yo no me imagino nada, pero quiero que usted me lo diga… Estamos tan humillados, que oír hablar es sentir que se vuelve a la vida…

—Malen, fue por usted por quien yo temblé.. .

—¿Por mí?

—Esa palabra, y su manera de hablar, hacían evidente que andaba usted metida en cosas políticas.

Ella guardó silencio. Algo quiso decir, pero las palabras quedaron en sus labios y su gesto evasivo acabó de inquietar a Mondragón.

—Después de la palabra conspiración pronunciada por usted en forma tan inesperada, temí...

—Que fuera a comprometerlo...

A lo lejos se oían los ruidos de la calle. Malena le tomó las manos como para sellar un pacto, murmurando:

—Entre los camineros, en su campamento, podemos hacer algo... Debe haber muy buen elemento...

—Yo Malen, me puedo comprometer, pero no puedo comprometer a mis compañeros.

—Ellos no se negarán...

—¡Cómo no se van a negar...! ¿Y quién les hablaría...?

—Yo...

—¿Usted...? —liberó sus manos de las de Malena y la tomó de los dos brazos, sacudiéndola, mirándola a los ojos, mientras le decía: —La delatarían, y los que no son casados tienen sus hijos... ¿O cree, usted, Malen, que cualquiera se embarca en un viaje con solo dos salidas: el poder o la muerte...?

—Pero, ¿de qué diablos está usted hablando?

—¡De lo que usted está hablando…!

—Le decía yo que me ayudara a complotar en su campamento...

—Eso me decía...

—Para abrir una escuela nocturna destinada a los peones adultos...

—Malen —se sintió desarmado Mondragón—, ¡qué mal rato me hizo pasar...! —y mientras este trataba de ocultar su cabeza junto a su pecho, ella se levantó, aún sostuvo, ya alejándose, aquella pesada cabeza de cabellos ensortijados, y desde la puerta le dijo: —Monsieur Jean Paul, si quiere, hago pasar a Carlota— Y avanzó ella, simulando que era Carlota Corday, con un cortapapel en la mano.

Iba y venía al campamento perdido en el ruido de sus pensamientos amorosos, apasionados por Malena, que ya se dejaba rodear por sus brazos, que consentía que entre sus cabellos se perdieran sus manos, como en una música de hilos de sueño y se preparaba mentalmente a recibirla en su pabellón, disponiendo cómo debía colocar los pocos muebles que tenía. ¡Sí, sí, debía pedir a la capital unas camelias rojas! ¿Vino...? ¿*Whisky*...? Con una botella de cada cosa. Unos *sandwiches* o tortillitas con queso... Por allí se conseguían. Pero todo aquel concurrir de sus sentidos a forjar las ideas más amables sobre la visita de Malena al campamento, se perdía, cesaba la bulla del amor en su cabeza, y empezaba a cavilar en lo que ya no pensaba desde que conoció, o reconoció a Malen, su novia del tren, como la llamaba a solas, su noviecita de diecinueve años —treinta años tenía ahora— en lo del complot. Ella fue la que quién sabe si adivinado o porque el pensamiento se transmite, soltó aquello de "aquí, en esta escuelita, perdida entre altos cerros, se puede conspirar", más o menos eso dijo aunque después lo derivara todo hacia una inocente escuela nocturna para adultos allí en el campamento de caminos, tan peligrosa, a los ojos de las autoridades, como cualquier conspiración. Pero ya llegaba. Las últimas vueltas en camino tallado en la roca viva y la explanada donde se miraban los fogaroncitos encendidos por los peones, alas de sombreros blancuzcos y sombras de hombres acuclillados en derredor del tostarse de las tortillas en las brasas, el hervir del café en las jarrillas, y el tufo de alguna pierna de venado, de cachemente, de armado, de gallina, de algo más comestible; masticadle.

¡Eh...!

Tuvo que sostener firmemente el timón, pues el golpe de algo que pasó le había desviado, y frenar, y pensando que podía ser una buena presa, saltar con la pistola en la mano.

Dos ojos alcanzó a ver, luminosos, y la sombra zig-zagueante que se escurría por un huatal [55] tupido. Corrió detrás, saltando, escapándose de caer, sin perder la huella que dejaba el movimiento del animal en el monte. Pero las hojas dejaron de moverse, aquietóse la superficie y toda

[55] huatal: o guatal; terreno en barbecho para pasto del ganado.

señal de vida desapareció. Él también se quedó inmóvil, suponiendo que el animal estaría por allí agazapado. Pero nada. Y se disponía a volver al *jeep*, cuando entre el follaje escuchó un como retumbo. Levantó la mano y notó que no había mayor viento. ¿Por qué, entonces, no dejaban de sacudirse arbustos y yerbajos? Cautelosamente, apartando las ramas, inclinándose antes de dar el paso a ver dónde ponía el pie, empezó a mirar, a la luz tenue de la noche, la boca de un cómo subterráneo. ¿Qué hacer? No tenía linterna, no tenía nada con qué alumbrarse. Grandes murciélagos entraban y salían. Era mejor irse y volver de día. Se detuvo a estudiar bien la posición en que se encontraban con referencia al campamento de los peones al punto en que había dejado el *jeep* y fue y vino contando los pasos, hasta estar seguro de que no perdería aquella desconocida puerta que, llegado el momento, podía ser su salvación. Imposible, ya lo había meditado, noche y noche, sin encontrarse con el sueño en las vueltas que le daba a poder conciliar sus juramentos con la gente comprometida en la lucha por la libertad y la justicia y el amor que le salió, como salteador de caminos, a pedirle el corazón y la vida. ¿De quién era su corazón? ¿De quién era su vida...? De aquellos, de sus compañeros de lucha... ¡Malen! ¡Malen...!, se revolcaba en la cama, no tengo qué darte, todo es un fingimiento, me estoy inventando un corazón y una vida...

Sacudió la cabeza como para botarse el pelo, como si entre el pelo le quemara el fuego de sus pensamientos, llevaba el casco bajo el brazo, y antes de subir al *jeep* pensó hacer algunos disparos a los peñascos, así los dejaría marcados; pero desistió, era peligroso, las marcas también podían servir a sus perseguidores caso que tuviera que huir por el subterráneo. Mejor así. No se le podía perder, tenía bien calculado todo.

IX

—¡Mecanizar…, mecanizarles el tiempo…, mecanizarles el tiempo a estas gentes…, permítanme que les diga que no estoy de acuerdo…! —el profesor Guirnalda abría la discusión.

Las sillas de mimbre de la dirección salían excepcionalmente a darse aire al corredorcito de la Escuela de Niñas que caía sobre un patio donde en flamantes macetas y humildes tiestos florecían geranios claveles, hortensias, azaleas, rosas; y se agregaban a la tertulia de las tardes domingueras; el cura y el profesor Constantino Piedrafiel, director de la Escuela de Varones, más conocido entre sus compañeros por el sobrenombre de profesor Guirnalda.

—Amaneció despejado —exclamó el cura, tibión, trigueño, menudo como caballito criollo se decía él mismo, autoelogiándose por aquello del galope corto y el aguante largo. —Amaneció despejado, luego se nubló y ahora como que quiere aclarar.

—¿Con qué derecho —siguió el profesor Guirnalda; las témporas del padrecito no lo iban a desviar de su tema— vamos a sacar a esta gente de su estado actual, de semiconciencia en relación con lo que pasa en el mundo, en la vida; con qué derecho, repito, y para qué…?

—Si no aclara —insistió el cura—, no les arriendo las ganancias a los que invitaban para ir a contemplar el vasto Océano Pacífico, desde el Cerro Vertical…

—¿Para qué? —contestó enfática Malena, directamente aludida por el profesor Guirnalda. —Para darles ocupación productiva y llevarlos a la civilización.

—Ocupación..., ocupación..., civilización... —repitió Piedrafiel, dubitativo.

—No creo —dirigióse el cura a Mondragón, que también participaba de la tertulia, y hasta ese momento había permanecido callado—, que se pueda ir al Cerro Vertical. Es una lástima, una verdadera lástima, porque se anuncia buena luna...

—¿Para darles ocupación...? —reflexionaba Piedrafiel, antes de decir, un poco para él y para que le oyeran los otros: —Aquí, que yo sepa, no hay problema de desocupación.

—Aparentemente... —intervino Mondragón, que solo la oreja ponía al padre, más atento a lo que discutían los profesores—, porque aquí la desocupación es la de las clases sociales que por no tener estímulo, no les interesa trabajar, que trabajan para comer; solo que ahora, como están aprendiendo a no comer...

—Cada vez se está nublando más. No creo que despeje. Y lo siento, porque me habría gustado el paseíto.

—Sí, el profesor Piedrafiel, en parte, tiene razón —adujo Malena—, en el sentido que él le quiere dar; mas, como ha dicho Mondragón, la desocupación entre nosotros adquiere el carácter de un verdadero problema nacional.

—Que con el tiempo se irá agravando —agregó Mondragón—, al desaparecer por completo las antiguas industrias, las manualidades, restringirse los cultivos con disposiciones tan injustas como las del tabaco...

—El problema es muy complejo... —acotó el cura para no quedar fuera de la discusión.

—Lo que no sabemos es si el Padre Santo...

—¡Padre Santos, nada de Padre Santo! —rectificó este con toda energía a Piedrafiel.

—Lo que no sabemos, padrecito Santos, es si su merced habla del tiempo que nosotros estamos hablando, o del de sus observaciones meteorológicas por ser un gran metereologista.

—No nos salgamos de la discusión —pidió Malena—. Decíamos que si les damos a estas gentes un sentido actual del tiempo, el tiempo se les volverá riqueza. El atraso de estas poblaciones se debe, entre otros factores, a que a la mayoría de sus habitantes se les cortó el tiempo de sus calendarios y no se cuidó de incorporarlos al nuestro, y así fue como se quedaron, sin calendario, fuera del tiempo.

—Eso no sería lo peor —apoyó Mondragón—, no saber que el tiempo es una riqueza, sino su falta de hábito para hacer uso productivo del tiempo.

—*Time is money!* —exclamó el padre Santos.

—O el viejo refrán moro, que es más hermoso, padre —alzó la voz el profesor Guirnalda, como si fuera a declamar: —... El tiempo es polvo de oro, colmillos de elefante y plumas de avestruz... —y dejando aquel tono que en las veladas de fin de curso siendo estudiante le había valido muchos aplausos, cuando interpretaba *La Bestia de Oro*, volvió a la discusión: —Bueno, profesora Tabay y señor Mondragón, ya los tenemos con el tiempo mecanizado, rejo... jo... re jo... lorizado...

—Esa ya casi es una mala palabra... —soltó el padre riendo ruidosamente.

—No me interrumpa, padre Santos. Ya los tenemos mecanizados. ¿Van por eso a ser más felices?

—Valle de lágrimas es este y estamos de paso —dijo el cura—; felices solamente en el cielo —y entre canto y tarareo, añadió: —¡Al cielo yo iré y en el cielo, yo te bendeciré...!

—No está a discusión el problema de la felicidad, profesor —intervino Mondragón y, dirigiéndose a Malena:—¿No te parece?

Ella le reconvino con los ojos. Ninguna de aquellas personas sabía que se tuteaban.

—Y además —agregó Mondragón— se habla de una felicidad de pasividad, pasividad para soportar la miseria y todo lo que soportan. Lo primero que exclama cualquier pelagatos que visita el interior del país, es: ¡son pobres, pero felices! ¿Y es esa la felicidad que no quiere que les quitemos, profesor?

—Lo que se discute —se adelantó Malena a Piedrafiel, que se preparaba a responder, se había tocado la corbata, y encogiendo los brazos en las mangas se había metido los puños que se palpaba con las puntas de los dedos— lo que se discute, si me permiten poner un poco de orden, es si conviene o no adaptar a esta gente a nuestro tiempo. Lo otro, profesor, sería como ponerse a discutir a la orilla de un enfermo grave, que está en las últimas, que está boqueando, si conviene que siga agonizando, porque agonizando para nosotros es feliz, o si se le vigoriza a fin de que viva como debe vivir, ¿Conviene o no conviene, entonces mecanizarles el tiempo?

—Eso, desde luego, no se pone en duda —aceptó Piedrafiel—; el peso del tiempo muerto que por ellos arrastramos, reduce a cero todas nuestras posibilidades de progreso; pero si, sin emplear la palabra felicidad, nos preguntamos: ¿será para su bien o para su mal?

—Para su bien, ¿no te parece...? —dijo Malena dirigiéndose a Mondragón, no sin darse cuenta de que ella, sin sentir, también lo estaba tuteando y que con aquellas familiaridades se exponía a los malos juicios del profesor Guirnalda.

—¿Para su bien? —se preguntó el profesor, antes de volverse a ellos y exclamar: —¿Y alguien, acaso, sabe lo que es el bien...?

—Yo... —se le enfrentó el padre Santos—; yo sé lo que es el bien y el mal... ¡Mi teología…! ¡Mi teología...!

—¡Nadie se la está arrebatando! —interrumpió Piedrafiel; y después de tocarse el nudo de la corbata, de encoger los brazos en las mangas del saco y palparse los puños tiesos de la camisa con las puntas de los dedos, prosiguió: —¡Nadie le está arrebatando su teología! Pero yo creo que si discutiéramos el padre sin la sotana, el señor sin uniforme y nosotros con la señorita Tabay, sin la toga del magisterio...

—¿Desnudos...? —gritó el padre Santos, santiguándose apuradamente, mientras Malena y Mondragón reían.

—Padre Santo...

—¡Padre Santos, por el amor de Dios! ¡Padre San... tos!

—No le haga caso —intervino Malena, lo hace por molestar y porque siendo de origen nicaragüense no deja de comerse las eses.

—Pero permítanme hablar. Lo que yo proponía era que discutiéramos sin las ideas y límites que imponen la sotana, el uniforme y la toga, que discutiéramos como seres pertenecientes a una escala.

—¡Alto ahí con Darwin! —gritó el cura.

—Bueno, se armó... —exclamó Mondragón— antes de que el padrecito nos alimentara los vicios menores. A mí se me acabaron los cigarrillos...

—Con mucho gusto, Mondragón, con mucho gusto —se volvió a decirle el padre Santos, y le brindó su cigarrera de cuero de fabricación mexicana, que de un lado tenía, realzada, la imagen de la Virgen de Guadalupe y del otro, el escudo de México—. Y por aquello de no defraudarlos en lo de que les alimento los vicios menores, sea por Dios a lo que se expone el que es caritativo, a que lo denigren, lo infamen, lo calumnien —esto último lo dijo el cura mirando de reojo al profesor Guirnalda—, aquí les traigo una botella de vino dulce, no sé si les complacerá, y unas pepitas de jocote[56] marañón tostadas, saladas y..., extranjeras... Vienen en estas latas *made in*..., donde ustedes saben.

Malena intervino:

—No sé qué prefieren los señores, que les sirva antes el café, ya está preparado, o que les traiga copas para tomar el vino... —y volviéndose al padre Santos:— Usted siempre tan primoroso.

—¡El vino! El vino! —gritó el profesor Guirnalda, ya de pie con la botella en una mano y en la otra el llavero de su escritorio en que llevaba abrelatas y tirabuzón.

—¡Voy por las copas! —se levantó Malena.

—Y yo voy al *jeep*, pues también había traído algo —dijo Mondragón, y se dirigió hacia la salida.

---

[56] jocote: fruta parecida a la ciruela.

—Padre —aprovechó Piedrafiel la ausencia de aquellos—, parece que la cosa anda muy fea.

—Así dicen que dicen que dicen, profesor, pero en concreto nada se sabe.

—Se habla de un complot A usted alguna noticia le habrá llegado...

—¡Bueno! —se oyó la voz de Mondragón—, ¡vamos a creer en milagros; el profesor como que se está confesando!

—Le comentaba aquí al padre —repuso Piedrafiel— lo que se suena; andan tras los hilos de un complot que tiene ramificaciones en toda la República. Por estar usted militarizado, como todos los que trabajan en caminos, tal vez no sabe nada; pero el padrecito sabe y no cuenta...

Mondragón dejó sobre la mesa una servilleta anudada. El cura la husmeó con ojos de niño alegre, frotóse las manos y la boca y se le llenó de saliva:

—¡Chicharrones..., qué rico! —exclamó.

En hojas de plátano, verdes, lisas y mantecosas, venían los chicharrones de cerdo que alborotaron al padre y a Malena, la cual entregó las copas que traía en una bandeja, al primero que se las recibió, Mondragón, y se puso a comer a dos manos.

—¿Y el profesor no se anima? —preguntó Malena.

—Me encantan, soy de aquellos —señalando al padre— que se les hace agua a la boca, pensando en los chicharrones, de solo ver un cerdo: pero me afectan el hígado.

El padre Santos llevaba siempre los brazos pegados al cuerpo tan bien pegados a la sotana, que parecía manco de los dos lados: la nariz muy subida hacia la frente, lejos del mentón, terminada en punta, le daba aire de persona que no quiere oler las cosas; pero ahora a brazos arremangados y nariz olfateante de la grasa tostada, se batía con los chicharrones.

—Y qué buenos, Juan Pablo; ¿dónde los consigues?

—Cerca del campamento —contestó Mondragón y volviéndose a Malena—, no sabía que a ti te gustaran tanto, Malen...

—Lo que no sabía —dijo Piedrafiel— es que ustedes fueran tan amigos desde hace tantos años. Lo que es la vida, volverse a encontrar aquí. De lo que sí puedo dar fe, como testigo ocular, es del cambio sufrido por la profesora Tabay de un tiempo a esta parte.

—¿Cambio...? —se interpuso Malena vivamente alarmada por lo que decía Piedrafiel—. Al profesor se le ponen unas cosas...

—¡Y de qué manera ha cambiado! Se ha vuelto como más dueña de sí misma, más amable, más comunicativa...

—Y más agresiva —agregó Mondragón, entre la risa de todos.

—Habla de construir una gran escuela nocturna para adultos —refirió el profesor Guirnalda.

—La amistad debe envejecer como el vino para que suelte todo su dulzor —habló el padre Santos, mientras daba vueltas en demanda de alguien que le sacara el pañuelo de la bolsa de la sotana, para limpiarse las manos y la boca enmantecadas.

—¡Ay, perdonen; me olvidé de las servilletas...! —se excusó Malena.

—Yo sé dónde están —se interpuso Mondragón al paso de ella y desapareció en busca de las servilletas.

—Señorita Tabay, ante él no se lo podía decir —le secreteó el profesor—, pero desde que vino este amigo de sus años mozos, tiene usted una cara de fiesta...

—Lo que a mí me parece lo más natural del mundo —profirió el padrecito—, se conocieron hace años y al volverse a encontrar se sienten alegres, felices… Son cosas que a la cara salen, que no se pueden ocultar…

—Su cigarrera, padre —dijo Mondragón—, y las servilletas… Si no se la devuelvo me puedo quedar con ella…

—No le digo que lo haga, porque la conservo como un precioso recuerdo de mi visita...

—Ni yo la aceptaría, es objeto de mano santa…

—Aunque le parezca mentira tengo muy buena mano: planta que siembro se pega y matrimonio que bendigo, es indisoluble; pero les decía que conservo esta cigarrera como recuerdo de mi vista a la Virgen del Tepeyac. Y a propósito de lo que ustedes hablaban de las industrias nativas, esta es una prueba de las manualidades de México, y no me van a creer ustedes, pero le cuesta a uno decidirse entre tantas cosas que se ven en los mercados.

—Aquí también tenemos industrias de esas —contrapuso el profesor Guirnalda.

—Pero tienden a desaparecer —habló Malena— por falta de apoyo; se las está dejando morir, mezclarse con lo de afuera, que también es una forma de morir, y nada más.

—Usted debía ser ministra...

—Seré, profesor, seré ministra...

Un relámpago de memoria. Alzó el brazo nerviosamente y hundió la mano abierta en la oscuridad de sus cabellos. Cerropón..., el carruaje..., Cayetano Duende..., sus palabras... "¿Ves aquellos abujeros? (las estrellas); en ellos vas a meter los dedos".

Café, *sandwiches* (emparedados, decía Piedrafiel), chismes, chismes y a salir a tomar el *jeep*, Mondragón con el cura y el profesor, la luna en su apogeo.

—¡El astro reina…! —escandalizó en medio del silencio de la calle el profesor Guirnalda y saltando de la monarquía a la república:— ¡La primera dama del cielo...! —y de la república al ataque anticlerical: —¡Padre Santos, no es usted infalible!

Este, ya envuelto en su capa, la bufanda de lana gris alrededor del cuello, cubriéndole hasta las orejas, no oyó y lo que hizo fue reír cuando Malena y Mondragón soltaron la carcajada.

Achicándose entraron y se instalaron en el *jeep*. El padre a su Calvario, Piedrafiel al caserón en que alojaron la Escuela de Varones y él, a su campamento.

En Cerropón y después en el camino, se detuvo a ver si le seguían. La luna, la luna que entre las nubes avanzaba tras él.

El profesor al oír alejarse el *jeep*, fue hacia la esquina y no contento, encaminóse a darle una vueltecita a la manzana de la Escuela de Niñas. El sobretodón pesado, color café, hasta los talones, la pesada cabeza melenuda sosteniendo un pesadísimo sombrero aludo de pelo de castor, el pesado reloj sonándole en el vientre potente, los pesados bigotes, pesados de algo de betún, las pesadas cejas, pesadas por el mismo motivo betunesco, todo él se aligeraba cuando le convenía y le convenía siempre que se tratara de faldas.

Mondragón detuvo el *jeep* matemáticamente en el lugar en que el destino en forma de animal le marcó el alto días atrás y al final de un rodeo por si le seguían la pista, desapareció en los matorrales. No le fue difícil encontrar el camino del subterráneo que descubrió en buenas vísperas. La entrada, alumbrada por la luna, simulaba la puerta de una iglesia gótica. Vampiros y pequeños murciélagos, inmóviles, dormidos, con las alas abiertas, se bañaban a la luz lunar. El rayo de su lámpara eléctrica los hizo removerse; algunos se sacudieron esta otra luz extraña, otros zarparon entontecidos hacia el plenilunio. La cueva mostraba, después de unos cuantos escalones una especie de tobogán lateral, que caía a una inmensa sala. Hasta allí bajó, pegado al muro, resbalando, medio sentado. Era como una sala de ecos perdidos, de donde partían varias galerías.

Se volvió satisfecho. El campamento dormía a máquinas sueltas. A la luz de la luna, la aplanadora mostraba su inmensa rueda como una cascada que en la caída se hubiera quedado inmóvil, esperando que la trituradora empezara a hacer pedazos la luna que escapaba en el agua por los caños de las instalaciones, hasta caer en los estanques, donde los chorros tejían inmensas telarañas de círculos concéntricos que se tocaban, se partían, se completaban, y separados de nuevo, se iban por caminos diferentes. ¿Cuál sería el de él...? ¿Cuál el de Malena...?

＊

—Es una imprudencia —reclamó ella, días después, visiblemente contrariada—. Es de noche y van a ver el *jeep* en la puerta de la escuela....

—Vine a pie. ¿Cómo iba a soportar una semana entera sin verte? ¡Esperar hasta el domingo próximo, imposible! Dejé el *jeep* y el uniforme; es mejor andar de particular.

—Pero hoy es lunes, hombre de Dios. Solo ha pasado un día...

—¡Un siglo...! Ahora comprendo todo lo que cuenta esta gente de siglos que duran un minuto y minutos que duran un siglo..., y el duende eres tú...

—¡Juan Pablo...!

—¡Tus manos y el sabor de tu silencio, eso me basta!

—Me haces daño... —trató de retirar las manos que aquel oprimía fuertemente, pero Mondragón se aferró a ellas, y luego la envolvió en sus brazos.

—Es imposible... —articuló ella.

—Todo amor es imposible...

—Pero el nuestro es más imposible...

—¡Tú voz suena extraña! Oigo como si me hablara otra persona... ¡Malen...! ¡Malen...!

Él la besó. La retuvo bajo un beso agotador.

—¡Me ahogas!

Sus voces jadeaban, sus manos saltaban, entrelazándose, palpándose, como las llamas sueltas de un incendio.

¡Qué voracidad la de las manos amantes!

—Juan Pablo, no es posible...

—Pero el amor es eso, el arte de lo imposible y así como te abandonaste en brazos de la vida...

—No me abandoné —murmuró Malena, poniéndole el índice en el labio para que callara, no para que se lo besara—, me dejé hechizar...

—Sin amor no hay hechizo posible...

—El amor... —dijo ella, con los ojos llenos de lágrimas—, no sé... —y tras una breve pausa, su llanto caía a goterones y corriditas por sus mejillas, agitó la cabeza con gesto bravío y añadió:— El amor verdadero es un estado visionario que no logré alcanzar...

—¡Tú lo has dicho, Malen! El verdadero amor participa de la conquista futura del mundo en la medida en que traspone los umbrales de lo personal y se convierte en el motor que nos impulsa a luchar porque ese estado visionario se torne realidad, y..., ¿qué otra cosa es lo nuestro, Malen, qué otra cosa es lo nuestro...?

Ella apartó su boca de los labios quemantes de Mondragón. ¡Con qué dificultad, con qué dolor se alejó de aquel beso que, como los besos que no se dan, la seguiría buscando toda la vida!

—¡No llegué al estado visionario...! —como si se confesara, y, reprochándose, entristeciendo la voz hasta parecer que la desgarraban sus palabras, añadió:— ¡Me quedé en el pequeño amor...!

—¡Malen!

—¡No me consuelo...! ¡No me consolaré nunca...!

Se levantó como ciega, sollozando, fue hasta la biblioteca, removió dos pesados tomos de pasta roja en cuyos lomos se leía *Zootecnia y Veterinaria*, y de atrás sacó un cofrecito, de donde extrajo un cuaderno que puso en manos de Juan Pablo.

Ni una palabra. Volvióse de nuevo hasta la biblioteca y pegó las espaldas a los libros, hermosa, erguida, triste, los hombros altos y elocuentes, fuerte el busto, poca la cadera, proporcionados los brazos, la nuca de alfarería.

Mondragón hojeó el cuaderno, entreleyendo a saltos —era su *Diario*—, para luego empezar a leer con más atención:

Sábado, 3 de diciembre de 192... *Recibí una carta de Luis Fernando, en la que me dice que solo le falta el examen general privado para ser médico. ¡Soy feliz! La noticia es el triunfo de mi amor y acerca nuestro matrimonio.*

Viernes, 15 de febrero de 192... *Fui donde el chino a buscar un generito para hacerle un pantalón a Poncio. Será su primer pantalón. No se lo hice. Me encerré a llorar. Luis Fernando me envió una carta de despedida, en la que dice, lacónicamente, que la novia del estudiante no es la esposa del profesional, que él tiene que montar su clínica y que se casará con una mujer rica.*

Lunes, 4 de julio de 192... *El oficial de la guarnición, después de muchas promesas trataba de hacerme su querida. Se emborrachó y me lo dijo con todas sus letras. Le dejé plantado. Fue en el baile que dio la Intendencia con motivo del aniversario de la independencia americana. Sacó el revólver y me amenazó con que si daba un paso más, me mataría por la espalda. ¡Mejor muerta!, le grité, y me fui, mientras él se enfundaba su pistola.*

Martes, 17 de agosto de 192... *Sí, sí, creo que llegó la hora. Estuve feliz con J. E. en su hacienda. Es ganadero. Me quería poner en el dedo un anillo de compromiso, pero le pedí que esperáramos a que fuera la argolla matrimonial en la iglesia el día de nuestra boda, porque es de mal agüero adelantarse. Y bien hice. Esa tarde, con motivo de una cuestión de pago de jornales, flageló a uno de los mozos. El hombre, brutalmente golpeado por el que iba a ser mi esposo, fue llevado, amarrado de los codos, a la Comandancia militar y acusado de ladrón de caballos. Cuando volvióse a mí me dijo: ¡Con ese recadito fusilan al alzadito ese! El otro día que acusé a dos rebeldes como este, querían aumento de paga, ni siquiera los fusilaron, los enterraron vivos, porque el señor Presidente, cuando se le consultó qué hacían con los que se alzaban en demanda de mejores jornales, contestó: enterrarlos vivos o muertos. No lo volví a ver, y cuando pienso en él me erizo, como si me fuera a dar un mal grave.*

Noviembre, 9 de 193... *Fui a la capital de vacaciones y conocí a L. C. en un baile del Casino Militar, pero toda la alegría de aquella noche, mi enloquecida alegría —bailé, bebí champagne, salí con él a la terraza a contar las estrellas, dejé que me besara los cabellos, que me tuteara—, todo concluyó en que él era más joven que yo, y...*

Antes que Mondragón tuviera tiempo de dirigirle la palabra, Malena, que seguía de espaldas a la biblioteca, le dijo:

—Ahora quiero que te vayas. La próxima semana iré a visitarte al campamento y hablaremos de nuevo. Necesito estar sola...

Y se quedó, mientras aquel salía, de espaldas contra los libros, la cabeza en alto, los brazos caídos, como un mascarón de proa, llorando sin enjugarse las lágrimas que bañaban su cara de polvo de hojarasca endurecida.

X

¡Solo cuando aquella profesorcita recién llegada a Cerropón, asomó la cara al espejo de la pensión de la Chanta Vega, hace cuatro mil quince días —en once años, día más, día menos, no cuenta—, tenías el aspecto de aparecida que se te mira ahora: la tez amarilla, excavados los ojos, arañado el pelo terroso, quebradiza la humedad del llanto!

Pero entonces fue por otra causa y más joven, más entera, menos abatida; no guillotinaste tu imagen, no terminaste con el carrillo pegado al espejo frío como tu carne, para no verte llorar...

Hace once años resististe el asalto de tus lágrimas poniendo ojos arriba, pero ahora ha pasado tanta agua salobre bajo los sueños colgados de los hilos de tus pestañas, que no te importa, y no sabes si eres tú la que llora o el hielo del espejo que se licua en tu pañuelo...

¡Decídete! Anda a verle con el pretexto de organizar una *kermesse* y le sueltas la preguntita: "Padre Santos, ¿sabe usted algo de Mondragón? Quedó en buscarnos un día de esta semana para ir al Cerro Vertical, y no se le volvió a ver..."

¡Sinvergüenza...!

Insúltalo. Desahógate...

¡Pretencioso...! ¡Pesado...! ¡Farsante...! ¡Tonto...! proceder como un chiquillo... ¡Hipocritón...! Reaccionar como un puritano...

Pero, qué le pudo herir, molestar, escandalizar de tu *Diario*, sino su insignificancia...

Vanidoso, cómo iba a interesarse por la directora de la Escuela de Niñas de Cerropón.

¡No llores......! ¡No llores...! ¡Solo vino a trastornar tu vida... Habráse visto..., habráse visto...!

Pero la culpa no es de él. Es tuya. ¿Por qué le diste a leer tu *Diario...*? ¿Qué te impulsó a poner en sus manos tu pobre contabilidad amorosa? ¿Corroborar con la prueba más cursi y pueblerina lo que afirmabas al decir que a tu puerta no había llamado ese gran amor visionario del que siempre hablan las que, como tú, se van quedando sin asunto *in mezzo* del camino? ¿Ofrecerle una prueba de confianza que lo asustó, olfato de solterón, en lugar de tomarlo como un acto de entrega de tu intimidad a un hombre que por sus ideas suponías más evolucionado. ¿Abrirle el universo de tu soledad para que entrara y tuviera piedad de tu corazón...?

No, no sabes bien por qué lo hiciste. No reflexionaste en lo tantas veces pensado. Lo poco atractivo que debe ser el mundo de la mujer que al escurrírsele los años, se va quedando sola o poblada de seres, sueños y afectos que la pobre trata de hacer suyos, desesperadamente, de apropiárselos, de robarlos, y que no logra sino retener breves instantes, horas, días... Tal vez cuando se es maestra por vocación, pero tú fuiste por necesidad y te encerraste después en estos cerros, como la que renuncia al mundo y va al claustro, ni más ni menos, golpeada para siempre por el desencanto de aquel primer amor... Por allí anda, se casó con la mujer rica que le puso la clínica y que era mucho más vieja que él..., enviudó y se volvió a casar..., tiene una runfla de hijos..., no lo has vuelto a ver..., dicen que está totalmente calvo... Maestra por necesidad, el trato con los niños y las niñas te hizo maternal los primeros años, pero después te fuiste endureciendo y apareció la madrastra al darte cuenta de que no eran tuyos, que pasaban sonriendo y te dejaban sola, aislada, sin participar de tu existencia sino el tiempo que estaban en la escuela.... Enemiguitos..., enemiguitos que tras picotear en tus manos las primeras migas del saber, volaban hacia la vida dejándote cada vez más sola, con la mano tendida en la inmensidad, como mendiga..., y así te encontró Juan Pablo, con la mano alargada, convulsa, en espera del gran amor, y no volvió...

Todo el martes, todo el miércoles, todo el jueves, todo el viernes, todo el sábado, hasta estas horas de la tarde...

Pero cuatro días y horas, no es para decir: "¡Nooo volvió...!"

Lo que temes es que no regrese. En un instante de ausencia puede comenzar la eternidad.

Bajo sus besos, tus ojos eran lámparas. Ahora son oscuridad que llora. No los cierres. Mira, tras la niebla del llanto, las aulas en que oíste resonar sus pasos cuando se iba, quién te iba a decir que para siempre, como lo supones. ¡No los cierres, que no te acompañe como sombra el que debió acompañarte vivo! ¡No hagas recuerdo de su carne! ¡No hagas recuerdo de su rostro! ¡Échalo fuera de ti si no regresa, que no lo quieres tener en la memoria!

Mas, ¡cómo pedir a la piedra que se sacuda el polvo estelar que la hace crecer, cómo pedirte que renuncies a lo que aumentaba el volumen de tu corazón...!

¡Renunciar, no...! ¡Echarlo fuera, menos...! ¡Esperarlo..., esperarlo con paciencia mineral...!

Todo el martes..., todo el miércoles..., todo el jueves..., todo el viernes..., todo el sábado, hasta esta hora de la tarde en que no sabes si mañana domingo vendrá o no a la tertulia.

Lo más probable es que no falte. A la tertulia puede venir sin peligro para su comodidad de soltero. Llega un poco tarde, calculando que ya estén de palique el padre Santos y el profesor Guirnalda, discute los temas que se presenten y se marcha con ellos, sin darse por entendido de lo que ha pasado contigo.

¡No, no, si es así que no venga, que se quede en su campamento, que se lo trague la tierra!

Sería horrible tener que permanecer sumergida, vigilante, a fin de que ni la palabra, ni el gesto, ni el silencio traicionaran tu angustia.

"¿Qué tal, Malen?", saludaría al entrar en la tertulia, muy campante, y tú le tendrías que contestar, en el mismo tono: "Muy bien…, trabajando..., muy conten…

¡Muerde ese sollozo que atajó en tus labios lo que no podrás decir: "contenta"…!

No es fuerza que lo digas. Bastará responder: "Muy bien"…, y en esa forma él también te encontrará cambiada, natural, indiferente, amiga...

Pero, ¿convendrá hacerse la distante...?

¡Ah, si pudieras representar el papel de una mujer ligera que tomó a pasatiempo un amor empapado de tantas cosas irreales!

Qué bien se veía sin el uniforme blanco de caminero, vestido de civil, con aquel traje oscuro de lana peinada, la corbata roja como el color de la bandera que flameaba en la milla 177, donde le oíste decir, al parar el tren hace once años, que era como detener un río para que bajara una sirena cuando bajaste tú...

¿Cómo vendrá mañana, con uniforme o sin uniforme? Y tú, ¿qué vestido atrayente tienes que no sean esos trajes de tela gruesa, gris, que te dan aspecto de directora de orfelinato?

¡Anda, remueve tus roperos, saca tus joyas! ¡Mira cómo es de frágil el cuello de ese frasco de perfume que soporta la llama sin soltar el tapón! ¡Alto; no puedes aparecer vestida, enjoyada, perfumada, como para una fiesta si es una tertulia casi familiar! Mejor es que pienses en los temas a discutir... cualquier tema..., lo importante ahora para ti, es él, no son los temas, que él venga es lo importante, porque acaso descubra en tus facciones, a pesar de tu indiferencia, en tu palabra, a pesar de la locuacidad con que intervengas en los asuntos que se traten, el sufrimiento interminable de tus jornadas y tus noches. De no haber sido el trabajo de la escuela que te absorbía algunas horas, te habrías vuelto loca. Desde que Mondragón vino a Cerropón, la profesora Tabay tiene otra cara, decía el domingo pasado el profesor Guirnalda. Tiene cara de fiesta. Pues han bastado cuatro días y medio para cambiar la fiesta en duelo y tener la cara bañada en lágrimas...

Doblas la cabeza y sigues por las aulas vacías. ¡Ah, cómo el sábado pasado y el anterior, las sentiste llenas! No estaban las alumnas, pero no te parecían vacías. Las colmaba tu presencia esperanzada.

Desengáñate, la que te has puesto la trampa has sido tú. Así ocurre en amor. Una se pone la trampa, cae en ella, y entonces se lamenta y llora. ¿De dónde sacaste que aquel hombre no lo hacía por pasatiempo? Enamorarte, visitarte, estar siempre pendiente de ti...

¡Agita tu pañuelo en otra estación de la vida, en una estación de bandera, anónima, y dile adiós a otro fantasma!

La tarde es de una luminosidad pasmosa. Diríase que se resiste a morir o que va acumulando sus riquezas de luz para hundirse con ellas en el gran esplendor del crepúsculo. Un piano y un coro de voces te desarman. Seca tus ojos. Ordena tus cabellos. No resistas más a la atracción de ese mundo que fue siempre el tuyo: la luz, el aula, las niñas.

—¡Buenas tardes, señorita directora...! ¡Buenas tardes!. ¡Buenas tardes, señorita directora...! —salen a tu encuentro y te toman las manos, mientras la profesora Ana María Cantalá, encargada de repasar, los sábados por la tarde, los coros de la escuela, se levanta del piano y viene a saludarte.

—Está enferma; señorita directora... —dice Ana María Cantalá, entre preguntando y afirmando.

—Un poco de jaqueca... —mientes y te llevas la mano a la cabeza, cuando debías llevarla al corazón.

—¡Que siga mejor, señorita directora…! —se oyen las voces de las alumnas—; que siga mejor, señorita...; ¡que siga mejor…!

¡Vuelve a tus habitaciones...! ¿Qué es eso de mostrarte en la escuela, divagada, ausente, enferma...?

Es inaudito. Pero aún más, verte del lado de la servidumbre, buscar, registrar con gesto arrebatadizo, la oscuridad de los rincones, ahora que todos se han ido, entre gatos que se mueven como sueños y perros que te reciben con fiestas.

—Seño..., seño..., seño..., seño... —despertó el loro con aquella retahíla nasal interminable—. ¡Seño..., seño..., seño..., seño...!

Saltaste del susto. Tú que venías con el miedo a los ratones.

—¡Seño..., seño..., seño..., seño...! —siguió el loro con la voz zumbándole entre la lengua y el pico— ¡Seño..., seño…, seño…!

Por fin encontraste lo que buscabas. Una tinaja vacía. Y la golpeas con el nudillo de tu dedo mayor indagando por el sonido si no está rebajada. ¡Hasta dónde has llegado! La sustraes presa de la más terrible turbación, como si no fuera en la escuela, sino en casa ajena, y escapas con ella de puntillas, tratando de ocultarla con tu sombra, hasta tus habitaciones, igual que si la hubieras hurtado. Va a comenzar para ti la noche más larga del mundo. Una noche vieja. La noche mas antigua. La noche más larga.

Pero no es posible. ¿La directora de la Escuela de Niñas con los labios pegados a la boca de una tinaja vacía llamando a gritos a un hombre?

Te erizas, tiemblas, sudas, has salido del rodar lógico de las cosas y estás a un paso del prodigio, de hacer posible lo imposible...

—¡Juan Pablo...! ¡Juan Pablo...! —gritas con la voz desesperada, y el sonido, sonido todavía, no eco, enloquece en los redondos horizontes de la tinaja de barro que el fuego ensordeció,

—¡Juan Pablo...! ¡Juan Pablo...!

A tu llamar plañidero ya no le basta la tinaja, el barro, y sales a llamar a la noche inmensa, pero el frescor del viento te serena. Las estrellas alumbran tu pensamiento. Reflexionas. Reflexionas. No habrá venido por enfermedad. Quién sabe si le ocurrió algo, si tuvo algún accidente. Sí, sí, era posible, pero en ese caso debió mandarte un mensajero. Dispone de tanto ayudante, o de un peón, para comunicarse contigo. Una carta, un papel, ¿Y si lo llamaron urgentemente, en el término de la distancia, a la capital? Pues un telegrama, un simple telegrama. ¡Ah, cómo es la vida! Leer ahora "Mondragón" al pie del más lacónico de los mensajes, te haría feliz, feliz, y once años atrás ese mismo nombre, al pie de un telegrama doble urgente que decía: "Sin querer me dejó algo suyo. Gracias. Mondragón", te dejó indiferente.

—¡Juan Pablo...! ¡Juan Pablo...! —sigue tu voz retumbando en el hueco de la tinaja y una como seguridad de que él te escucha alivia tu desasosiego, tu desesperación, mientras gritas su nombre con los labios sedientos a la boca del recipiente de barro que tiene orejas finas de animal, trasero de ídolo y redondez lunar.

Es un teléfono rudimentario, primitivo, en el que no solo la voz, sino el eco, que es el corazón de la voz, parecen latir en el vacío. Un teléfono cuyas llamadas no fallan. Te aseguro que te escucha y que no faltará mañana a la tertulia, salvo que esté enojado considerando que a ti por ser mujer, no te eran permitidos ni los pequeños amores consignados en tu *Diario*, pues debías haberlo esperado a él, a Él a Él, al que apenas entreviste en un tren… ¡Qué vanidosos son los hombres…!

Y no lo son menos las mujeres...

¿No creíste, no estabas segura de que Mondragón regresaría al día siguiente a pedirte explicaciones de lo sucedido y con ese pretexto a pedirte que cumplieras la promesa de visitar el campamento?

Confiesa que sí y que por eso te duele más que no haya regresado. Ni por tenerte en sus dominios, a solas en su pabellón, expuesta a todo en sus brazos...

—¡Juan Pablo! ¡Juan Pablo!

Pero no solo le llames, díle que venga mañana, háblale, pídele que no falte mañana a la tertulia…, recuérdale que es domingo…, por algo estás comunicada con él... Le arderán las orejas y pensará en ti mientras su nombre retumba en el ámbito del recipiente de barro.

—¡Tinaja...! ¡Tinaja...! Di las palabras del ensalmo: por la tierra de que estás hecha, por el fuego que te quemó, por el agua que te colmó, por el aire de mi voz que ahora te llena con el nombre del hombre que quiero que regrese, no le dejes paz hasta que vuelva, que no resista al llamado de la tierra, el fuego, el agua, y el aire...

—¡Juan Pablo...! ¡Juan Pablo...!

Pero ya no eres tú, es la brisa de la noche la que lo llama, y lo llama, y lo llama en la boca de la luna, la gran tinaja vacía.

Despiertas sin saber si has dormido o has ido andando a trechos por un río parado, los sentidos sobre el cuerpo inmóvil, sin saber la hora, si la criada trajo el desayuno y si habrá tiempo de levantarse a misa; te estiras, te desperezas, sientes la crueldad de volver a la desesperación silenciosa de lo cotidiano.

—Debe ser muy tarde —dices y saltas de la cama descalza, corres al baño, te quitas el camisón, te encajas una gorra de hule y a la ducha de agua de montaña, azulosa, fría, cristalina.

—Y esa tinaja vieja que está en su cuarto, ¿qué se hace con ella, señorita...?

El ruido del agua te ensordece y solo a lo lejos oyes la voz de la sirvienta... ¿Ríes...? Fue cómico llamarlo en la tinaja, pero qué otra cosa quedaba...

—¿Qué se hace con ella, señorita...? —insiste la criada.

No contestes, ya habrá tiempo de explicar, al salir del baño, que la habías apartado para hacer una piñata.

Y, mientras te jabonas, otra sirvienta preguntará si se sacan las sillas de la dirección al corredor, como todos los domingos.

Contéstale que sí y de paso pregúntale la hora.

—Las dos y media de la tarde, señorita...

Y al oír que sales del baño precipitadamente, la toalla arrancada del toallero, el abrir y cerrarse de las puertas de los aparadores, inquirirá de seguido si se te antoja desayunar algo especial, si pasaste buena noche, si no estás enferma, si te sientes bien, no sin añadir oficiosa que no te despertó a misa de ocho, porque dormías profundamente y porque desde hace días se te ve muy cansada.

Lo de tu desayuno es lo de menos —café, pan tostado y mantequilla—; lo que importa es preparar rápidamente la colación de la tertulia, *sandwiches*, pastelitos...

El tiempo de peinarte, vestirte y pasar al pequeño comedor que da a tu dormitorio.

¿Un ramo...? No preguntes quién lo mandó... Un ramo de camelias... ¡Camelias rojas...!

No preguntes quién las mandó.

Hace once años las dejaste olvidadas en el tren y están allí, allí en tu comedorcito...

Acércate, no es un sueño... Míralas... ¿Qué haces...? Las vas a deshojar... El temblor de tus manos; el temblor de tus labios al besarlas..., tus ojos calientes con el remojón de la dicha... ¡ Ah!, te las quieres prender en el pecho, lucirlas en la tertulia como si llevaras fuera el corazón, pero tal vez no se usa, sería inusitado, te expondrías a la tijera implacable del profesor Guirnalda.

La voz del padre Santos te saca de aquel mundo de voces interiores en que absorta, agradecida —no fue inútil llamarlo en la tinaja—, te habías desplomado en la silla en que ayer te sentaste y levantaste mil veces, desesperada, atormentada, enloquecida, y en la que ahora estabas quieta, reducida, mínima, sin movimiento y sin saber qué hacer bajo el peso de la inmensa dicha que dejada atrás se fue en esas flores y que ahora la vida te devolvía intacta.

No era difícil suponer a lo que venía el padre Santos. Se adelantaba a regañarte a solas, antes de la tertulia, por haber faltado a misa.

—Buenas, Malena...—se adelanta a rajasotanas, la cara descompuesta, la respiración alterada, volviéndose a mirar a todas partes, y sin dar tiempo a que Malena le contestara, agregó:— Me dejé venir antes de la tertulia y me entré hasta encontrarte, porque pasan cosas muy graves con nuestro caminero... ¿Podemos conversar aquí...? —Sería mejor en otro lugar...

—Vamos a la Dirección... —dijo Malena, con los labios casi sin saliva, secos de angustia, imaginando lo peor: un derrumbe en el camino, el *jeep* en el fondo de un precipicio, la detonación a destiempo de una carga de dinamita.

¿Muerto...? ¿Herido...? ¿Cómo estará?...

—Vamos, hija, vamos... —la siguió el cura apresuradamente hasta la puerta de la Dirección, donde se detuvo un instante, a pedirle que echara llave.

Malena dudó.

—Cierra con llave... —insistió el cura y al oír en la cerradura el chasquido de la lengüita de acero, hizo saltar de los ojales unos cuantos botones de su sotana, a la altura del pecho, y extrajo un periódico.

—¡Mira...! —lo extendió ante los ojos de Malena, pero apenas lo podía tener en las manos sacudidas por un viento nervioso.

Malena se lo arrebató presa de angustia, ansiosa por saber de qué se trataba, aunque ya daba por descontado que era un accidente. ¿Dónde sería? ¿Estará muerto? ¿Estará herido? ¿Cuándo sería? ¿Sería ayer? ¿Sería hoy...?

"¡ÚLTIMA HORA...! titubearon sus ojos en las grandes letras de la primera plana... SE DESCUBRE UN COMPLOT CONTRA LA VIDA DEL SEÑOR PRESIDENTE... ¡¡ATENTADO TERRORISTA!! —LOS INODADOS..." Y aquí venían nombres y fotografías. "Algunos han sido capturados, agregaba el periódico, y otros se hallan prófugos, pero se les sigue la pista y no tardarán en caer en manos de la policía".

Los ojos de Malena fueron a dar derecho a la fotografía de Juan Pablo Mondragón, no solo más grande, sino encerrada en un cuadro en el que se leía que las autoridades ofrecían la prima de 5.000 dólares al que lo entregara vivo o muerto.

Malena se sostuvo del escritorio, en el que momentáneamente depositó el periódico, al sentir que le faltaban las fuerzas, y se desploma si el cura no le trae en seguida una silla, tratando luego de darle aire con su sombrero de teja, lo que más pronto tuvo a mano, y después unos tragos de agua que vació de una garrafa en un vaso.

—Justifico, hijita, justifico lo que te pasa; a mí no se me va el temblor del cuerpo desde que leí la noticia, pensando en que por ser amigos de Mondragón, se nos fuera a querer complicar en un asunto tan delicado, y..., fíjate que debe ser de los más comprometidos, dado que ponen su cabeza a precio: cinco mil dólares al que lo entregue vivo o muerto. Pero, no te aflijas, vamos a rezar para que no lo agarren, aunque tú eres medio hereje, hoy no te vi en misa, no fuiste a misa.

—Y a eso creí yo que venía, a regañarme por no haber ido a misa.

—No, no, me dejé venir antes, porque no conviene que sepa nada de esto el profesor Guirnalda; al menos, de nuestros labios que no lo sepa. El periódico llegó anoche y él mandó preguntar esta mañana si lo había recibido, pero le contesté que no, sin mentir, pues no fui yo quien lo recibió, sino la sirvienta.

Malena levantó el periódico y siguió leyendo en voz alta:

—"Juan Pablo Mondragón, individuo de antecedentes sumamente peligrosos, desempeñaba, hasta el momento de descubrirse la conjuración, el cargo de jefe de la Zona Caminera de Entrecerros, y se le acusa de haber proporcionado, sustrayéndolos a los Almacenes de Caminos, los explosivos que se emplearon en la fabricación de las bombas que iban a ser usadas en el atentado y de estar comprometido a manejar el camión que se cruzaría al paso del automóvil presidencial, obligándolo a reducir la marcha, momento que se aprovecharía para arrojar contra el mandatario las máquinas infernales que fueron descubiertas en poder de varios de los modados...

—¡Esa palabrita! ¡Esa palabrita es la que a mí me da no sé qué..., inodados!

"Mondragón —siguió leyendo Malena—, registra antecedentes criminales en Panamá, de donde dice ser originario, como contrabandista de armas, traficante de drogas y tratante de blancas, y no pudo ser capturado, a pesar de haberse destacado una brigada policial que se presentó en el campamento caminero de Entrecerros, el lunes de la presente semana en las últimas horas de la tarde. Vestido de particular y sin el vehículo que tenía asignado, había desaparecido. La policía se incautó de documentos y correspondencia que permiten establecer que Mondragón huyó a Panamá hace más de diez años, después de un ataque a mano armada contra la pajarería del señor Roncoy Domínguez, con el propósito de robar, hecho que disimuló, al no hallar las sumas de dinero que buscaba, abriéndoles las jaulas a los pájaros, como protector de estos animales..."

—Inodados... —repitió el padre Santos—; me pone nervioso, la palabrita me pone nervioso...

—La única ventaja que yo le encontré siempre a Cerropón —dijo Malena— es que está tan apartado, que no se acuerdan que existe. Creo que no figura ni en el mapa...

—Sigue leyendo...

—Ya no dice más —abandonó Malena el papel—, ya no dice más de Mondragón.

—Dice... —insistió el cura.

—Lo que ya sabemos, padre, que ofrecen cinco mil dólares al que lo entregue vivo o muerto —y retomando el periódico para leerlo de lejos, añadió:— que la policía interrogó a casi todo el personal del campamento caminero y que ha redoblado su vigilancia en los caminos, puertos, fronteras y estaciones para que no se escape.

—Quién sabe si no está escondido en Cerropón, yo ya registré mi iglesia...

—¿Qué insinúa...? —dijo Malena juntando las cejas al fijar sus ojos extrañados en el padre Santos.

—¡Nada...! Oh, sí, sí, o que imaginas, lo que cualquier otro podría imaginar, que estuviera escondido aquí en la Escuela.

—Ese es un disparate...

—¡No, no, hija; tan disparate, no! Y debemos ponernos de acuerdo en lo que vamos a declarar, porque nos van a interrogar, ten seguro que nos van a exigir que declaremos.

—No tenemos nada que ocultar —suspiró Malena; el abatimiento la había dejado casi inmóvil.

—La última vez que lo vimos fue el domingo pasado... Se conversó... ¿de qué se conversó...?

—De todo, del tiempo...

—Sí, sí, del tiempo, que yo decía lo del Cerro Vertical ¿te acuerdas? que el tiempo se estaba destemplando, que amenazaba con nublarse —y tras una breve pausa— que él trajo chicharrones, que él nos fue a dejar en el *jeep* primero a mí, después a Piedrafiel... Esto es muy importante. A mí me depositó primero y después al profesor Guirnalda. Quiere decir que yo no pude enterarme si hablaron entre ellos algo del complot, aunque no lo creo, porque el caminero era muy reservado. Lo que sí puedo asegurar es que ante mí no se habló más que del tiempo.

Buen cuidado tuvo Malena de callar que lo había visto el lunes —¡ese lunes!—, vestido de particular y sin el *jeep*, sorprendida por la sangre fría de aquel hombre que ni ese día ni antes dejó traslucir por algún gesto o palabra, la terrible actividad en que andaba, pues la única vez que estuvo a punto de caer fue cuando ella, sin saber por qué, dijo que aquella escuelita perdida entre los cerros sería un lugar seguro para conspirar, aunque luego, recobrando su aplomo, afirmó imperturbable que se había inquietado, temeroso de que ella fuera a estar metida en algún plan subversivo.

Y en cuanto a ese lunes, en ningún momento demostró que hubiera salido sin el uniforme y sin el vehículo a sabiendas que al final de esa tarde lo llegarían a capturar. Lo más probable es que el deseo de verla, que él le pintó como algo muy imperioso, y de verla a esas horas, sin comprometerla, lo que lo hizo llegar a pie y vestido de civil, hubieran servido para que se escapara. Faltaba saber cómo se escapó, pero en todo caso, se decía Malena, mi amor lo salvó...

—Tienes razón... —recapituló el padre Santos sus argumentos, pero a Malena le dio un vuelco el corazón creyendo que el cura se refería a lo que ella estaba pensando, ahora sintetizado en esta breve frase: "mi amor salvó a mi amor"—, tienes razón... —repitió aquel—; si nos piden declaración, no hay que ocultar nada…, era un amigo como cualquier otro...

—¡Como cualquier otro, no...! ¡Como cualquier otro, no...!

El llanto no parecía brotarle de los ojos, sino venir de muy lejos y atravesarla con sus puñales. Todo, al principio, se borraba y empezaba en la tempestad de cada lágrima, pero, poco a poco, al perder hondura el dolor encajado en su carne así tan repentinamente, y tornarse superficie de vida inabarcable, la queja taladrante, rebelde y agresiva, dio paso a penar más sumiso, a un llorar en silencio...

—No puede ser..., no puede ser... —repetía a cada momento, trenzando una mano con otra—. ¡Padre...! ¡Padre…! —trataba de refugiarse en los brazos del sacerdote que se acercó a consolarla y le decía:

—Habla, hijita, habla... A mí no tienes nada que ocultarme…, hace tiempo que adiviné tus sentimientos...

—¡Por él padre, por él...! Lo que a mí pudiera pasarme, no me importa.

¿Qué puedo, qué puedo hacer por él...? (*Mi amor salvó a mi amor pero ahora qué puedo hacer por él...*)

—Lo primero y principal, calmarse. Hay que buscar la solución empezando por dominarte a ti misma. Cálmate y ya serena pensaremos en lo que se debe y puede hacer, que no será mucho, porque con un hombre con la cabeza a precio...

—En algún libro leí que antes los perseguidos politicos se refugiaban en las iglesias, como en lugar sagrado... (*Mi amor salvó a mi amor podría refugiarse en la iglesia...*)

—Antes... —y al cura se le movió la manzana en el dogal de su cuello de celuloide vuelto hacia atrás—; antes, hijita, antes, en tiempo de las "Bárbaras naciones", porque lo que es ahora, se llevan al refugiado, al cura, a la madre del cura, y demuelen la iglesia... Y por eso, lo que es yo, ya registré allá conmigo, no vaya a estar allí escondido y me comprometa.

—Pero... ¿qué clase de cura es usted...? —se retiró Malena repeliendo al padre Santos, que trataba de mantenerla al amparo de sus brazos.

—De carne y hueso, hijita, de carne y hueso...

—Pues sepa que si viniera a refugiarse aquí a la Es...

—¡No digas lo que no debes decir! —alzó el cura los brazos escandalizado— Y por fortuna —siguió que se ahogaba— que me lo estás diciendo a mí... —y más calmado—. ¡Guarda bien esa lengua si no quieres agravar las cosas! Piensa que él está escondido en algún lugar, pobrecito, con su cabeza a precio, pendiente de ti, de lo que a ti te pueda pasar... ¿Y qué haría, que haría, di, piensa un poco, qué haría ese hombre si supiera que por él te habían tomado presa? Salir de su escondite y entregarse...

Los ojos de Malena se posaron en los del cura, cariñoso, pensando "mi amor salvó a mi amor y cómo voy a perderlo, cómo por una imprudencia mía..."

—Y no hay que descartar —siguió el cura— la posibilidad de que se refugie en una embajada...

—Tiene razón... —se inclinó Malena tratando de ocultar nuevos goterones de llanto, en las manos frías el pañuelo mojado, los pies pesados, el cuerpo dormido.

—Me voy, porque van a ser las cuatro de la tarde, la hora de la doctrina —dijo el cura; Malena se alzó a ver el reloj (*mi amor salvó a mi amor y cada hora que pase sin que lo agarren...*")—, voy a regresar a la tertulia, pero si viene antes el profesor Guirnalda...

—¡No quiero que venga...! —la voz de Malena se oyó como un rugido y, más suave, doliente:— Vaya, padrecito; dígale que estoy en cama, que no nos vamos a reunir, que estoy con fiebre…

—Sí, sí, iré, es mi camino, no te preocupes, hija; le haré saber que estás enferma..., aunque, reflexión hecha, más convendría buscar otro pretexto por si está enterado de lo del complot y sabe que nuestro caminero anda entre los modados... ¡Qué palabrita, Dios mío, qué palabrita...! A mí me parece que lo mejor es decirle la verdad...

Malena levantó la cabeza que parecía que se la hubieran tronchado, tan agobiada sobre su pecho la mantenía, y fijó los ojos ansiosos en la cara del padre Santos, en su palidez de blanco lavado, en sus cabellos canchuscos, en su nariz respingada que tan poco tenía que ver con la tierra.

—Lo que vas a hacer, va a ser la verdad —continuó aquel—. Buscar unas cuantas alumnas y aprovechando que la tarde está muy linda ir a dar una vuelta por el Cerro Vertical...

—¿Quién..., yo? —casi se hizo para atrás al apoyar la mano en su pecho para ser más elocuente.

—Sí, y a Piedrafiel le diremos la verdad: que dispusiste salir de paseo.

—Lo que quiero es encerrarme y no ver a nadie…, a nadie…, y de ir al Cerro Vertical iría sola...

—¡No, hija...! ¡No, hija, qué son esos arrebatos...! Mal negocio encerrarte y peor que peor salir sola por esos cerros. Imagínate que te encuentre por allí una patrulla de las que, sin duda, lo andan buscando; y encerrarte, ni pensarlo...

—Quiere decir que no me puedo ni enfermar...

—En este caso, no... Sería sospechoso... ¡Ay, Señor! —levantó el cura los brazos que siempre mantenía pegados a la sotana, y juntó las manos—, las mujeres siempre encuentran la forma de hacer más grave lo que no es posible empeorar...

—Salir..., ver gente..., es superior a mis fuerzas...

—Pues vas a tener que hacerlo por ti y por él... En el periódico, me había olvidado, dan cuenta de la directora de una escuela de la capital que tenía escondidas las bombas, y que al llegar la policía las echó en un pozo... No sé qué corona vas a tener tú, si te ocultas, si no sales..., bien sabes que en estos casos es suficiente la más mínima sospecha...

—¿Me deja el periódico?

—Si para eso lo he traído, pero escóndelo donde en un momento dado lo puedas hacer desaparecer.

El padre se encaminó hacia la puerta y ella no hacía el ánimo de despegarse de la silla, como si a partir de aquel momento, cada uno de sus pasos fuera a ser definitivo, como si fuera andando hacia el amor, si él se salvaba, o hacia la muerte, si él caía, con el mismo paso, con los mismos pies...

—Y para eso debes trazarte una conducta —decía el cura mientras Malena quitaba llave a la puerta—. Tú, que has sido siempre dueña de tus actos, prueba que lo sigues siendo. Por las noches, a solas contigo, da rienda suelta a tus sentimientos más hondos. Entre estas cuatro paredes que tú edificaste para gloria del saber, nadie sorprenderá tu verdad profunda, tu dolor sin testigos, pero de día... ¡Ojo...!, ¿eh...?, de día tienes que ser la directora, la que lleva el timón de la nave, la que en medio de este naufragio, de lo que más quieres, no abandona el barco llorando, a su suerte, entre las olas del mar, sino va adelante, con su nave, con su escuela, con su amor, y lo lleva a puerto...

En la garganta se le quedó la voz alumbrándolo por dentro. Otras muchas cosas pudo decir, pero tenía prisa, se le estaba pasando la hora de la doctrina, no era sitio ni ocasión para hacer galas oratorias y menos espectador, que aquella pobre mujer, hasta hace un momento enhiesta, no era posible imaginar.

Al borrarse la sombra del padre se avivó el silencio del domingo, se vieron más solas las sillas de mimbre alineadas para la tertulia y Malena, como movida por un resorte, volvióse a guardar el periódico bajo llave en su escritorio, cerró también con llave la puerta de la dirección y fue hacia el comedorcito, tan agitada que creía que no llegaba...

¡Ay, si las camelias solo hubieran sido una visión, un sueño! ¡Ay, si no estuvieran allí...!

El corazón brincándole en los labios, los ojos bajo los párpados hinchados de llorar, la respiración aleteante, ya besaba y rebesaba sus flores adoradas, más adoradas ahora... Venían de las manos de un hombre sentenciado a muerte, podían ser su último mensaje, ya que si lo llegaban a capturar vivo, lo fusilarían, y de todas maneras, lo matarían si lo encontraban y se resistía...

Pero, quién las trajo..., qué imprudencia del hombre..., su cabeza estaba a precio..., vivo o muerto..., cinco mil dólares al que lo entregara vivo o muerto..., y por las flores las camelias rojas, si averiguaba quién las trajo, podía ella llegar a su escondite y salvarlo...

¿Tocar el timbre? No había tiempo que perder. Cuando sintió estaba en las dependencias de servicio preguntando cómo habían llegado hasta la escuela aquellas flores.

—Las trajo un indito... —informó una sirvienta.

—¿Y no dijo quién las mandaba? —apremió ella.

—No...

—¿Y cómo era el indito?—cortó Malena con voz desesperada. La sirvienta, tomada de improviso balbuceó:

—Bueno, cómo era... Era así, descalzo, clinudo, sin sombrero...

—Pero, hija, cómo reciben las cosas sin preguntar de dónde las traen, qué persona las manda... Hay que agradecer las flores y a quién... —se le desplomó la voz.

—Si yo siempre que traen algo pregunto, señorita directora, pero esta vez era un patojo y no me dejó tiempo. "Aquí está esto...", es que me dijo y salió corriendo...

—¿Y no te acordás cómo era? ¿No le viste la cara? ¿No es algún conocido?

—No...

—Siempre que traigan algo pregunten, por el amor de Dios, que no se les olvide, pregunten —y añadió al volverse, sin saber qué hacer, vivamente contrariada:— ¿Qué es eso que no hay quien ayude...?

—¡Ah, señorita...! ¡Señorita...! —fue tras ella la sirvienta con la voz alegre de la que acaba de ser favorecida por esa lotería terrible de la memoria—. ¿Sabe quién las trajo? Uno de esos muchachitos que están aprendiendo a hacer trastes de barro con Popoluca...

—¿Estás segura?

—Casi segura...

Ningún fuego se enciende con tanta llama y tan rápidamente como la esperanza. Debía trasladarse, sin perder tiempo, a donde Popoluca. Si uno de sus aprendices trajo el ramo de camelias a la escuela, fácil era averiguar dónde estaba escondido Mondragón. Pasó por su cuarto dándose unos cuantos toques de polvos, un poco de *rouge* en los labios, arreglóse el pelo rápidamente y al solo entrar a la dirección timbró una, dos, tres veces... La profesora Catalá... Sí, ya estaba allí...

—Dígame, señorita, ¿citó usted para hoy domingo a las niñas del coro?

—Algunas van a venir y creo que ya están llegando, señorita directora —contestó aquella con acento obsequioso—. ¡Qué lástima!, de haber sabido que tal vez la señorita directora quería oír el coro... Cité a las más destempladas para estudiarles las voces por separado y no perder tiempo en los repasos.

Malena dejó pasar un momento interminable para la profesora Catalá, siempre temerosa. El solo silencio de la directora le parecía una reprimenda. Y por eso fue mayor su alegría al oírle decir:

—Pues las que estén se van a ir con nosotras. Daremos una vuelta, aquí cerca, por los alrededores. La tarde está muy linda...

La congoja le cortó la voz y el remordimiento cosquilloso, abundante, por lo que había dicho. Nada tenía de lindo aquella tarde espectral, propia para cerrar los ojos y no ver más un mundo que se le había tornado, en pocos momentos, extraño y enemigo. Pero los adjetivos aguantan, las palabras aguantan..., se puede decir todo... ¡Qué horror...!

—¿No es verdad que la tarde está muy linda...? —insistió sacudiéndose de pies a cabeza, pero sin dejar trasparentar nada de lo que le pasaba.

Ana María Cantalá asintió con un levísimo sí, ante la idea de salir con la directora, a quien de paso pensaba pedirle permiso para "hacerse un poco las manos" en el piano de la escuela, después de las clases o los domingos.

—Vaya hasta la despensa —le ordenó la directora—, pues hay que llevar fruta para repartirles a las niñas...

Malena, mientras la profesora Cantalá corría hacia el interior, volvió al comedorcito cercano a su dormitorio. Cuando se movía lograba recobrarse, salir de su abatimiento. Sabía a lo que iba, aunque le pareció titubear, no estar segura.

¡Ah, si encontrara a su amor ausente —pensó mientras se prendía el ramo de camelias rojas en el pecho—, daría la vida por oírle decir: traes de fuera el corazón...!

Ana María Cantalá, alta, regordeta, cabeza pequeña y ojos grandes, esperaba en el corredor que daba a la puerta de la calle, al frente de las chiquillas del coro que al saludar a la directora corroboraron lo que aquella había dicho; eran las más destempladas.

Y ya fue la de salir, la chiquillada descalza, pobremente vestida, en el tímido desorden del rebaño, la profesora Cantalá, con la bolsa de fruta al brazo, tratando de poner orden, más desordenaba ella con sus oficiosas advertencias, y la directora a sabiendas que aquellos pobres pasos suyos, dados tan a la fuerza, pues para su gusto debería estar encerrada en la oscuridad, sin ver a nadie, la llevaban a donde Popoluca en busca de noticias, ya que si de allí habían mandado las camelias, el viejo escultor sabría el paradero de Juan Pablo.

—Si hay tiempo nos alargamos hasta el Cerro Vertical —dijo Malena a las chiquillas—, pero antes tengo que pasar por el taller de Popoluca y allí se les va a repartir la fruta.

—¡Muchas gracias...! Digan, ¡muchas gracias, señorita directora...! —ordenó la profesora Cantalá y por las calles de vértebras de piedra de Cerropón, repartióle el eco de las voces infantiles en un repetir a coro: "¡Muchas gracias..., muchas gracias..., señorita directora...!"

—Pero en orden, en orden... ¿Qué es ese desorden? —intervino la profesora, casi esgrimiendo contra las chiquillas más bulliciosas su bolsón de fruta y añadió a la vista del profesor Piedrafiel, que venía al encuentro del grupo— ¡Qué feo que el director de la Escuela de Varones las vea en el desorden que llevan! ¡Súbanse a la acera y caminen de a dos!

Y mientras las chiquillas se apareaban y seguían de dos en dos por la acera, menudas, ínfimas, con las pieles de barro crudo, los pies descalzos y los colorines vivos de los listones con que las peinaban, Malena se detuvo a conversar con el profesor Guirnalda.

—¡Vaya que le llegaron y mucho que las viene luciendo...! —le dijo Piedrafiel al acercarse.

¿A qué se refería...? ¿A las flores...? ¿A las camelias rojas que ella llevaba en el pecho...? ¿Y cómo sabía Piedrafiel que le tenían que llegar...?

Hombre de muchas palabras y más ademanes, ya se lo revelaba:

—El domingo pasado, después de la tertulia, en dejando en el Calvario al Tata Cura de indios (era como llamaba por detrás al padre Santos), Mondragón me llevó a la escuela y aprovechó que íbamos solos para rogarme que recibiera a mi nombre un ramo de camelias rojas —se las iban a enviar desde la capital—, a fin de que *ipso facto* ¡yo se las mandara a usted. Todo lo cual fue cumplido. Pero como no le vi más y como no hubo tertulia...

—El padre...

—Sí, sí, profesora Tabay, el padre Santos me pasó dando el aviso de que se suspendía la tertulia por tener usted que salir con sus alumnas a dar un paseo campestre... —levantó los hombros, encogió los brazos en las mangas, se tocó los puños almidonados con las puntas de los dedos, y prosiguió: —Pues, como le iba diciendo, ¿verdad?, yo a Mondragón no le vi más, y si usted le mira, haga el favor de informarle que las recibió, que cumplí su encargo al pie de la letra, él no quería que se marchitaran... Sacarlas de la caja..., ponerlas en manos de uno de los alumnos de la escuela..., y hasta las diez azucenas de sus preciosos dedos en cuyo contacto lejos de marchitarse, veo que revivieron... ¡Ah!, la mujer..., es el alimento de las flores... Aunque no habrá necesidad de que le diga nada, pues con solo que le vea "el corazón de fuera"', sabrá que cumplí su encargo... Sí, sí..., —agregó locuaz—; Mondragón me contó que cuando la conoció en el tren lucía usted sobre su veste un ramo parecido, y él, sin conocerla, le dijo así... Y no le extrañe, no le extrañe que se haya exteriorizado en mi persona, pues ya sabe usted que en el amor el que es desgraciado, como el que es feliz, lo cuenta todo a sus allegados, y este joven y simpático caminero ha intimado tanto conmigo, que me atrevo a decir que éramos amigos antes de conocernos. ¡Buen muchacho, leal, juicioso, viajado, joven y con un brillante porvenir!

—Hablaremos otro día, profesor... —le cortó Malena con las sienes bañadas en sudoroso frío y como embadurnada de palabras por aquel hombre que cuando hablaba parecía electrizado; tic por aquí, tic por allá, par-par-padeos superpar-parpadeantes, saltos de hombros, codazos al aire. Por lo visto ignoraba lo que decían los periódicos del complot de Juan Pablo; si no, ni siquiera se detiene a saludarla, menos a elogiar a Mondragón y mucho menos a decirle que él había mandado las camelias rojas pedidas a la capital por aquel que ahora era requeirdo por las autoridades vivo o muerto.

—Hablaremos otro día, profesor... —repitió Malena—y salvo que quiera seguir con nosotras... —ahora poco le importaba que Piedrafiel la acompañara o no, si ya nada tenía que hacer ni nada que preguntar donde Popoluca—, vamos de paseo y tal vez nos alargamos hasta el Cerro Vertical, aprovechando que hace una tarde preciosa...

—¡Una tarde de estuche..., y una joya, profesora Tabay! Pero mejor sigue usted solita y bien acompañada.

¡Una tarde de estuche..., y una joya!, mascajó Malena , el llanto contenido a golpes de párpado, al despedirse del profesor y apurar el paso para dar alcance a las alumnas. Debía volver a encerrarse, quedar en tinieblas hasta que supiera de aquel que quién sabe si huía por esos cerros sin pegar los ojos, sin probar bocado, muerto de sed, como un animal, como una mala bestia perseguida..., y ella paseando…, paseando, sí, paseando, porque ahora a qué iba a donde Popoluca, si ya sabía que las camelias rojas las había mandado el profesor Piedrafiel, director de la Escuela de Varones…, y si lo hubieran capturado vivo y lo estuvieran torturando…, de la tortura al paredón y del paredón a no saber ni siquiera el lugar de su tumba, enterrado anónimamente, en un foso, igual que un perro…, y ella de paseo con sombrero, con guantes, con sombrilla y el ramo de camelias en el pecho.

Daba pasos en falso, como si sus pies se negaran a seguir, pues a qué iba, a qué iba, si con lo que acababa de oír de labios de Piedrafiel se desvanecía su esperanza de encontrar la huella de Juan Pablo, en el taller del viejo alfarero, más barbas que cara. ¿Qué podía informarle Popoluca de aquel que de la noche a la mañana se había convertido en un peligro social, en un hombre que como a una bestia maligna, las autoridades requerían vivo o muerto…? Era para trastornarse… Si ayer no era nada de eso ¿por qué lo era ahora…?, ahora que podían estar en tertulia discutiendo, barajando temas, conversando…

Al solo salir del poblado empezaba el movimiento de los cerros, unos más arriba, otros más abajo, cuáles intermedios asomaban entre las nubes y otros cerros, y cuáles más altos que los que acababan de divisar, señores de la excelsitud y la lejanía, y un más y más enhiestos otros, y otros, y otros…, y allí la de la señorita Cantalá que sobre la marcha, sin detenerse, iba buscando con ayuda de. las alumnas más vivaces, lo que parecían aquellas cíclopes de piedra desnuda.

—¡El cerro-guerrero…! ¡El cerro-brujo…! ¡El cerro-león…! —Se oían los gritos, entre alharaca y polvareda, y el grupo se detenía un instante en su descenso vertiginoso a contemplar el auténtico perfil de guerrero de la gigantesca masa que el dedo de la profesora señalaba, o la cabeza de brujo que indicaba con su índice una niñita, o la forma de un melenudo león echado que acababan de descubrir en la lejanía, inmenso vacío de oro vivo.

—¡Pero, qué desorden es ese...! —alzó la voz la profesora—, van haciendo mucho polvo..., eh..., eh..., levanten los pies al andar o nos volvemos y no hay paseo!

¡Ah, cómo hubiera querido Malena volverse allí...! ¿A qué iba a donde Pololuca, si ya sabía que las camelias rojas las había mandado el profesor Guirnalda?

—¡Miren...! ¡Miren allá...! ¡Miren, niñas, aquel cerro —señaló la profesora—; parece una tinaja..., una mujer tomando agua de una tinaja...!

Malena, antes indiferente a aquel juego de parecidos, alzó los ojos al oír hablar de una tinaja y una mujer, y se estremeció. Era exactamente la figura de una mujer de piedra, no en actitud de beber agua, sino de gritar, de gritar a la boca de una tinaja, como ella había gritado tantas veces anoche, el nombre de Juan Pablo...

¡Juan Pablo...!, ¡Juan Pablo...!

Volvió a mirar a todos lados, pero no lo había dicho, fue en su cabeza donde resonó...

Vivo o muerto..., vivo o muerto...

La profesora se adelantó a decirle:

—Ya llegamos a donde Popoluca, señorita directora...

—Sí, sí... —articuló Malena—, voy a entrar un momento, que las niñas esperen aquí fuera, hablo con Popoluca y seguimos hacia el Cerro Vertical... Déjelas que jueguen..., repártales la fruta...

Pero de qué iba a hablar con Popoluca. Llamó a la puerta con sus manos menudas, toquidos que sonaron como picotazos en un árbol gigante. Y no tardaron en abrir, Popoluca en persona, más barbas que cara, los ojillos perdidos como dos gotas de agua quedaron un momento de fuera, inquiriendo quiénes más venían con la señorita directora. Saludó a la profesora Cantalá, hizo un guiño a las niñas pasmadas ante la aparición del viejo, y cerró la puerta de una sola hoja alta y ancha que giraba en goznes de tarugo.

XI

—¡Dios me la trajo! ¡Dios le dijo que viniera! ¡Dios, que a veces nos pide las cosas no sabemos cómo y nosotros las obedecemos sin saber por qué...! —Con este aguacero de palabras y exclamaciones inesperadas, en una mano el sombrero y en la otra un pañuelo con el que se limpiaba la frente sudorosa, recibió Popoluca a la directora, y no la dejó hablar. Se puso el sombrero, la tomó del brazo y la llevó, la llevó, la llevó hacia el interior del taller, hasta su casa, más corriendo que andando, y una vez que la tuvo en la última pieza, le dijo que esperara, pero se lo dijo casi por señas, salió de la habitación, anduvo espiando por todos lados y seguro de que no había nadie, vino como de puntillas y le secreteó al oído— Aquí estuvo... —y ante la cara de estupor de Malena, más pálida que viva, apagó totalmente la voz— El martes..., el martes de esta semana, hace cuatro días, estuvo aquí... Llegó pintando el día y se fue al anochecer... —un largo suspiro de alivio y una vueltecita afuera, precaución que tomaba a cada momento.

Malena se quedó clavada en el suelo, sin saber qué hacer ni qué decir; pero, mientras Popoluca volvía, tuvo tiempo de encontrarse las manos que colgaban de su cara bañada por un sudor glacial, se buscaba con los dedos temblorosos los labios, la boca..., quería hablar; tuvo tiempo de trabarse los sollozos, de serenarse, de reconstruir a ese ser superior que ella encarnaba, la señorita directora, y reclamar, con autoridad, por qué no se le había avisado.

—Seguro que lo primerito que se me pasó por la cabeza —se acordó entonces que tenía el sombrero puesto y se lo quitó—, correr allá con su merced a imponerla del asunto, era mi responsabilidad, pero él se opuso...

—¿Se opuso...? ¡Qué extraño...! —articuló Malena.

—¡No vas a asomar ni a la puerta, mientras yo esté aquí!, es que me dijo... (Malena hizo el gesto de la que alcanza a comprender). Solo hoy voy a estar aquí. Después que yo me huya vas a salir, si querés vas a salir, vas a entrar, vas hacer lo que quedrás, pero antes no y tampoco vas a hablar que me viste, ni vas a contar, solamente a la señorita Tabay, y a solas, cuando ella esté solita, se lo vas a decir todo.

—Necesitaba compañía. Debe haberse sentido tan solo...

—Necesitaba compañía —repitió Popoluca— o me desconfiaba en grande, porque no quiso que me moviera de cerca de él.

—Vamos a decir que necesitaba compañía; pero yo creo que me desconfiaba en grande —balanceó Popoluca la cabeza que mezclaba sus mechones canos con la barba de color sucio de basura.

—¿Por qué iba a desconfiar?

—¿Por qué...? Ya se lo vengo a decir... —y salió a dar una vuelta temeroso siempre de que alguien les estuviera oyendo.

No se sentían sus pasos cuando se iba ni cuando volvía. Regresó ordeñándose las barbas. Entre sus dientes goteaba una sonrisa de palo de leche, una sonrisa como vegetal.

—¿Sabe, su merced, por qué...? Pues porque se había hecho cimarrón y desconfiaba hasta de la sombra de su sombrero, como todo hombre al que la autoridad persigue con el aditamento de que debe ser habido vivo o muerto.

—¿Y él lo sabía?

—Él me lo dijo, me lo apalabró aquí donde estamos nosotros, su referencia fue esa, y lo supo de chiripazo. Con decirle que se lo oyó decir al jefe de la escolta que lo buscaba en Cerropón, está dicho todo...

—¿Y eso fue el lunes en la noche?

—El lunes mismo...

—¿Y qué andaría haciendo en Cerropón, a esas horas?

—Andaría...

Se escabulló a echar un vistazo, no fuera a ser que se hubiera colado alguno y estuviera por allí escondido, escuchando lo que hablaban, y volvió con la palabra en la boca:

—Andaría andando, pero lo increíble no es solo eso, que le haya oído decir al jefe de la patrulla que lo buscaban vivo o muerto, eso es lo de menos; lo que le voy a contar es lo que solo porque uno lo oye le cabe en la cabeza... Pero permita que le acomode dónde sentarse...

—No sé si voy a poder estar sentada; todas estas noticias me ponen tan nerviosa...

—Diz que él estaba en el campamento, ese campamento caminero de Entrecerros, ya para acostarse, hasta el uniforme se había quitado, cuando le entraron ganas de salir a dar un colazo. Pero, hombre, diz que se dijo él mismo, ya es tarde, estás muy cansado, más vale te metés en la cama, te dormís, mañana es otro día. Así se dijo, pero estaba cada vez más desasosegado, con más ganas de salir que de acostarse. Pero, hombre, diz que se reconvino más en serio: es lunes, prencipio de semana, esperáte para otro día. No pudo y no pudo. Se vistió de particular, no quiso ponerse el uniforme que metió bajo el colchón para que amaneciera planchado, y se salió como atraído por un imán lejano, una fuerza que lo sacó de allí y se lo llevó a otra parte. Si no es eso lo agarran, cuando las ganas jalan no es así no más, es por algo, pues ni un rato hacía que se había ido cayó la patrulla en su pabellón con la orden de capturarlo vivo o muerto; pero ya se sabe lo que pasa cuando dan esas órdenes; allí mismo lo hubieran matado diciendo que se había opuesto a la autoridad.

Malena apoyó la mano convulsa en el respaldo de la silla para no parecer que se desplomaba al sentarse; luego dijo tratando de ocultar sus sentimientos, en una frase trivial:

—¡La suerte lo salvó...!

—¡La suerte y el amor...! —interrumpió Popoluca, los ojitos brillantes juguetones; entre las barbas que casi le llegaban a las orejas y las cejas de pelopluma—. Alguna su fulana que lo debe haber estado llamando en una tinaja...

Malena se puso lívida. ¡Otra, no solo ella, lo llamaba en la tinaja...! Este viejo lo sabe todo, pensó, y tuvo vergüenza; aunque luego se dijo: "¿Por qué voy a tener vergüenza...? ¿No usan las civilizadas el teléfono para llamar al que quieren... Y ahora la radio, que es lo que más se parece a esto de dar voces en una tinaja y que las palabras se trasmitan, sin necesidad de hilos, hasta el corazón receptor...?" Pero otra lo había llamado el lunes, la que lo salvó, porque ella fue el sábado cuando estuvo pidiéndole que no faltara a la tertulia... ¿Otra...? Pero si el lunes estuvo allí con ella hasta cerca de las once de la noche, hasta que ella, ¡estúpida!, le dijo que se fuera, no sabía que en la calle lo exponía a las balas de una veintena de forajidos, que lo mandaba a la muerte, mientras ella se quedaba llorando por paparruchas, por haberle dado a leer su *Diario*...

—Y en Cerropón, ¿dónde se escondería esa noche...? —indagó siguiéndole el hilo de lo que contaba Popoluca, aunque sus labios temblaron, temerosos al formular la pregunta, de que Juan Pablo tuviera algún otro refugio en el pueblo y Popoluca lo dijera.

—¿Que dónde se escondió...? Primero estuvo andando por las calles, él no tenía por qué esconderse, no sabía nada, si hasta pasó por en medio de la patrulla, que estaba como dispersa descansando en una esquina... No, si ese hombre, esa noche estuvo haciendo temblar al destino... Primero estuvo andando las calles, después...

Por señas le dijo que esperara. Salió a dar una vuelta por el taller, fue hasta el portón que daba a la calle, donde se oía la algazara de las niñas que jugaban, y volvió borroso, como si hubiera salido a recoger más penumbra.

—Se escondió detrás del sauce grande del Calvario, ese sauzón mechudo que saca sus ramas por encima del muro del cementerio. Y por eso es que fue todo, porque él estaba allí pudo oír lo que oyó. Dormitando estaba, acuñado estaba en el banco de piedra que cubre todo el frente de la casa conventual, esperando estaba que pasara el primer camión de caminos, para volver al campamento, cuando oyó venir la patrulla, primero muchos pasos oyó, después ya no solo pasos, sino voces, bostezos, reniegos y escupidas que cortaban el frío de más de media noche. Paso a paso, chasqueando las guarachas en el suelo, uno tras otro, pero allí la fila se detuvo, se había parado el jefe, delantito de donde él estaba. El jefe se rascó la cabeza, como para botarse el fastidio, y atronó cuando varios de los soldados se acercaron: ¡A ese Mondragon lo tenemos que agarrar vivo o muerto..., pues de írsenos, no se nos va, pero nos está dando trabajo...! Y les seguirá dando, pues, para mí que ya no lo agarran; es hombre que hizo temblar tres veces el destino. Primero, cuando estuvo a punto de que lo pescaran en su pabellón, si no se sale a pasear; segundo, cuando pasó por entre la patrulla y no lo reconocieron porque iba vestido de civil y ellos lo buscaban vestido de uniforme blanco de caminero; y tercero, cuando oyó decir al jefe que lo buscaban vivo o muerto. Y nada más digo. Para mí que ya no lo agarran...

—¿Y no dejó dicho hacia dónde iba? —inquirió Malena, como si recobrara la voz.

—No me dijo. Agarró camino cuando ya estaba oscuro, bien oscuro... Lo vi irse, la oscuridad se endureció a su espalda, y ya no supe más de él.

—Por qué no sé quedó aquí, es lo que no me explico ...

—Era peligroso...

—Más peligroso es que lo encuentren, lo reconozcan y... —se le encogió la lengua—, ahora ya saben, sin duda, que no anda uniformado.

—Dificulto, señorita... Se fue vestido de..., así como nos vestimos nosotros, de labriego, con caites,[29] sombrero de palma y bigotes... Puso en unas árganas que yo le di, bastante tortilla, sal, un tecomate[10] con agua; pero ahí está que olvidó los cigarros y la lumbre...

—¡Cómo pagarte, Popoluca!

—¿Y usted por qué?

—¡Bueno, sí, tienes razón! —se destanteó ella, apresurándose a decir—; ¿y todo lo que traía puesto dónde lo dejó?

—En el horno...

—¿Escondido?

—Hecho ceniza... Las ropas, los zapatos, todo se quemó..., y las demás cosas que tenía, su cartera y su pluma, su llavero, pañuelos, se lo llevó..., y ahora que digo pluma, si no me acordaba; me encargó que si usted venía por aquí o yo iba por allá por la escuela, le entregara este papelito...

—¡Pero, Popoluca…!

Se quedó con la palabra en los labios, Popoluca se había esfumado. Sin duda a buscar la carta de despedida, pero por lo visto, solo salió a cerciorarse si no había entrado alguien, pues al volver, deshizo un nudo de su pañuelo, en el que tenía algunas monedas para despistar, y sacó un minúsculo rollito de papel.

El ansia de saber qué le decía por escrito, la hizo tomar, sin desilusión, aquel mínimo mensaje, en lugar de la carta imaginada. No tomar, arrebatárselo de las manos a Popoluca, desenrollarlo y leer: *"A bientôt, chérie! Jean Paul"*.

—Lo debe romper... Eso dijo él, que al solo leerlo…

—Sí, sí... —y mientras lo apretaba en la mano empuñada, hasta encajarse las uñas, se enderezó como tratando de salvar la cabeza— ¡No, no busco nada, Popoluca...! ¡Siento..., pienso…, respiro..., vivo…, aquí donde él estuvo el martes...!

—Todo el día, hasta bien noche…

—¿Y nada se ha vuelto a saber?

—Nada. Las escoltas van y vienen...

—¿Han entrado aquí?

—A pedir agua, a ver trabajar a los alumnos... De mí no sospechan...

Afuera se escuchaba el bullicio de las chicas que saltaban, corrían, se perseguían, se tiraban del pelo, se golpeaban, se revolcaban en la arena, entre el regañar y amonestar de la profesora Cantalá.

Malena leyó de nuevo: "*A bientôt, chérie! Jean Paul*", y luego llevóse el papelito a los labios, como sí se lo fuera a comer, y lo deshizo a besos repitiendo:

—*A bientôt..., a bientôt...,. a bientôt, chérie...*

Y sintiéndose sorprendida por los ojitos del viejo que brillaban amistosos y comprensivos en la basura de sus barbas, se volvió a él decidida a contarle todo.

—Popoluca...

—No tiene nada que decirme —la atajó aquel—; yo la vide una vez con el señor Mondragón, en el Cerro Vertical...

—Habíamos ido a ver el mar...

...Ahora quiero que te vayas..., necesito estar sola..., ahora quiero que te vayas..., necesito estar sola..., las calles de Cerropón pasaban bajo sus pies..., ahora quiero que te vayas..., ahora quiero que te vayas..., pasaban bajo sus pies..., silenciosos ríos de piedras blancas..., las calles..., la plaza..., la plaza ya había pasado varias veces y ahora otra vez..., y otra vez esta calle, y aquella, y todas seguían pasando bajo sus pies inmóviles, fijos en las palabras con que lo había despedido Malena..., ahora quiero que te vayas..., la próxima semana iré a visitarte al campamento y hablaremos de nuevo..., necesito estar sola...

Calóse el sombrero de medio lado, sin detenerse. La sensación de que las calles pasaban bajo sus pies había desaparecido. Él era el que iba: con el resonar de sus pasos turbando el silencio de un pueblo que por todos lados daba a precipicios cortados. No había más calles, no había más plazas en aquella isla de piedra rodeada por el vacío de las cumbres. Solo que le nacieran alas..., tener alas..., dejar atrás sus pies que iban pisoteando aquel ahora quiero que te vayas..., ahora quiero que te vayas..., y lanzarse al silencio de la inmensidad.

Otro silencio atravesaba sin siquiera sospecharlo, una inmensidad mayor al cruzar por entre la patrulla que lo buscaba vivo o muerto. El silencio de su desaparición, el infinito, el inmedible silencio que habría seguido a sus pasos, si aquellos hombres, ávidos de aguardiente, no hubieran estado en la pugna de la copa, a la puerta entornada de un fondín, mientras el jefe, más sediento que sus hombres, la sed de la responsabilidad y el entorchado, echaba la cabeza hacia atrás, con riesgo de que se le cayera el quepis, empinándose un litro de cerveza, sin respirar, sin despegar los labios de la boca de la botella, la espada apretada en el sobaco y la cincha del correaje a reventar sobre su abdomen. ¿Repararon en Mondragón...? ¿Lo vieron pasar...? Sí, pero no estaban para perder tiempo con un particular, y manos les faltaban para apropiarse de más cepas en aquella repartidera de mataburro, ellos iban tras un caminero, un oficial caminero vestido de blanco.

Pero a Mondragón se le despertó el gusano, la gana de beberse un trago, y a regresar iba cuando pensó que podía despertar y pedírselo al padre Santos. Le tocaré por una de las ventanas, la que da a su dormitorio, se dijo andando hacia el Calvario, y abrirá en seguida creyendo que es un enfermo que necesita confesión o el profesor Guirnalda que viene a comentar con él algo de algo...

Desde que encontró a Malena en Cerropón, Juan Pablo evitaba pensar en lo único que podía separarlo de ella para siempre, caso que fracasara. No se consolaba de haberla encontrado, cuando ya no podía deshacer sus tremendos compromisos y era por eso que huyendo de pensamientos abismales, se refundía en la ceguera del amor que nace y olvidaba que el reloj iba aproximando para su vida el minuto decisivo. Apuró el paso hacia el Calvario, sin saber, sin imaginar siquiera que a esa hora todo había sido descubierto y que en aquel momento por esas mismas calles, la patrulla que acababa de cruzar, le buscaba vivo o muerto, acusado de haber sido el que proporcionó los explosivos con que fabricaron las bombas caseras y de ser él el que iba a manejar el camión que se atravesaría al paso del automóvil presidencial, en el instante del atentado.

El Calvario por fin y no en Gólgota alguno, sino al final de una planicie. Árboles telarañosos, más ramas que hojas, techaban la amplia calzada de tierra que iba a desembocar al atrio de la iglesia. A un lado, al fondo, se alzaba la casa conventual. Mondragón apuró el paso decidido a tocarle la ventana al padre Santos y pedirle que le regalara un trago, pero no se atrevió y después de pasearse como enamorado frente a la ventana del cura, animábase y desanimábase, subía y bajaba la mano ya para golpear los cristales, se dejó caer en un banco adosado al frente de la casa conventual, larguísimo poyo de calicanto que extendía su lonja de piedra hasta perderse, bajo la sombra de un sauce en la esquina que daba al cementerio. Este sauce sembrado entre los muertos, saltaba la tapia y derramaba entre los vivos sus ramazones de pestañas espumosas. Se había dejado caer lejos del árbol, pero el frío le hizo deslizarse, sin levantarse del todo, por la piedra pulida del asiento, hasta quedar al cobijo de sus ramas. Se guardó las manos en los bolsillos del pantalón y alargó las piernas, un pie sobre otro, desesperado, sin saber qué hacer después de lo ocurrido con Malena. Cómo explicárselo. Ya a la biblioteca, la ve levantarse, irse de sus brazos, de sus besos, de su calor amigo, sacar sus librotes de pastas coloradas, colocarlos de nuevo y volver con un cuaderno que le da a leer. Él, hasta que lo tuvo en sus manos no supo que era su *Diario*. Lee. Inesperadamente, Malena le pide que se marche. Está bañada en lágrimas y solloza como arrepentida de haberle revelado sus secretos. Él toma su sombrero y sale y sin atreverse a decir nada...

¿Qué ha pasado...? ¿Por qué le dio a leer su *Diario...*? ¿Para darle una prueba de confianza...? Por lo mismo él no debió abrirlo, ni siquiera abrirlo... Pero si se lo dio abierto...

Pues al solo darse cuenta de que se trataba de revelarle su vida íntima, cerrarlo y devolvérselo, caballerosamente... Ponerlo en sus manos intacto y besarle los cabellos significándole o diciéndole: "Mis labios en la noche de tu pelo sellan tu pasado que no quiero saber..."

Razón tuvo la pobre de amargarse tanto... Corresponder con la más triste de las desconfianzas a la entrega amorosa de su vida... Someterla a la tortura de que asistiera de pie, sin salida, de espaldas a la biblioteca, igual que una acusada, a la lectura de letras y páginas que él devoraba con el corazón en los labios, tremante, temeroso de que Malena se hubiera valido de aquel ardid para hacerle saber que estaba comprometida, que no podía corresponderle, que tenía hecho algún juramento, que se alzaba entre los dos un voto religioso...

Pero debió explicárselo, no salir como había salido entre corrido y avergonzado, el sombrero en la mano, repitiéndose sus últimas palabras..., ahora quiero que te vayas..., la próxima semana iré a visitarte al campamento y hablaremos de nuevo..., necesito estar sola...

Se puso un cigarrillo en los labios, lo encendió y con el humo se fue desvaneciendo la imagen de Malena en la tormenta dura y alta como mascarón de proa y apareciendo la profesora de piedra pálida, los ojos auditivos, no solo hechos para mirar, y la boca de labios gruesos con rictus racial de hegemonía triste.

Contó los cigarrillos que le quedaban y consultó el reloj. Tenía que racionarse si quería amanecer fumando. El primer camión de caminos no pasaba por allí antes de las cuatro y media de la mañana.

Separó los pies con la última bocanada de tabaco, cansado de tenerlos uno sobre otro, recogió las piernas, las cruzó y como escondiéndose del frío se subió el cuello del saco, apelotonóse y hundió la cara en el pecho para echarse encima la respiración caliente. El follaje del sauce lo cubría. Mosquitero verde detrás del que Mondragón contemplaba las miríadas de moscas de oro que volaban en el cielo y era tanta la quietud que se oía el zumbido titilante de los astros y el fluir de su pensamiento, en la libertad de la noche.

Memorizaba los gestos de Malena, sus palabras sobre las cosas más insignificantes por el gusto de recordar sus actitudes, sus opiniones, el sonido de su voz y ahora al calor de su oferta de ir a su pabellón en el campamento, imaginándosela como esposa en futuras complacencias íntimas, desnuda entre sus brazos, mirándola y remirándola y volviéndola a mirar y a remirar, gozo de posesión visual acompañado del trizarse de las palabras en la garganta y el sollozar de la saliva en cada beso. Hasta cierta torpeza de niña envejecida que sorprendió alguna vez en sus rubores de maestra, le enardecía.

Se le cerraban los ojos, pero los abría en seguida, temor, remordimiento de perder instantes de aquella noche de cielo despierto y presencia dormida de Malena que se le entregaba con peso de oscuridad en los cabellos y la carne alumbrada por dentro, atmosférica y tibia. Cerraba y abría los ojos. Sentirse con ella en la curva inmensa de los astros, en el fragor celeste. Cerraba y abría los ojos, brasas de cigarrillos parpadeantes que su pensamiento colgaba de sus pestañas húmedas de sereno como las ramas del sauce empapadas de llanto dulce y encendidas de luceros. ¿Qué le recordó aquella "y" misteriosa que en el *Diario* de Malena cortaba y..., no cortaba su aventura con el oficialito que conoció en el baile del Casino Militar? Sus pupilas quedaron fijas entre los párpados quietos, como si el torrente de su vida se hubiera cristalizado de pronto y cesado el viento que movía las aspas de sus ojos. Palabra por palabra reconstruía la parte final, la última frase: "todo concluyó en que él era más joven que yo, y..."

Y, y, y... ¿Qué significaba aquel corte enigmático, intencional, aquella incógnita "y" puntos suspensivos...? ¿Quería decir que pasó entre ellos algo que ella no se atrevió a confiar al papel...? O..., ¿quería decir que no había concluido, que existía, que sobrevivía aquel amor inconfesable?

Y, y, y... Seguía, seguía algo que ella no tuvo valor de escribir o no tuvo valor de cortar y que era como la continuación de un gran acorde que en su *Diario* dejó sonando aquellos puntos suspensivos...

Y, y, y... Se revolvía como el pez que ha picado el anzuelo pugnando por desprenderse de aquella "y" que se le había trabado en la garganta y tiraba de él para sacarlo de su adormecimiento, de su inmovilidad conseguida a fuerza de estar en la misma postura; pero por más que hizo..., y, y, y..., se repetía entre la carne y el sueño..., por más que hizo: apretar las manos en los bolsillos del pantalón, dejarse caer la tiniebla de los párpados de la frente hasta los pies al tiempo de abandonar la cabeza hacia atrás sobre el muro, no pudo liberarse de la duda clavada en su cerebro como hipo mental..., y..., y..., y..., puntos suspensivos, primeras arenas en que apoyaba sus pies, titubeante, hipando...,y, y, y..., comprendiendo que empezaba para él otra vez la soledad y el desierto..., y, y, y..., como sombras bajaban sus sueños de dicha por los andamios de su respiración turbada, mientras imaginaba la más cínica aventura entre un oficial joven y una maestra de pueblo dispuesta a no perder sus vacaciones, a no desaprovechar sus días y sus noches en la capital donde se ven, se buscan, se aman, se encuentran, ella tratando de competir en la entrega, la caricia y la embelequería mimosa con las jovencitas que sin duda podía tener como rivales, y el párvulo uniformado, presumido y ganoso, haciendo sus primeras armas en aquel amor maternal de entrega agradecida, clocar embelesado, caricias recobrantes del tiempo perdido y..., y..., y..., todo lo que ella por decoro, por vergüenza, por conveniencia, por lo que fuera no se atrevió a estampar en su *Diario*, pero que estaba allí, allí..., en aquella penúltima letra del alfabeto uniéndolos para siempre con su forma misteriosa de germen, de atadura, de conjunción copulativa. No, no podía quedar eso así, era imposible, debía volver y exigir que le explicara lo que significaba, lo que quería decir aquella "y" seguida de puntos suspendidos en el vacío... Y..., y..., y..., hi... po de duda que le golpeaba..., y..., y..., y..., le agarrotaba..., y..., y..., y..., oía multiplicado por un grillo, por mil grillos, por millones de grillos..., criii..., y..., y..., criii..., y..., y..., y..., criii..., y..., y..., y...

Se sacudió como azotado por dentro y por fuera. De hipo en hipo aquella y..., y..., y..., le mutilaba el alma pedacito por pedacito, mientras se le enterraban en la carne los chorreantes latiguillos del chirriar seco de los grillos..., criii...; y..., y..., criii..., y..., y..., y...

¿Qué hacer? La respiración le sonaba en las narices como un cepillo grueso. Hasta ahora se daba cuenta de que aquel rincón hedía a meados evaporados, asoleados. Jugó los ojos de un lado a otro, rápidamente, buscando entre los grillos y el hipo, un intersticio por donde sacar sus pupilas desnudas, cristalizadas, a lo que acababa de entrever. Tantas cosas imaginó él y hasta ahora no atinaba con el móvil que indujo a Malena a levantarse inesperadamente, como impulsada por un resorte, ir a la biblioteca, sacar su *Diario* y entregárselo. Detuvo sus pupilas y vio claro. La explicación estaba en aquella "y"... Le dio a leer su *Diario* para que se enterara de su aventura con aquel militarejo y..., y..., y..., (el hipo, el hipo..., de la duda multiplicado fuera por los grillos…), y..., y..., y..., la dejara o la aprovechara...

En los labios le sonó la saliva como risa. ¡No, no, no era posible! En los bolsillos del pantalón sus manos candentes se revolcaron con el peso de sus virilidades. ¡Su sí, para que la dejara o la aprovechara él después del militarejo y..., a saber cuántos más...! Por eso su congoja de mujer que se ofrece, sus contenidos sollozos, sus lagrimones goteándole la cara, los brazos hacia atrás, todo su cuerpo largado hacia adelante, hacia él, que no comprendió, estúpido, romántico, que no fue hacia ella y la tomó en sus brazos, derribándola en cualquiera de los muebles para poseerla. Pero aún era tiempo... ¡No, no, la tempestad de la entrega dura lo que un relámpago...! Esperaría, esperaría su visita al campamento la semana próxima y, ahora sí, a sabiendas de lo que significaba aquella "y", la aprovecharía. Si hasta eso llegó... Cuando vio que él no había comprendido lo que significaba darle a leer su *Diario*, le ofreció lo inesperado: ir al campamento, llegar a su pabellón.

Se volvió contra la noche azul, dura, translúcida, que tenía tanto de hembra desnuda, vestida de joyeles, misteriosa, profunda, inalcanzable con los brazos y fácil de apretar con las pupilas.

Todo cambiaría, A partir de la visita de Malena al campamento serían..., deshizo la palabra mentalmente despabilándose en lo oscuro, al final de una cadena de planetas, cosquilloso, distante, planetas, planetas..., pronto a levantarse de aquel asiento de piedra y correr hacia la escuela a golpear las puertas y ventanas hasta que despertara Malena, saliese y le dijera si aquella "y..." era la del rumor de las campanas que para sonar dormidas atraen el viento a las torres de la iglesia..., iii... mánnnnn..., iii... mánnnnn imantando la noche, polvareda de astros y los cuerpos amantes, polvareda de sueños..., iii... mánnn..., iii..., mánn... ¡Sí, sí, debía correr, correr hasta la escuela y preguntar a Malena si era "y..." de imán..., iii... mánnn..., iii... mán como el rumor del viento en las campanas, como el chasquido del beso del hierro dulce al pegarse en el imán..., iii... mánnnnn..., iii... mánnn...!

Pero no tuvo acción, no pudo levantarse, inmovilizado por pesados soplos de murciélagos que giraban alrededor de su cuerpo, sensación de ataduras que se hundía hasta su carne en forma de tatuaje, y cómo salir de aquella cadena interminable de quirópteros ciegos, cómo romper aquella red de alas diabólicas, cómo desatarse de lo que no eran ligaduras, sino tatuajes...

Forcejeó por sacar la cabeza y el cuerpo de aquella camisa volante. Debía correr, ir hacia Malena y escuchar de sus labios de campana imantada, de sus labios de metal dormido, curvado por aumentar su poder magnético qué eran ellos dos en medio de la noche de diamantes.

Vagamente recordaba, mientras seguían los murciélagos atándolo, no en materiales lazos, sino en soplos velludos que le embriagaban de tatuajes, sus juveniles teorías de barbería, cuando discutía con algún cliente, al compás de la tijera que también tiene música, sobre el amor y el magnetismo terrestre, época en que hablaba en serio de líneas ideales o ejes de inducción amorosa y de cuerpos que, imanados por el amor, pasaban a ser amantes.

Al rumor de las campanas siguió una granizada, como si en torno suyo se hubiera hecho pedazos el silencio de la noche. Lluvia de almendrones de córneas opacas y diáfanas pupilas que lo bañaron de miradas. Y otra, y otra ráfaga de granizo, como si bruscamente se solidificaran sobre el camposanto cercano millares de gotitas de llanto, lo golpeó con sus pepitas de ojos desnudos, acuosos, congelados, Se sobrepuso. Logró sacar los brazos de los tatuajes de murciélagos que lo ataban, lo cubrían, lo embriagaban y avanzar algunos pasos defendiendo la cara de aquella lluvia de ojos humanos, sin pestañas, sin párpados, fuera de sus órbitas, separados de sueños y visiones. (¿Quién va…? ¡Yo...! El eco repitió en cada tumba el monosílabo. ¡Yo...! ¡Yo...!, ¡Yo...! ¿Yo soy todos los muertos…? El eco repitió... ¡Todos los muertos...! ¿Yo soy todos los muertos…?, volvió a preguntar... Y el eco repitió... ¡Todos los muertos...!) ¡Jaaa! ¡Ja! ¡Jaaaa!... La risa saltaba de su cavidad bucal materializada en un gran tren de dientes y muelas que escupía, en lugar de reír, fritos en saliva de congoja, mientras arreciaba el granizar de ojos humanos, pupilones que con su mirada ausente, lejos de llenar, vaciaban el espacio. Envolvióse en un sudor tiritante, de plumas de frío, de plumas de sueño. Ojos con mirar de mujer, de hombre, de viejo, de joven, de niño, de idiota, de santo, de sabio, se tropezaban sin chocar, juntándose y repeliéndose, como si pasara sobre él, y junto a él, y bajo sus pies, una multitud sin cuerpo, solo ojos, ojos, ojos…, glaucos…, oscuros…, celestes..., claros..., una multitud sin sueño, despierta siempre de par en par las pupilas de granizo...

Alzó la cabeza desorientado... ¿Y el rumor del viento en las campanas? ¿Y el vuelo de los murciélagos?

Sobre su frente oprimía uno de los ojos humanos que logré retener bajo sus dedos, tan fuerte, tan violentamente, que lo deshizo, lo aplastó sobre la palpitación de sus sienes, al tiempo que se desandaba todo él en un espeluzno interminable, pues se había dado cuenta de que lo que tenía entre sus dedos y su frente, lo que había atrapado, no era un ojo humano, sino una de las hojas del sauce.

Seguía sentado en el mismo sitio. ¿Quién fue, entonces, a gritar a la entrada del cementerio...?

Palpóse, palpó el asiento de piedra, buscando dónde había caído tanto ojo humano, qué había sido de la alfombra de granizos que veían, que giraban sus pupilas límpidas en las córneas blanquísimas, nevadas...

Todo yacía apagado, los ojos eran hojas, las hojas del sauce que disimulaba en apariencias vegetales, los cientos, los miles de ojos humanos que colgaban de sus ramazones llorosas. Sembrado en el cementerio sus raíces penetraban en los cráneos secos, en los cuencos vacíos de las caras óseas y extraían el mirar de los que ya no veían en forma humana, sino vegetal, de los que ya no tenían ojos, sino hojas...

Se quedó pasmado. Rodillas de cordilleras. La tierra de hinojos. ¡El lucero de la mañana...! Descolgado, suelto en atmósfera de eternidad, esa hora en que no es de día ni es de noche, es eternidad.

Tuvo la sensación de que Malena le acompañaba en aquel instante, no separada, sino como parte de su costado, contemplando el fanal de fuego, a través de la pureza del aire transparente, en el dombo afelpado, y este sentimiento de la mujer nacida de sus sueños, lo hizo levantarse, mínimo en él y sin límites en la visión del astro, apagados sus celos, sus instintos, sus dudas, comprendiendo que el amor se sube por las altas y afiebradas cumbres en que la voz se quema, se cierran los ojos, se pierde el tacto sumergido en otra piel, en otro tacto y la navegación del alma se hace de pecho a pecho, de boca a boca, de mirada a mirada, de palabra a palabra...

Ahogó su hablar íntimo y se hizo a lo más espeso de la sombra del sauce. La patrulla que al salir él de casa de Malena encontró frente a la fonda, volvía paso a paso. Se detuvo, mientras el jefe encendía un chancuaco, en el atrio del calvario. Mondragón vio crecer la cara del oficial al acercarse al fósforo que le apagó el viento. Otro fósforo. Esta vez la llamita palpitante iba en una cárcel de dedos, cuenco luminoso que acercó a su boca, como si fuera a beber fuego.

Y allí se enteró de que la escolta buscaba a un tal Mondragón, vivo o muerto. Se les había ido de las manos, pues llegaron a capturarlo cuando acababa de salir de su pabellón. Después registraron todo el campamento y ahora andaban en el pueblo viendo si aparecía. La noche era oscura, pero no le valerá, dijo el jefe fumando a todo fumar porque anda uniformado de caminero y eso significa que donde el bulto sea blanco, es él y va ser como tirar al blanco si no se da preso porque la orden es agarrarlo vivo para hacerlo cantar complicidades.

El grueso de los enchamarrados que formaban la patrulla cruzó frente a la casa conventual chacoloteando los caites,[29] procesión interminable para aquel que escondido entre las ramazones del sauce, apenas se mantenía en pie, dos, tres veces sintió que se caía, que se le iba la cabeza, que se le doblaban las rodillas, acobardado por el peligro que corría y por la sorpresa de oír decir así, repentinamente, que lo buscaban vivo o muerto, por haber suplido, palabras del jefe de la escolta, los explosivos para las bombas del atentado terrorista y haberse ofertado como chofer del camión que se le atravesaría al auto del señor Presidente en el momento de su ultimación.

Frente a la casa conventual dudaron si seguir hacia el cementerio, pero el jefe no quiso. Cuando desaparecieron, ya él tenía su plan. Le había vuelto el aliento, la saliva, la sangre. Huir por el cementerio, no fue fácil despeñarse por entre rocas desnudas que tenían la apariencia de gigantescas calaveras, y refugiarse en el taller de Popoluca adonde llegó pintando el alba su primer azul.

❋

—Y esto que parece tan de antes, fue el martes —recapituló Popoluca—, este martes, hace cinco días... —la mano metida en la barba, dándose golpecitos con los dedos granudos como lenguas de terneros que pugnan por sacar leche de la ubre vacía...

Tanteó si seguía hablando o se quedaba callado. Siguió hablando:

—Dificulto que sepamos de su paradero, salvo que pase una desgracia... Ni decirlo es bueno... ¡Ah, pero eso sí, casual me llegue alguna noticia me voy allá con usted! De eso esté segura... Ahora una cosa, si me quiere recibir el consejo, aunque quién soy yo para aconsejar a quien es de tanto saber como su merced: no hable del asunto con nadie y no vaya a ninguna parte.

Malena salió de donde Popoluca arrancada como una nave que la tempestad echa del puerto. Empezaba a caer la noche. En lo alto se veían ya encendidas las luces de Cerropón. Las niñas. La profesora Cantalá. Los grillos de chirrido seco, arenoso. Todo parecía detenido. Solo ella iba andando. Solo ella iba andando...

XII

El profesor Guirnalda no era masón, simplemente liberal presupuestero, de los que decían "cura, guanaco y sanate manda la ley que se mate", algo así como el Anticristo para Tancredo, el sacristán del Calvario, que engarabató los dedos y persignóse repetidas veces al verlo aparecer por el atrio y animarse a entrar en lo sagrado, hasta el cancel de la iglesia, tanteando por donde andaba el padre Santos de sus visajerías ante el altar.

—¡Tannn credo en Dios Padre que me llamo Tann-ncredo, pero el diablo metido en la iglesia sí que nunca se había visto, y tan luego darse conmigo el encontrón! —farfulló el sacristán y borróse por entre los escaños hasta aparecer en la sacristía.

Allí esperaría al padre, que ya estaba en las últimas oraciones de la misa, para gritarle: "¡Hay moros en la costa!". Mientras tanto, echaba llave, a las alacenas, los armarios, las cómodas y rezaba apresurado: "¡Santo Dios! ¡Santo Fuerte! ¡Santo Inmortal! ¡Líbranos, Señor, de este liberal...!"

A saber cómo se diría en latín. El padre sabía y sabía más. En las oraciones al final de la misa, al invocar al Arcángel San Miguel su ayuda contra los espíritus malignos que andan sueltos en la tierra, los sustituía por los "liberales malignos", ya que aquellos, por malos que fueran, eran solo espíritu, y estos otros enemigos fungían en carne y hueso.

Pero todo cambió y en lugar del director de la Escuela de Varones, profesor Constantino Piedrafiel, asomaron por la sacristía grupos de soldados que se miraban chiquitos al lado de las tremendas escopetas que cargaban a la funerala. El padre Santos, al oír ruido de armas y sables, apuró el final de la misa y cuando entró en la sacristía encontróse con Tancredo contra la pared amenazado de muerte, por no querer entregar un rimero de llaves a cuales más grandes que llevaba atado a la cintura.

—Credo, entrégalas... —ordenó lacónico el cura y se dirigió a depositar el cáliz en uno de los armarios, luego de desvestirse de los ornamentos sagrados y ya en sotana, a tomar de una capotera su bonete negro.

—Estoy a sus órdenes para lo que se les ofrezca —dirigióse al oficial que encabezaba a los soldados, un hombre que le contestó, como si hablara por la nariz carcomida, sin hueso:

—Permiso pa registrar...

—Desde luego, traen orden escrita... —se atrevió el cura.

—Verbal —sopletó aquel con la nariz comida por algún mal gusano.

—Credo, entrega las llaves y acompaña a los señores.

—No es necesario —dijo el jefe—; con que nos acompañe y abra donde le indiquemos basta.

—Anda, hijo... —asintió el padre.

Tancredo alcanzó a decirle lloriqueando:

—¡Avísele a la gente…, toque las campanas!

Pero el cura junto las manos y relamióse con las palabras de Jesús:

—*Regnum meum non est de hoc mundo...*, ¿verdad, profesor...?* —alcanzó con el rabo del ojo a Piedrafiel que asomaba a la puerta de la sacristía.

—¡Padre...! ¡Padre…! —interrumpió el maestro—, ¿dónde podemos hablar? Es algo muy urgente y delicado...

—El confesionario es lugar seguro... —dijo entre dientes y se adelantó seguido de Piedrafiel, que andaba de puntillas con más miedo que vergüenza.

—Tiene que hincarse... —aquel dudó—, ¡vienen…! —le dijo el padre, y al oír que se acercaba la soldadesca,

214

le flaquearon las piernas y no solo se arrodilló sino que se introdujo dentro del confesionario, echado contra el sacerdote, para que no le reconocieran. Era el director de la Escuela Nacional de Varones y si lo descubrían confesándose, resultaba peor el remedio que la enfermedad.

Pero los soldados y el jefe, guiados por el sacristán, se desviaron hacia la puertecita donde comienza la escalera en caracol que va a dar al campanario y empezaron a subir uno tras otro. Piedrafiel respiró. Tendría tiempo de contarle al padre lo de las camelias rojas.

—¿Qué camelias rojas? —preguntó el cura intrigado.

—Está en el periódico, ¿no ha leído?

—No he leído...

—Por encargo del contertulio, ¿me comprende...? —el cura asperjó un sí, sí, con la cabeza— le hice llegar a la profesora Tabay un ramo de camelias rojas que enviaron a mi nombre, desde la capital, en una caja, y esta mañana he leído en el periódico, entre las noticias del complot, que el santo y seña de los conjurados era "camelias rojas"... ¡Ay, padrecito, debe ayudarme, debe ir a la Escuela de Niñas en este momento y recoger ese ramo que la loca esa debe estar cuidando como la niña de sus ojos!

—¿Y dónde está ese periódico?

—Lo ando cargando en la bolsa...

—Déjemelo y si llego a tiempo desaparecerá ese ramo de flores de cuyo nombre no hay ni qué acordarse.

—¡Dios lo bendiga! —exclamó Piedrafiel.

—Se cambiaron los papeles... —dijo el padre Santos, sacudiéndose las faldas de la sotana al levantarse del confesionario, como lo hacía siempre para botarse los pecados que le iban a soplar a la oreja y que sentía como pulgas y piojos andándole en el cuerpo, bichos que no pocas veces eran ciertos.

—Van a registrar todo el pueblo, casa por casa, según dicen... —fue Piedrafiel tras el cura que se dirigía al convento.

—Y ya usted lo ve, profesor, empezaron por la Casa de Dios, ¡qué sacrilegio!, seguirán con la casa conventual...

—¡Y con las escuelas! —le cortó—, con la Escuela de Niñas y mi miedo, padre, es que no llegue a tiempo si no se va ya, ya... Vea que por esas ñores pueden agarrar el hilo y vamos a resultar inodados...

—Ya también usted usa esa palabreja que no está en el diccionario.

—¿Y el periódico...? Se va sin el periódico... Lléveselo, es el de ayer... —y de las manos de Guirnalda pasó a la sotana del cura una almohadilla de papel, tan doblado lo traía, tan sudado y tan oculto. —Muéstreselo a la profesora Tabay y que haga desaparecer esas flores antes que lleguen los soldados.

—Estos tienen para rato —dijo el padre Santos—, porque deben haberse quedado viendo el pueblo desde arriba.

—Pero, Padrecito, en las que está usted, si es un batallón el que anda batiendo el pueblo, escoltas por aquí escoltas por allá. ¿Acaso hubo carne esta mañana? Ni para el cocido. Clareando el alba le cayeron al menor de los Roldán que había matado y le exigieron que contribuyera con algo y el infeliz tuvo que contribuir con la res entera; ni tampoco hubo pan, porque pocas fueron las horneadas de las dos panaderías que hay en el pueblo. Ni pan ni carne, no sé qué va a comer la pobre gente...

—Verdolagas...

—Ni eso hay aquí, en estos cerros pelados, y como no dejaron pasar a los marchantes que suben la verdura y la fruta, porque hay tapadas en los caminos se declaró la ley marcial... Pero, padre, váyase, no pierda, no perdamos más tiempo, que si no son otros, son estos que ya se oye que bajan del campanario los que pueden dar con esas flores.

Y en Cerropón aquella semanita fue como explicaba el profesor Guirnalda, de lunes sin lunes, de martes sin martes, de miércoles enmiercolizado y juevesito de huevecito, porque hasta el viernes a mediodía no se levantó el entredicho, alzaron campamento tropas y policía montada y cesó aquel amenazante ir y venir de hombres armados por sus calles y alrededores.

Malena se propuso no pegar los párpados esa noche, al volver de donde Popoluca, un poco esperanzada, pero ahogándose, y amaneció con los ojos enrojecidos, como tomates, de tanto llorar y tenerlos abiertos, encendidos. ¿Cómo cerrarlos impunemente, cómo apagar los dos únicos focos que alumbraban su oscuridad? Mejor ver las cosas afuera que perderse en su tiniebla. Y por eso, al oír que alguien se anunciaba —lunes y tan temprano—, se caló los anteojos negros y sentada detrás de su escritorio, su trinchera? como ella decía, echó un vistazo a la Dirección para saber si estaba todo en orden. Podía ser algún delegado del Ministerio, algún inspector. A su lado, junto al cartapacio y el tintero, en un florerito, el ramo de camelias rojas. Mas al darse cuenta de que la visita que tenía era el padre Santos, se le llenaron los ojos de lágrimas y bajo los cristales de luto riguroso escaparon por sus mejillas hilos claros con peso de agua destilada. Sin decir palabra, el cura extendió ante ella el periódico. Encabezando la primera página, en letras grandes, se leía:

CAMELIAS ROJAS

Malena no supo si tomar el periódico o las flores. El periódico. Se quedó con el periódico. El papel llameaba en sus dedos convulsos. Le faltaban ojos. Ya las flores las tenía el padre Santos en las manos. ¡Camelias Rojas! El santo y seña de los conjurados.

—Este ramo —habló el cura en tono de exorcismo—, no ha llegado aquí, nadie lo ha mandado, nadie lo ha recibido, ¡nadie lo ha visto! ¡Este ramo no existe ni ha existido!

Hubo regateo. ¡Cuándo no la mujer! Por regatear la engatusó Lucifer. A falta del ramo, una flor…, a falta de una de las camelias, un pétalo…, ella no pedía más…, un pétalo…, o la mitad de un pétalo…

—Es peligroso, hijita, es peligroso… ¿Para qué lo quieres…?

—¡Para comérmelo…! —se le salió a Malena de las entrañas y, satánica tratando de herir y escandalizar al sacerdote, por haberle arrebatado las flores, añadió:— para comulgar con él...

—Te lo doy, hija..., te doy la comunión... —accedió aquel pensando "¡qué menos puedo hacer por un alma tan agobiada, si ya hice la treta de confesar a un liberalote que no se confesaba!".

Malena recibió el pétalo en los labios, rojo como una gota de sangre, y agachó la cabeza llorando, mientras el cura salía con el ramo en la bolsa de la sotana. Al abrir los ojos solo encontró frente a ella, el florero vacío, y las inmensas letras negras del periódico: CAMELIAS ROJAS... Las contó... Eran trece... Eran trece letras... No haberlo pensado los conjurados... O tal vez lo pensaron y por eso lo escogieron... ¡Fatal...! Trece letras...

Al cabo de un rato puso en orden sus cabellos, se detuvo a limpiar sus anteojos y salió de la Dirección a tocar la campana, como la que toca a rebato, y era solo la señal de que empezaba el recreo. La presencia de una formación militar más numerosa que la que entró en la iglesia acabó con el recreo. Se oyó la campana seguida de la algazara de las chicas que se evadieron de las clases en gran retozo y enseguidita el silencio. Muy a tiempo se llevó el padre Santos las camelias. En un ambiente de recreo apagado, los milicianos procedieron a registrar la escuela. Venían de la Escuela Nacional de Varones. Las salas de clase, la dirección, la casa de la directora, los patios interiores, cuartos de servicio, cocina, depósito de leña y rincones con cachivaches.

El más joven de los oficiales, alto, osudo, las botas impecables —los habían movilizado desde la capital— exclamó al salir:

—¡Todas estas maistras se enarbolan unos cucufates que ya los quisiera yo sé quién!

—¡Te callás o te meto un tiro! —lo amenazó otro oficial, ya pelando la pistola.

—¿Qué animal le picó a este...? No era con vos... Vos fijáte en el pueblo, fijáte en la gente, fijáte en el paisaje, en ese chucho que va allí, ve..., y así no oís lo que hablan tus mayores, tus meros tatas, los machos que tienen derecho a fijarse en cuerpitos...

—¡Shooo... o..., te callás o te morís! —arremetió el otro ya para quemarlo a balazos.

—Pues para darte gusto y que no te gastés en amenazas, indio debías ser, voy a decir lo contrario, que las maistras esas no eran chulas, que tenían mal cuerpo, malos pechos, malas piernas, malo todo...

—¡Calláte...! —imploró aquel, había bajado la guardia y tartamudeaba—, ¡no que de solo pensarlo se me para el pelo y ando con la talpetatera [57] que no puedo dar paso!

—Gota te habla...

—Militar por si al caso, pero no... Es nueva... Acabadita de estrenar y para servir a usted —se retorcía del dolor, todo él cenizo. De los dientes le salió un:— ¡Ya mero me meto un tiro...!

—¡No seas bruto, eso se cura! —intervino aquel, temeroso de que su compañero se fuera a quemar los sesos, y ordenó que le quitaran la pistola—. Y si no se cura, se aguanta, que para eso se mete el hombre a cosas de hombre...

—¿Y quién sos vos para hablar así?

—Grado 33..., he tenido 33..., y la primera es la que no se cura..., todas las demás, sí...

No quería soltar la pistola, pero al fin la dejó en manos de un sargento que le cambió el arma, por una pacha de aguardiente.

—Un trago le adormece el dolor, mi teniente...

—Gracias, sargento... —y antes de empinarse la pacha, gritó:— ¡Malditas sean las putas y la puta que las parió!

Y terminado el trago, se bebió la pacha entera, respiró rencoroso tratando de dar algunos pasos, con la cintura quebrada y las piernas abiertas.

Carretas, hombres a caballo, gente que pasaba, árboles, viento, polvaredas...

---

[57] talpetatera: terreno arcilloso; aquí, desazón, miedo.

La señorita directora había vuelto a su trinchera, como llamaba a su escritorio, y en lugar de escribir, golpeaba nerviosamente la punta del lápiz en un pliego de papel, al compás del reloj, sobre-tic..., sobre-tic..., entre su sangre el tiempo..., sobre-tic-tac que dejaba en el papel con puntos y rayitas volantes la imagen de la lluvia que oía caer interminablemente en sus oídos. De vez en vez, sin interrumpir el golpear del lápiz ni el ruido de la lluvia que la acompañaba siempre, se preguntaba si las camelias rojas que olvidó en el tren hace muchísimos años y las que se llevó el padre Santos, eran las mismas. Movía la cabeza negativamente, pensando que sí, porque..., le costaba encontrar la explicación, pero la hallaba..., porque las que olvidó en el tren, última llamarada de un primer amor, quemaron las manos del viajero desconocido que las hizo renacer años más tarde en un ramo, ya no de llamarada, sino de fuego, de pasión..., santo y seña de conjurados.

Se levantó como parte del reloj que acababa de dar las once y media de la mañana y fue a tocar la campana. Las niñas salieron formadas de las clases hasta la puerta de la calle donde las despidieron sus ojos vigilantes, detrás las profesoras, cada cual a su casa y de nuevo ella sola en la escuela.

Volvió a sus habitaciones. Los pasos de la servidumbre. Sus pasos. El almuerzo. Distrajo sus ojos mirándose las manos. Antes de ir al comedorcito donde la esperaba un plato de sopa humeante, fue hasta una de las almohadas, la alzó y la puso de nuevo en la cama, dándole algunos golpecitos cariñosos. Era su consentida y la mullía. La que oía su pensamiento que era un llover continuo toda la noche, durmiera o no durmiera, después del día en que todo lo hacía como una autómata, mecánicamente, bajo el aguacero de la pena.

El entierro con marimba y cohetes de un pastoréalo de cabras que se despeñó cerca del Cerro Brilloso, reunió mucha gente en el cementerio de Cerropón. Hermano de un alumno de la Escuela Nacional de Varones, concurrieron al sepelio personas de rango: el padre Santos y los directores y maestros de las escuelas.

Concluido el responso y las bendiciones, el párroco vino a colocarse entre Malena y Piedrafiel, a la espera todos de que terminaran de cavar la pequeña tumba.

—Aquí podemos hablar... ¿Hay noticias?

—Que sepamos, ninguna... —contestó Piedrafiel al padre Santos.

—Entonces no lo han capturado. Para mí que se les fue.

A Malena le dolía aquella forma impersonal con que hablaba a veces el cura. ("Para mí que se les fue..."). Aunque era grato oírlo decir, saber que se les había ido, a la frase le faltaba cierto miramiento.

—El padre lo dice como si hubiera apostado a que no se les iba... —reaccionó Malena.

—¡Hija, por Dios! —juntó las manos el cura—; qué mal pensada...

—¡Por fortuna estuvimos tan a tiempo con lo de las flores! —terció el profesor Guirnalda, fugando por entre las mangas sus brazos, hasta palparse con las yemas de los dedos el filo de los puños de la camisa. Y añadió:— Lo triste del caso fue ese oficial que se suicidó...

—¿Quién sería? —preguntó Malena.

—Uno de los que vinieron con la tropa a Cerropón. Al llegar a su regimiento se pegó un tiro en la boca.

—Estaría complicado, pobrecito —adujo el padre...

—Y muerto por fusilado —siguió Piedrafiel—, lo mismo da...

—¡No, señor profesor, el fusilado muere asistido por un capellán!

—¡Consuelo aquel..., un vestido de zopilote! [32]

El estallido cercano y ensordecedor de dos cohetes que ascendieron en línea recta, segura señal de que el cuerpecito que en ese momento bajaban al agujero abierto en la tierra, subía al cielo, impidió que el párroco, que se había puesto en jarras, protestara de palabra contra la grosería de Piedrafiel, conformándose con hacerle gestos de que mejor era la sotana que orejas de burro o cuernos de diablo en la cabeza.

Del entierro solo faltaba apelmazar la tierra y clavar sobre un montoncito de piedras la cruz que ya traían hecha y algo más difícil, irse, arrancarse de allí y arrancar a la madre que había echado raíces junto a los despojos de su pequeño. Nada enraiza más luego ni más hondo que las lágrimas. Hubo que sacarla a la fuerza, casi cargada. Y ni así. No se conformaba, no quería dar la espalda, dejar solitaria la cruz, en cuyos brazos se leía un nombre: VENANCITO...

Tancredo, el sacristán, se acercó a saludar a Malena a la puerta de la casa conventual. El profesor se había despedido al salir del cementerio y solo ella se vino con el padre. Llegóse con la cara alegre, tachada por sus inmensos labios gruesos, más zapatos que pies, más pantalones que piernas, más cabeza que cuerpo, más pelo que cabeza, y le dijo con lentos mascones:

—Me la andaba buscando Cayetano Duende...

—¿A quién, a mí?

—Sí, señorita...

—¿Y no dijo qué quería...?

—No, no dijo...

—¿Y no sabía que estaba yo allí en el entierro?

—Cuando se lo informé, movió la cabeza de una lado a otro, y se fue...

Un levante de clarineros. Volaron los pájaros azules hasta las torres de la iglesia.

Malena preguntó:

—Y ese sauce, ¿de quién es?

Tancredo se le quedó mirando con desconfianza, sin saber si le estaba tomando el pelo o ella había perdido el juicio. Preguntar de quién es un árbol...

—De quién va a ser, señorita, de él mismo... Así como usted es de usted, el árbol es de él...

—No me expresé correctamente, quise averiguar si ese sauce pertenece al cementerio o al convento.

—Está sembrado en el cementerio, pero cae para acá...

—Es muy lindo...

—¡Lindo solo Dios!

—¡Y sus obras, Tancredo!

—¡Hasta allí no más, seño, hasta allí no más!

—Y el padre que ya no volvió...

—¿Le iba a traer algo?

—Me dijo que lo esperara....

—Voy a ir a avisarle que usted lo está esperando, porque de repente se le olvidó..., y... —se fue diciendo, puertas adentro de la casa conventual—, si estará chiflada, preguntar de quién son los árboles... ¡De Dios, de quién van a ser...! Y este señor párroco no está menos chifle que ella; todos los que leen mucho acaban por no saber mucho...

Malena, visiblemente agitada al acercarse al sauce, se había ido calmando bajo el rumor de sus ramas temblorosas como su carne convulsa, y lo contemplaba sin pegar los labios, hablándole mudamente, con el aliento, con los ojos, con las pulsaciones de su temeroso ser. Le hablaba, le agradecía el amparo que le prestó a su hombre, la noche que la patrulla pasó cerca, y él oyó su sentencia. Aquí estuvo, aquí, bajo estas ramas, se decía, y revolvíanse sus entrañas de pensar que ella lo había sacado esa noche de su casa y que este sauce, sembrado entre los muertos, le había dado amparo... ¡Ah, si no lo hubiera sacado, si no le hubiera dicho "ahora quiero que te vayas", lo agarran, porque yo no era como tú, árbol y sombra…!

Disimuló su turbación, solo Popoluca y ella sabían lo del sauce, y siguió con el padre Santos, hacia la escuela.

—Recibí periódicos, pero no quisiera alarmarte —dijo el cura, sobre la marcha.

Malena tropezó con sus propios pasos, antes de poder decir:

—¿Lo agarraron?

—No, hija, no; ni decirlo es bueno. Traen noticias de que han reforzado la vigilancia en las fronteras, y que a todos los complicados los sentenciaron a muerte, anoche, y los van a ejecutar mañana.

—Mi temor es que den con él, lo maten, le apliquen la ley fuga, y no digan nada, no se sepa...

—¡Eso jamás, quítatelo de la cabeza; iría en desprestigio del gobierno!

—¿En desprestigio del gobierno?

—Entendámonos, hija; este, como todos los gobiernos de fuerza, cree que prestigio y sembrar el terror es la misma cosa, y no hay nada que aterrorice, que acobarde más que la muerte. Por el contrario —sacó el pañuelo para enjugarse el sudor de la cara y el cuello, se detuvo a restregárselo en la nuca—, por el contrario, mi temor es que un día de estos ultimen a otro cualquiera en un camino, y digan que es él...

—¡Veintisiete días justos —suspiró Malena—, veintisiete días con hoy! No me he enloquecido, porque no debe ser fácil enloquecer...

—¡Dios es muy grande, hay que pedirle misericordia!

—¡Y usted muy bueno, muy santo!

—¡Cuidadito con blasfemar...! ¡Santo solo el Señor! ¿Quieres los periódicos, te los dejo?

—Si no dicen nada de Juan Pablo, no. Lléveselos al profesor Guirnalda, que vive hambriento de noticias...

—¡Nuestro cómplice...! —rió el cura— ¡Ji, ji, ji...!, liberalote de porra, con lo de las flores se atrapó él mismo, y no te creas, está que no le llega la camisa al cuerpo y cada vez que me asomo, se queda sin saliva, temeroso de que yo le lleve alguna mala noticia.

Sin sentir había entrado la tarde. Olía, a lo lejos, la lluvia que estaba cayendo en la costa, muy lejos, como en sus oídos y al despedirse el cura y quedar sola, le pareció extraño ver la escuela cerrada. Hasta ahora no se daba cuenta de que era sábado.

—Tienes visita, señorita directora —salió a informarle una de las que hacían la limpieza. Los sábados se barría a fondo. Se sacudían las paredes con escobas altas como pescuezos de palmeras para botar las telarañas. Se lavaban los patios a guacalazo limpio. Se frotaban los pilares y en no lejanos días, se preparaba el lugar de la tertulia, esmerándose porque allí todo quedara como patena, no de balde venía el padrecito, en quien pensaban las fregonas con vergüenza, mientras hacían ese lado del corredor, recordando cada una los pecados que le había ido a confesar.

Malena se detuvo vivamente contrariada. Ella no recibía visitas fuera de horario. Menos los sábados. Ese día la escuela estaba sola y no se abría la puerta a nadie que no fuera del personal.

—¿Y quién es el que me busca? —inquirió molesta.

—Un hombre la andaba buscando...

—¿Un hombre...?

—Sí, un hombre. Por allí como que se entró...

—Un servidor... —se alzó un vozarrón a su espalda, una voz conocida, pero que no oía hace mucho tiempo.

Cayetano Duende. Se adelantó a saludarla llevándose la mano hacía atrás para tomar el sombrero por el ala y sacárselo por adelante,

—¡Qué va a decir que la vengo a ver, sin mandarle avisar!

—Nada, Cayetano, que le agradezco mucho que se haya dejado venir; hace tanto tiempo que no nos veíamos; pase adelante.

—Quería llegar a Cerropón primereando el día, pero todo se me fue en atrasos, empezando por el sueño que me atajó dormido y no me dejó empezar a caminar con el fresco del alba y además porque vengo de retirado. ¡Qué bueno que me la encuentro en salud, gracias a Dios!

—Entre a sentarse. Por usted sí que no ha pasado día, el mismo Cayetano Duende. Pase adelante, aquí es la Dirección, Siéntese; por allí puede poner su sombrero.

—No, niña, el sombrero conmigo siempre. ¿Y qué tal...? A mí se me hace que fue ayer que la truje en el carruaje a Cerropón... Era tiernita..., flor sin espinas, ¿verdad...? No había escuela, ¿se acuerda...? Una pieza que encaló a la carrera el Zonicario Barillas era la escuela... Y usted vino a dar donde la Chanta Vega, que ahora es difunta. No se murió aquí, se fue, y se murió en otra parte. Dejó al hijo que usted le conoció, Poncio Suasnavar, que era más bien hijo de un tal Panzós, y otros tres hijos que tuvo para ajuste de penas. Hay mujeres que se vengan de ellas mismas, pariendo. Eso hay. Y también estaba aquel Cayetano Duende, ¿lo memora...? y digo aquel, porque yo soy otro; soy el mesmo, pero soy otro, es una de las virtudes de nosotros los Duendes, ser distintos y siempre los mismos, menos el día de todos los Santos, porque ese día es también el día de todos los duendes. Dado que cada Duende tiene un Santo que lo persigue y cada Santo un Duende que lo defiende, si ese día se juntan todos los Santos, ese día se juntan todos los Duendes. (Malena empezó a sentir que se mareaba.) La Chanta Vega, Cayetano Duende, el chino, no había estación allá abajo, era estación de bandera, un telegrama que le llegó..., ¡ah...!, se acuerda..., acabandito de apearse del carruaje, le llegó el telegrama, lo abrió y creyó que no era para usted y sí era, pero ¡ay!, no de la persona que usted esperaba. ¡Bienvenido todo lo que se ha olvidado, y que un día nos parece nuevo, como todo lo que se ve cuando se han comido nanacates! [58]

Malena lo vio todo de nuevo. No estaba sentada detrás de su escritorio, sino en el asiento principal del carruaje, y delante iba Cayetano Duende, espalda de cerro, sombrero de nube de cerro, hablándole mentiras...

—¿Ves que te dije aquella vez que las estrellas eran abujeros de oro y que tus dedos iban a entrar en esos abujeros?... No se ha cumplido, pero se va a cumplir y si salís conmigo al plan, vas a ver que los cerros se mueven como estandartes extendidos contra el viento del mar...

Malena saltó del asiento (hasta ahora realizaba lo que tuvo la intención de hacer once años atrás, cuando este hombre la conducía de una estación de bandera a las alturas de Cerropón, tirarse del carruaje, no seguir...) y

---

[58] nanacate: (RAE) hongo comestible alucinógeno.

apoyando las manos en el escritorio más bien deteniendo el escritorio, que sentía que rodaba como el carruaje por despeñaderos y sombras, le ofreció una taza de café, ella también necesitaba tomar algo, por de pronto, de ese licor de la realidad que se llama el aire...

Oyó a lo lejos las voces del coro. Encaminóse hacia allí casi corriendo temerosa de que Cayetano Duende la siguiera.

—Señorita —llamó a la puerta a la profesora Cantalá—, en la Dirección hay... —iba a decir un duende—, un señor, vea que le sirvan una taza de café y dígale que yo tuve que salir de urgencia. Solo Dios sabe cómo termina una de cansada los sábados para tener que aguantar a los de la calle.

—Con mucho gusto, señorita.

—Y perdone, solo la vine a interrumpir, pero ya me tenía desesperada; son de esas gentes que parecen el recuerdo imborrable, permanente de cuanto nos ha sucedido.

—Voy por el café.

—O pídale a una muchacha que se lo traiga...

Se entrecortaron las voces de la profesora y de la directora que ganaba sus habitaciones, más exactamente, su cama, de donde se levantó al sentir que no era su cama, sino el carruaje que la condujo a Cerropón, solo que ahora no la traía, sino se la llevaba tendida, Duende en el pescante, con su insoportable risa de ciprés verde, sí, sí, ciprés saliéndole por la boca, y su mirada de ciprés verde, sí, sí, ciprés saliéndole por los ojos y cipresal cortado a tijera en la cabeza de pelo verde. ¡Muerta, no...!, gritó y saltó de la cama... El espejo lo diría y fue hacia allí, pero ni el espejo ni su imagen, el cristal vacío, su mano buscándose, queriendo penetrar, transponer, cruzar la delgada lámina, ir a lo que está detrás de los espejos de la vida... Su aliento..., la prueba de su aliento lo diría..., diría si estaba muerta o no... Se sacudió de alegría ante su imagen que asomaba borrosa al principio, pero después más y más clara, mejor dibujada al soplo de su boca... ¡Ah, si se pudiera alcanzar, pasar los brazos a través del espejo para abrazarse y saberse ella misma!

—Señorita directora...

La voz de la profesora la sacó del espejo. Se detuvo a ponerse los anteojos. Sus ojeras escamosas eran como dos eslabones de cadena carcomida por la sal.

Estaba a la puerta con la taza en la mano.

—¿En la dirección, me dijo, señorita? En la dirección no había nadie...

—Pero si yo le dejé allí. Solo que se haya ido.

—Pero por dónde, si la puerta de calle está cerrada con llave.

—Vamos a ver, señorita...

Y seguida de la profesora Cantalá fue, entró a la Dirección y evidentemente Cayetano Duende había desaparecido.

—Peor si no es conocido y peor si es mañoso...

—No, señorita, por eso no tenga pena; es muy bueno, de toda confianza, es el cochero que me trajo a Cerropón hace..., hace muchos años... Lo que pasa con él es que me envejece más de lo que soy con sus historias...

—Pero, señorita, si usted no es vieja...

—Tenía su edad, Ana María, diecinueve años, cuando vine aquí como directora de la Escuela Mixta. Hace once años, saque la cuenta. Pero le estoy robando el tiempo; váyase con las niñas a seguir repasando; mi visita se debe haber ido a tomar café en la cocina.

—¡No, no, señorita directora, cómo le voy a dejar llevar la taza!

—Pero, vamos, suelte la taza, suéltela, suéltela, démela y así quedo bien con él, si lo encuentro por allá adentro conversando con las muchachas. Creerá que lo andaba buscando con el café. Después de todo, fue una pesadería dejarlo solo y con la palabra en la boca.

—Si es así, señorita —soltó la taza la profesora—; pero conste que yo la quería llevar.

Algo pasaba en las dependencias de servicio. De momento no se lo explicó. La ausencia del loro. Infernaba todos los días a todas horas, pero los sábados se convertía en un animal borrascoso. Sin duda por el silencio y la falta de las voces infantiles en los recreos.

Al no encontrar a Cayetano Duende, indagó si lo habían visto.

—Sí, por aquí como que anduvo —le contestó una de las sirvientas.

—¿Quién sos, la Goya?

—No, la señora Gregoria es aquella que está lavando los trastes en el lavadero. Yo soy Nicolasa Turcios. Anda ratito que estuvo por aquí ese señor que era algo así anciano. Dijo que ya la había visto, que estaba buena y que se iba. Con la señora Goya habló...

La otra sirvienta vino secándose los brazos con el delantal, las manos y los brazos que tenía mojados hasta el codo.

—Eso dijo. Eso que dice la Culacha. Que ya había vido que estaba bien buena y que se iba. Hasta un día de estos salí yo de metida a despedirlo. Hasta un día de estos me respondió y agarró la puerta atrás.

—Pues yo lo andaba tascando para darle esta taza de café...

—¡Cutacha, acomedíte, quitóle la taza de la mano a la señorita, no te quedés allí como si fueras de palo! —ordenó la Goya y en voz baja añadió:— Jurado amén que se lo va a beber, ¡porque para tragar y comer estas no tienen precio, es a lo que más se acomiden! Dejás la taza en el lavadero de los trastes sucios y empezás a secar los platos que ya están lavados y que ya deben haber escurrido. Uno por uno los vas secando y los vas poniendo boca abajo.

—Si lo ha de botar, mejor que se lo beba —dijo Malena—, no está ni tocado...

—¡Y'unque fuera!, ¿verdad, Gulacha? Cuando hay hambre no hay malas sobras y gente como ella que es joven vive con hambre, porque tienen mucho que depender de la naturaleza. ¡Que te valga, nalga, dice la silla al que cabalga!

—¡Dios se lo pague, me lo voy a tomar, está calentito! —agradeció la Nicolasa y alejóse hacia el lavadero hablando con el filo de los dientes—. Esta vieja Goya si no es zajorina, es bruja. ¡Cómo adivinó que me quería beber el café! Hay noches en que hace sahumerios de caldo de tunas. Otras noches juega con una taba blanca sobre un trapo negro a la luz de la luna y habla con el loro, como si el animal fuera gente..., y..., ahora eso, qué se hizo el loro, no se oye por allí se volaría y mejor si no vuelve, es tan perjuicioso...

—¡Señorita —exclamó la Goya al quedar a solas con Malena—, pero ese hombre es el Cayetano Duende que le dicen!

—¿Lo conocías?

—Yo, sí; él a mí no me conoce, pero yo sí lo conozco a él de muchas resultas. Y no sé si usted sabe, pero las cosas hay que hablarlas claras, se gana la vida acortándoles camino a los que van lejos cuando quieren llegar pronto, o a los contrabandistas, o a los que persigue la justicia, pues conocedor es como pocos de extravíos subterráneos que salen a la costa directamente. Y..., qué es eso, yo..., por estar hablando del tal Cayetano Duende no le había dado ni las buenas tardes...

—Cierto que no nos habíamos saludado....

—Si vuelve, no se vaya a dar por entendida de lo que le estoy contando. Sáquele con divino modo lo de los extravíos subterráneos y se va a admirar de lo que cuenta. Cuenta y no acaba. Solo él sabe por dónde pasó la lava debajo de estos cerros hace millares de años, siglos hace, y esos son los caminos que él conoce, caminos de lava encuevada, de layaluciérnaga les llaman, pues diz que a la luz de los derrumbes que les sirven de respiraderos, esos extravíos se ven como ríos de chispitas.

—Pero nada de eso se sabe en Cerropón o no lo cuentan, yo es la primera vez que lo oigo decir y tengo muchos años de estar aquí... —reclamó Malena mientras en su cabeza ataba y desataba pensamientos a la velocidad de la sangre en llamas..., caminos..., caminos subterráneos..., caminos subterráneos que van a dar a la costa..., policías..., escoltas..., hombres montados..., vivo o muerto…, vivo o muerto... Cayetano Duende..., dónde estaba ese hombre..., le hablaría…, le hablaría en seguida..., Cayetano Duende..., Cayetano Duende..., caminos subterráneos…, caminos subterráneos que van a dar a la costa…, vivo o muerto…, le hablaría…, Cayetano Duende..., Cayetano Duende.

—Pues bien que se sabe. En Cerropón todo se sabe, pero es oculto, señorita, secreto es. Güergüereando se me fue la lengua y por eso lo conté, ahora que como usted no se lo ha de bosticar a nadie, se me perdona que se lo haya dicho, queda entre las dos. Y yo lo supe porque enviudé de hombre cuando era jovencita y siendo viuda me casé con Celestino Montes otro hombre, tan hombre como el primero, tan hombre que por culpa de un caballo que había perdido y que dicen que tenía dueño, ultimó a uno de los de la montada que le pidió la carta de venta y si no es Cayetano Duende, después de Dios, que lo saca por extravío subterráneo, lo agarran y lo afusilan. Si hay que ver cómo lo buscaban. Como aguja. Nos quemaron el rancho. Yo me tuve que rodar por un cerro a unos breñales. Casi me mato. Perdí la criatura de que estaba gruesa.

—Pero a él no lo agarraron...

—¡Entuavía sudo, señorita, cuando me acuerdo que se les fue de las manos por bajo tierra! La montada sobre el camino, pólvora y plomo en los 30-30 y Celestino Montes por donde solo los muertos ven.

—Nació de nuevo...

—¡Ya lo creo que nació de nuevo y con otro nombre!, y en el otro Estado, y tal vez con otra mujer, pero esa es la maña de los hombres cacha,[59] cambiar a la legítima siempre que pueden; y ahora que me fijo que no hay borrasca ¿qué se haría el loro...? ¡Ulacha —gritó a la muchacha que secaba los platos—, buscáte al Tarquino que a saber qué se hizo, adónde se voló, no es cosa que se vaya a perder!

[59] cacha: hacer lo posible por conseguir algo; aquí, intrépido.

Esta fue hasta la puerta, atrás, y de allí volvió que las palabras se le quemaban en el braserío blanco de la risa:

—¡El viejo que andaba por aquí se lo llevó, pero allí lo trae de regreso, allí viene con el loro!

—¡Ocurrencia de hombre —exclamó la Goya, yendo al encuentro de Cayetano Duende—, sacar a pasear a su compañero en lugar de sacarnos a pasear a nosotros!

—¡Goya! ¡Goya...! —la retuvo Malena—, dígale a Cayetano Duende que le espero en la Dirección...

—¡Pero sin el loro, señorita, sin el Tarquino... quién dos aguanta a los dos..., loro y chaneque![61]

Malena no se detuvo. Pilares, paredes, puertas, patios. Otros pasos la seguían. Los pasos de Cayetano Duende. No llegaba. No llegaba. Y no llegaba. Pero ella oía sus pasos. Los oía. Los oía. Los oía andándoles sobre el corazón. La luz eléctrica. El péndulo del reloj. La punta del lápiz golpeando en el escritorio. Sí, sí, se lo pediría, el precio no importaba, ella reuniría cualquier suma con tal de salvarlo por uno de esos extravíos subterráneos... Los pasos... No llegaban a la puerta. No llegaban. Y no llegaban. Pero sí, sería una ilusión de sus oídos... La puerta se llenó de una imagen que venía andando por la oscuridad y entraba a la luz un poco encandilada, real, palpable, los pies resonando en el piso, sobre el escritorio mismo, al lado de los puntazos de su lápiz, cada vez más rápidos, siguiendo el ir y venir del péndulo, cada vez más lento para la prisa que ella tenía de empezar a pedir, y a rogar a Cayetano Duende que lo salvara... Vivo o muerto..., iba y venía el péndulo..., vivo o muerto..., vivo..., vivo..., vivo. Pero también resonaban los pasos entre los libros, en la biblioteca, y en la bombilla de la luz eléctrica y en la garrafa de agua cristalina, y en el techo que se abría, se partía, le caía encima... Ella sintió..., no..., no era la boca de Cayetano Duende la que se abría, sino el techo, el techo que acababa de derrumbarse sobre su cabeza, golpeándola con estas palabras:

—¡Camelias rojas...!

El santo y seña de los conjurados, en boca de Cayetano Duende, qué significaba: Todo había vuelto al silencio, menos su corazón, el péndulo, su lápiz y Cayetano Duende que se había dejado caer en un sillón y molía bajo las suelas de sus botas, arenillas de alguno de esos caminos subterráneos.

XIII

Malena se puso en movimiento. La consigna era aprovechar el sábado y seguir a Cayetano Duende esa misma noche. Estaría de regreso mañana domingo por la tarde. Una valija hacía falta. Una valija o una bolsa. En la bolsa cabe más. Tenía una de lona. La valija apareció primero. No cerraba. La atarían con un cordel. Pero si allí estaba la bolsa bajo un montón de papeles. Pues entonces la bolsa. Entraba y salía a la Dirección. Iba y volvía a sus habitaciones. Las manos en las llaves, las llaves en las manos, abriendo aquí, cerrando allá. Dinero. Sacó lo que tenía en su escritorio. Revolvió la biblioteca buscando algunos libros. Fue a cambiarse los zapatos, el abrigo, pañuelos y un pañuelo grande para la cabeza y volvió a escribir unas líneas dirigidas a la profesora Cantalá. Pluma, tintero, papel, rápido, rápido, lo esencial y su firma. En la despensa se aprovisionaría de conservas, botellas, galletas, un poco de todo lo que hubiera.

Se adelantó Cayetano Duende y al asomar por la cocina sus ojos saltones, coloradiosos, fijos, como brasas que se consumen fuera de 1a ceniza, asustó a la señora Goya que creyó que era el fuego el que le hablaba, el que le decía que se iba con la señorita directora.

—A eso vine —sondeó Cayetano Duende la cocina con la voz, tanteando a que lo oyeran— a llevarme a la directora, Popoluca está como estacado. Con dolencia de agua en el pulmón está.

La Goya no despertó del todo, la boca pegajosa, los ojos pegajosos, las pulgas pegajosas, gordas de sangre. No despertó del todo. El gran huevo vacío del bostezo se le hizo aire.

—¿Agua en el pulmón...? —se quedó rumiando—. ¡Ave María, de eso se murió... —el nombre se le borró en el sueño y tras dar un tremendo cabezazo al aire—, sí, sí, de eso se murió...!

Y ya no oyó cuando Duende adelantóse a desatrancar la puerta de atrás, una puertecita de lámina de cinc que chirriaba que ardía, hubo que cerrarla pronto a riesgo de despertar al vecindario y al loro que dormía en su estaca, ni cuando salió Malena, ni cuando se fueron despegando los pasos de la escuela.

—En la tiniebla no hay distancias y por eso, aunque está algo retirado, vamos a llegar luego —repetía Cayetano Duende cada vez que se acercaba a Malena, es decir cada vez que acortaba el paso, sus pies andando, pues él iba adelante, sus pies andando, y ella detrás, sus pies andando, sus pies andando...

Sus pies andando, Cayetano Duende agregó:

—La gran lava negra hizo esos caminos ocultos, pero también los rayos y las culebras de agua tienen sus caminos hechos, sus manejos. ¿Por cuál vamos a ir? Aquí solo hay el camino que el rayo abrió bajo la tierra y el camino de la culebra de agua. Otros no hay por aquí. Esos de las grandes lavas negras, esos que van a salir al otro lado de los cerros, ya en la costa, esos no vamos a andar nosotros, solo por el Camino del Rayo y el Camino de la Culebra de Agua vamos a andar y andar hasta la Caverna Viva, que es donde él nos está esperando...

Sus pies andando, Malena volvía a ver a todos lados temerosa de que los siguieran, los detuvieran, ¡ay!, si no llegaba a la cita, sus pies andando, sus pies andando, sí, sí, sus pies andando, sí, sí, sus pies andando, sus pies andando..., caballos sueltos..., voces sueltas..., puertazos sueltos..., pasos sueltos..., nubes sueltas..., y sus pies andando y sus pies andando, sin detenerse y sin oír lo que le decía aquel que se convino que por las calles de Cerropón marcharía adelante, a regular distancia, haciéndose como que no iba con ella. Ni perder el bulto ni perder el rumbo, se repetía Malena, pero al dejar una esquina se desorientó y pocos fueron sus ojos, no sabía si miraba o se tragaba lo que veía, sus pies andando, sus pies andando, pocos fueron sus ojos, no se encontraba, iba, iba, iba detrás de Cayetano Duende hacia la Gruta de las Centellas, sus pies andando, sus pies andando por una ciudad borrosa y clara como la Vía Láctea. Marchaban hacia el Sur. Fugazmente pensó en el padre Santos al divisar el Calvario. No la vería mañana domingo en misa de ocho. Se inquietaría. Le faltarían *dominus vobiscum* para volverse más veces a ver si estaba. Llegaría a la escuela. Preguntaría. Le dirían que andaba por donde Popoluca. Pero ya dejaban el Calvario, el viento en las campanas zumbando como lluvia de metal dormido; la Casa Conventual con el apoyo de calicanto y el asiento como una inmensa mojarra de piedra; el cortinón ondulante del sauce donde Juan Pablo pasó la noche y supo por boca del jefe de la patrulla que lo buscaban vivo o muerto, y al llegar a la esquina se internaban en el cementerio que en forma precipitada empezó a mover sus cruces en filas simples, dobles, triples, abanicos y rondas para cortarles el paso. Adelante, atrás, a sus costados, cerca y lejos de ellos giraban las cruces bajo un cielo de carbones encendidos.

Y no solo las cruces sino los focos de alumbrado público, orillados solitarios y las últimas casas blancas, y el último puente, y los ranchos oscuros, y las ramas de los árboles, y el silencio parpadeante, todo giró en remolino sobre la cabeza de Malena, mientras sus largas piernas de humo se desprendían de sus pies por graderías que pasaban de la corteza vegetal húmeda, caliente, rumorosa de raíces, insectos, lombrices, vertientes, al reino de la piedra en que el rayo dejó camino abierto.

Malena, a pesar de aquellas sensaciones extrañas, piernas de humo, pies desprendidos, trataba de conservar su conciencia y se dio cuenta de que la entrada al oscurísimo túnel en que iban no quedaba lejos de un arenal seco y pedregoso que terminaba en barracas y rezumaderos cubiertos por ramas y troncos de árboles tumbados. La Gruta de la Centella.

Uno de los dedos de Cayetano Duende echaba fuego, chispas y humo.

—No vas a creer, señorita, lo que se ve, que mi pulgar se quema. Así se mira, pero no es mi pulgar, sino mi primer dedo de ocote [60] de los cincuenta dedos que traigo para el camino. Con eso nos va a alcanzar. Con eso nos va a sobrar. Cinco y cinco, cinco manos en cada bolsa de mi chaqueta. Y no quise encender afuera, antes de estar a resguardo. Pero te fuiste a entrar sin saber dónde ponías los pies, pero...

—No, no, me parece que fue una buena precaución, alguien podía ver la luz y seguirnos...

—Pero no solo por eso, sino porque a la entrada de este camino oculto no se puede encender fuego. Ni siquiera de palo resinoso como el ocote.[60] El rayo ve y cae la centella.

Avanzaban por una bóveda que se cortaba y seguía, se cortaba y seguía, zigzagueante como hecha por el rayo, entre rocas vitrificadas, baja temperatura, picante olor a azufre, amenazados por enormes manchas que se les venían encima. Malena las palpó en la parte abovedada, arriba, sobre sus cabezas y se dio cuenta de que no se movían, que ellos eran los que se desplazaban como patinando por la claridad que al crecer de la llama se abría en superficies cóncavas.

—El ocote [60] encendido bajo la tierra suelta la pura luz de la luna —dijo Duende—, lumbre amarilla, porque es la luna la que da a los pinos ese jugo resinoso que se quema con llama de oro... El mejor ocote se saca siempre de los pinos alunados, ebrios de trementina... Luz con jabón, luz resbalosa, luz que se enciende para no tropezar con el rayo...

[60] ocote: pino cuya resina sirve para encender fuego y hachones.

238

Las manchas seguían avanzando contra ellos, sobre sus cabezas, pero ahora ya no en forma de nubes sino de enormes verdes gigantescas arañas de cobre, peces de hierros en fingidas aguas de encajes de arena, recónditas decoraciones de minerales y fulguritas que Malena examinaba sin perderse en fantasías, casi nombrando las sales y substancias en que se originaban por conservar con esta pseudo ciencia elemental, su lucidez y su seguridad en sí misma.

Pero llevaba tanta angustia, todo lo dejó en la escuela tan a saber cómo, que no necesitaba de su pobre ciencia aplicada para mantenerse despierta en la realidad de las cosas y se le hizo insoportable irse diciendo que aquellas cavernas acaso se habían formado —ahora entraban en una cadena de pasadizos blancos y estrechos— por acción atmosférica, algún fluido, algún gas o el rayo mismo. Pero su mayor angustia no era la de la escuela abandonada así como así, era la primera vez que le ocurría, ni la de sus riesgos personales, sino la de no llegar a tiempo, la de no dar con él, la de que fueran a desencontrarse en aquellos laberintos oscuros, donde bastaba que la llama se comiera la lengua para que se perdiera todo, salvo que se buscaran a gritos, llamándose, nombrándose, pero dónde y por dónde, si todo era tiniebla y en el silencio los ecos burladores multiplicaban falsas voces. Por eso iba pendiente de la llama como de su propia vida. No le quitaba los ojos a la tea de pino y estuvo a punto de reclamar al guía su falta de previsión. Cincuenta rajas de aquella madera inflamable que se consumía a velocidad de trementina. Por qué no se lo dijo y ella por qué no se lo preguntó... Pero ella..., ella..., acaso maistra quiere decir adivina..., de haber sabido se trae su lámpara eléctrica..., no lo pensó..., o uno de los faroles de las ventanas de la escuela en las noches de vísperas o fiestas nacionales, o el humilde candil de la cocina..., ah, si no llegaban a la cita..., si se perdían en la oscuridad..., si se quedaban a medio camino... Pero cómo poder hablar con los labios pegados por el engrudo de la pena.

—¡Ya vamos bien, bien dentrooo...! —alzó la voz Cayetano Duende atajándose los respiros, y con el vozarrón levantó la mano y con la mano, el hachón encendido.

Su grito se abodocó[41] en el eco y las llamas ahumaron más de cerca la bóveda de la catacumba blanca por donde iban entre esqueletos de animales que más parecían parte del terreno calcáreo. De vez en cuando se oía dar la bota de Duende contra los huesos, costillares, quijadas, cornamentas... No los tropezaba, los pateaba... Había que acabar con aquellos fósiles que no eran sino acechaderos de la muerte...

La oscuridad que encontraban y dejaban, solo comparable al silencio que también era completo, el movimiento de sus cuerpos y sus sombras por donde pasaban con el hachón encendido, la marcha incesante, incesante y si no llegar y no llegar y no llegar pronto que sin conocer el camino se convertía en no llegar y no llegar y no llegar y no llegar nunca, hacían que Malena perdiera por momentos el control de sus nervios y flaqueara, las sienes bañadas en sudor tiritante, apartando la pena dura y real que traía con ella, la pena por el que la esperaba en algún lugar de aquel mundo subterráneo. Iba a verlo. Y por oírlo decir se lo preguntaba Duende en cuya mano seguía quemándose el ocote,[60] astilla tras astilla, con fugacidad de meteoro vegetal. Iba a verlo, iba a verlo. Llamaba a Dios, llamaba a la Virgen, llamaba a todos los Santos, por el clamor su acaecido, su cansancio, la palidez de su cara bajo las lágrimas secas.

—Aquí lo tramado —parrafeó Duende—, es que cada quien tiene que cargar con su persona y su sombra bailando, echarse la sombra a cuestas y si fuera quieta, pase, pero bailando... ¡Disturbio más precioso e inevitable porque como no se puede andar de noche ni en camino de muertos sin luz apenas el fuego suelta la llama, la sombra salta a bailar y por fortuna que no pesa como abulta que en eso se parece a los pesares que sin peso agobian, pero solo en eso y en lo negro, que en los demás todo con ella es baile! Tal vez uno va priso y ella bailando..., tal vez va uno serio y ella bailando..., tal vez uno va serio y ella bailando..., tal vez uno va apenado como nosotros ahora, y ella bailandito adelante que no deja pasar, o bailandito atrás que hay que arrastrarla para que no siga bailando, o bailandito al lado de uno que hay que acompañarla y bailar con ella para traérsela bailando, que es donde empieza lo peor, pues hay que ir, como vamos nosotros, andando y bailando, andando y bailando...

Y así iban, sus pies andando y sus sombras bailando al son de llamas ladradoras que chisporroteaban racimos de fuego..., sus pies andando y sus sombras bailando al manso compás de llamas con respiración de pumas dormidos..., pies y sombras contra sombras y pies..., sombras que subían a regarse con velocidad de relámpagos negros por las pantallas cóncavas y de las bóvedas desparramábanse en lluvia de pestañas que formaban en el suelo serpientes de cascabeles luminosos..., pies y sombras contra sombras y pies...., sombra que brincaban con golpe de saltamontes a posárseles sobre los hombros..., sombras que volaban sobre sus cabezas como aves de plumaje de luto..., así iban..., así iban..., así avanzaban contra asombro y marea..., divididos sus cuerpos en pedazos y los pedazos bailando..., brazos y piernas aventados al aire..., cabezas y manos aventadas al aire..., mezclado..., confundidos..., él con la cabeza de ella..., ella con las manos de él..., el cuerpo de él sin cabeza..., con dos cabezas el cuerpo de ella..., él con cuatro piernas..., ella con cuatro brazos..., ella solo cabeza..., sin tórax..., sin piernas..., sin brazos..., solo cabeza…, para luego aparecer intactos..., iguales..., como si no hubieran bailado…, así iban..., así iban..., así avanzaban contra asombro y marea..., caníbales de sombras que se comían uno al otro con dentelladas de fuego..., así iban..., así avanzaban...

El chaneque [61] se detuvo a encender otra raja de oco-te [60] y anunció que llevaba gastadas cuatro manos, veinte astillas de aquella madera colorada. Le quedaban treinta. Había que apurar el paso.

[61] **chaneque:** duende en lengua náhualt; también guía de la selva.

¿Apurar el paso…?

Tropezosa, doliente, congelada de ir bajo la tierra, Malena, empezó a ganar terreno a trancos angustiosos, sin saber ya dónde ponía los pies, apoyándose en los muros con las manos, los codos, los brazos, rota de dolor la nuca y medio quebrada la cintura de tanto ir agachada para no golpearse la cabeza, los labios con sabor a humedad y a humo de ocote [60] en tal agitación que ella misma no sabía si tiritaba, rezaba o quería preguntar si aquel recodo era la salida, sin atreverse pues adivinaba que no, que no, que no…, que a ese recodo seguiría otra galería, y a esa galería otro recodo, y a ese recodo, otra galería en aquel encadenarse de formaciones calcáreas que no tenía fin…, resistir…, sacar fuerzas…, ya tal vez aquí…, allá…, siempre más allá…, y las sombras bailando…, sí…, sí…, tenía razón Cayetano Duende…, ellos en la pena y las sombras bailando…

Un soplo de aire fresco se llevó la llama y dejó un mechón de humo blanco en la punta del ocote.[60] Salían de un campito de hierbas de sereno donde vieron las estrellas, qué rajerío de luces en el cielo, olieron la noche y sintieron los brazos del viento, pero poco fue el descanso y poco lo que estuvieron sobre la tierra sus pies andando, sus pies andando con ellos, porque dieron la vuelta alrededor de un cerro, sus pies andando, sin ellos, y le dieron otra vuelta, sus pies andando sin ellos y otra vuelta más, sus pies andando sin ellos, tres veces lo circundaron con sus huellas candentes, hasta hacerlo girar, girar, girar con aullido de trompo coyote, desaparecer y en su lugar abrirse un boquerón de niebla de agua por donde sus pies andando sin ellos se perdieron bajo la tierra.

—Este extravío subterráneo ya no es el que trajiné el rayo —explicó Cayetano Duende al tiempo de encender los castillos de ocote [60] de sus dedos en una galería de espejos escamosos que multiplicaban las llamas en miliares de gotitas de lluvia— y en qué lo voy a conocer que no es camino de rayo… En que la piedra no está reventada ni sigue los rumbos de la torcidura... Este ya es camino manso de culebra de agua... Por aquí pasó la tromba y se fue vaciando de su cuerpo para dejarnos paso por esta cavidad de escama amodorrada... Otros dedos de ocote [60] y asomaremos directamente a la Caverna Viva, aunque antes hay que pasar por un empalme sumamente peligroso, donde encenderemos las nueve astillas mayores y diremos: "¡La Hermosa Antorcha nos salve...!"

Y todo se hizo como lo predijo Cayetano Duende. Antes de acercarse a la Caverna Viva se encendieron los dedos de la "Hermosa Antorcha", ya llegando al mal paso, entre peñascos cubiertos de murciélagos bamboleantes, quizás vivos, quizás muertos, con el cuerpo de moho y las alas cristalizadas, y vampiros que se desprendían con peso de baba de retumbo de las cornamentas de la sierpe de agua, hoy sólidos cornizamentos al borde mismo de barrancos abismales.

—Lo más peligroso en estas travesías subterráneas —siguió el chaneque [61]— es quedarse sin luz. Fácil es salvar el ocote [60] cuando lo arrebata el aire... Se le hace pantalla con la mano o con un sombrero y basta. Lo costoso es defenderlo bajo la tierra de la tiniebla de agua que se come la llama a chupetones como si fuera dulce. Eso cuesta. Cuesta pensamiento. Pensar y pensar que no se la come y solo así se logra que no se la coma. Y también es repeligroso que se apaguen las sombras de los viajeros. Peor si hay barranco escondido como hay por aquí. A la orilla de los barrancos corren más peligros de embarrancarse las sombras que las personas, sabido es..., y sabido es también que persona de sombra desbarrancada pierde el equilibrio de la suerte...

Malena se arrimó al viejo más temerosa de sus palabras que de las grietas que se abrían bajo sus pies, aberturas negras, rojizas, anchas, profundas, como raíces de árboles-barrancos de tiniebla crecidos en la honda noche soterrada. ¿Qué sería de ella si su sombra se embarrancaba, si aquel hombre no cuidaba de su sombra bailando, si perdía el equilibrio de la suerte, si no llegaba al lugar de la cita por culpa de aquella inestable parte real e irreal de su persona dependiente de los relámpagos de las llamas bulliciosas?

—Si vas a sentir piedras que se mueven, no vas a tener miedo —le advertía aquel, la luz a la altura del enorme dado negro de su cabeza cuadrada. —Si vas a sentir piedras que se desmoronan y se quieren llevar tu pie, tampoco vas a tener miedo y no vas a gritar y no te vas a encoger si no oís dónde caen..., y no vas a ver para abajo y no vas a ver para arriba y a tus costados no vas a ver, solo tu, camino adelante vas a ver en este mal paso que nos queda para llegar a la Caverna Viva, de donde arranca grande...

—Pero nosotros solo vamos hasta la Caverna Viva —interrumpió Malena que sentía zozobrar sus fuerzas en aquel laberinto interminable.

—Sí, sí... —apresuróse a confirmar el chaneque [61]—, pero lo que yo quería explicar es que dende allí arranca el subterráneo grande, el que cavó la serpiente de lava y al que le dejó su piel de piedra negra cuando fue a apagar su sed en el mar. Por eso es que va a salir al otro lado de estos cerros, mismo en la costa, y ya estaríamos en la Caverna Viva si no fuera porque el terreno niega de este lado la entrada fácil a esa inmensa bóveda colgada sobre una sala vacía tan grande que casi no se ve el Galibal de los Tunales, un trono que se halla en el centro, labrado en piedra verde, con asiento para nueve reyes y...

No pudo gritar a Malena que apurara el paso. La voz, el habla, la lengua, el aliento, todo se le fue para adentro ante el peligro que se cernía sobre ellos. Correr era lo único que les quedaba y ya él taconeaba rígidamente con sus botas igual que si fuera sobre zancos, iba sobre ecos; humo, hilachas de sombra y llamaradas en la cara descompuesta, los ojos de fuera y hacia atrás las orejas de martillo con dientes, atento a los trancos de Malena que lo secundaba haciéndose pedazos temerosa de que los hubieran descubierto y los vinieran persiguiendo, idea que desechó en seguida, pues de ser así Cayetano Duende habría apagado la luz en el acto, no la defendería como la iba defendiendo. Picor de miedo animal. Punteó su cuerpo un sudorcito fino. Se le agrietó la cara. Gesticulaciones de loca. ¿Una avalancha...? ¿Una avalancha subterránea...? Lodo... Lava... Arena. ¿Quedarían sepultados...? Ah, si pudiera preguntarle a Cayetano... ¿Quedarían sepultados de un momento a otro...? Ah, si pudiera preguntarle... Pero quién le daba alcance... ¿Qué vio...? ¿Qué oyó...? ¿Qué le hizo presentir la catástrofe...?

Nada había visto ni oído, nada, pero iba a todo llover de pies por algo tan espantoso como la misma muerte. La avalancha de la tiniebla se les venía encima. Quedarían ciegos. Las últimas rajas de ocote [60] ardían en sus manos. Ni una más en sus bolsillos. Y lo peor. Se acercaban a una pestaña rocosa de dos cuadras de largo y media brazada de ancho, por la que aun con luz era temerario pasar. Peña y abismo. Peña y abismo. La salvación estaba en pasar por allí antes que se acabara el ocote.[60] Sus dedos empezaron a retroceder perseguidos por la trementina caliente de la madera llorona, luego por las llamas, por el fuego. ¿De dónde agarrar las astillas, si cada vez le quedaban menos? Más y más de prisa. Sostendría el hachón en alto hasta donde pudiera. Tal vez si alcanzaban a cruzar el desfiladero. Más y más de prisa. Pero ya no era lumbre, sino un montoncito de brasas lo que llevaba en las uñas quemadas. Polvo de fuego. Llegaron, llegaron al desfiladero, mas solo para que Malena se horrorizara al comprobar con los últimos vislumbres de las llamas que lo que les esperaba era un puente de aire, tan en el aire, que ella se detuvo en un grito, fue más fuerte que la advertencia de no hacer ruido, más fuerte que ella...

Gritó, gritó, grito...

—Por aquí..., por aquí... —repetía el chaneque;[61] la había tomado y la llevaba de la mano, borrado en la oscuridad, sus pies andando sin él.

—Por aquí..., por aquí.

Duende conocía el desfiladero con memoria de ciego, pero ahora iba a pasos tartamudeantes. La responsabilidad de que se fuera a resbalar aquel ser inválido, endurecido, sin ojos, que arrastraba de la mano. El todo era ir como venían, el cuerpo pegado a las rocas, bien pegado a las rocas, pues el peligro estaba en orillarse o resbalar. Yendo contra las rocas, el cuerpo contra las rocas, siempre contra las rocas y avanzando a pequeños pasos, pronto estarían a salvo en la Caverna Viva. La imprudencia fue traer tan medido el ocote.[60]

—Voy viendo..., voy viendo... —repetía a cada momento Cayetano Duende, la llevaba fuertemente agarrada de la mano y la hizo creer para darle confianza, que de tanto andar bajo la tierra miraba en la oscuridad y oía en el silencio, pero no veía ni escuchaba nada, como no fuera el ruido de las espaldas que raspaban las peñas en marcha dolorosa, más los mordían aquellas piedras y más ciertos estaban de llegar, y el llover arenas y pedruscos tras de sus pasos ciegos, perdidos en la tiniebla, sus pies andando sin él, sus pies andando sin ella ...

No se quejaba. Malena no se quejaba. Se quejaba su cuerpo. Negábase a que sus pies andando sin ella la arrastraran más allá. Sus huesos confidentes íntimos del soliloquio blanco, el último, el soliloquio Manco, el último, el soliloquio de la cal y el sueño sin despertar. Rasgones y rasgones de cansancio. Se quejaban sus articulaciones de matraca, sus músculos de telaraña gastada, fluctuante. Y para qué si con solo que se desvaneciera allí, acabaría todo, con solo que se detuviera, con solo que le soltara la mano Cayetano Duende, sin más, sin más, sin ir más allá, ya que era inútil, no llegaría, era inútil, si faltaba mucho, no llegaría...

—Estamos a cuadra y media... —oía la voz del chaneque,[61] pero tan lejos, tan en el eco— es... ta... mos... a... cua... dra... y... me... dia... —que no parecía la del hombre que la llevaba fuertemente agarrada de la mano—. Voy viendo..., voy viendo... —menudeaba aquel—, por aquí..., por aquí...

No llegaría..., ella no llegaría.

—Yoy viendo..., voy viendo,..

El silencio total. La tiniebla total. No se miraba ni se oía nada fuera del rasss..., rasss..., rasss..., guñante raspar de hombros y espaldas en las rocas y el avanzar lento de sus pies andando sin ellos...

No llegaría..., ella no llegaría...

Rasss…, rasss..., rasss... (No llegaría... no llegaría...), rassspaduras de arena y pedruscos caían tras sus pasos...

No llegaría..., ella no llegaría..., se le doblaban los tobillos.

—Por aquí..., por aquí…

Le flaqueaban las piernas..., sentía como que iba arrodillándose a cada paso o sería porque así quería caer, de rodillas, para seguir andando de rodillas...

—Por aquí…, por aquí...

De rodillas hasta donde aguantara y después...

—Voy viendo..., voy viendo..., por aquí..., por aquí...

Después que la arrastrara como una cosa inerte. Se lo diría... Le pediría con sus últimas fuerzas que así como ahora la llevaba de la mano la arrastrara aunque fuera muerta con tal de no faltar a la cita...

—Por aquí..., por a...

Ahogóse la voz del guía al tiempo de soltarle la mano y Malena habría caído, si dos brazos no la arrebatan, inmensos, temblorosos, rígidos, glaciales, velludos, como alas de vampiro, y no flotan dos palabras en su oído:

—¡Ca… me… lias... ro... jas...!

La voz de Juan Pablo.

Contestó Malena maquinalmente, sin aliento, sin articulaciones; y cerró los ojos que mantenía abiertos, candentes, temerosa de que todo fuera un sueño y que aquellos brazos varoniles que la ahogaban dejaran de oprimir su cuerpo con la violenta felicidad del encuentro, abarcándola silenciosos, tremantes, para comunicarle lo inexpresable en el mudo y ciego apretón del brazo y pasado aquel momento de dicha enloquecida, dejaran de estrecharla con la ternura roedora del que la cuidaba; como lo único que le quedaba en la tiniebla.

Pero qué premura por hablar, eran dos resucitados, dos resucitados que se encontraban vivos bajo la tierra, qué premura por comunicárselo todo, por fundir sus pequeñas respiraciones, los racimos de sus lágrimas aniñadas, sus quejas, sus movimientos, ecos de sus invisibles personas...

XIV

Más dolor que hombros, más dolor que pies, más dolor que piernas, más dolor que espaldas, molidos pellejo y trapos, llegó Malena a la Caverna Viva, donde Juan Pablo la esperaba con los brazos abiertos y el santo y seña de su fallida conjura que para ella fue grito de resurrección y pasados los arrebatos del encuentro, guiada por aquel a quien no veía, lo oía, lo sentía, se fueron deslizando por la oscuridad profunda, hasta el Galibal de los Tunales, trono de reyes sobre tunas, y allí se sentaron a esperar el alba, a esperar sus ojos, para ser algo más que dos bultos perdidos en el vacío pegajoso de la tiniebla.

—¡Ay...! —se revolvió Malena dando un grito sin poderse liberar de los brazos que la retenían—, ¿y Cayetano Duende...?

Lo recordó de pronto y fue tanta su pena por haberlo olvidado que regresa en su busca, lo único que habría podido hacer ella es llamarlo a gritos, si Juan no le explica que el gran conocedor de aquellos subterráneos se hallaba sano y salvo y que si le soltó la mano al final del desfiladero, librándola a su suerte, fue porque se dio cuenta de que ya él estaba allí esperándola.

Le suelta la mano y salta a la caverna, salta a la caverna y corre, no se detiene, corre hacia arriba a vigilar en lo alto; la entrada cercana al campamento caminero, la misma que descubrió Mondragón aquella vez que le detuvo y desvió el *jeep* quién sabe qué animal. Pistola en mano lo fue persiguiendo por los huatales [55] y si no hubo la presa, encontró la boca de la cueva que ya desde entonces fue para él, caso que el complot fracasara, un posible escondite.

Y hasta allí subió, a montar guardia Cayetano Duende, pues solo por ese lado, tenía acceso la Caverna Viva. Para llegar por las otras bocas había que cruzar interminables galerías subterráneas totalmente oscuras y el anticipado anuncio de luces, voces y pasos, daba tiempo a esconderse. Fue por una de esas galerías de negror y peligro por donde la condujo el chaneque.[61] La habría podido traer directamente por el lado del campamento, sin tanta penalidad, pero era arriesgarlo todo a una sola jugada. Por eso escogió el camino más largo y trabajoso, pero menos expuesto. Desaparecieron en las afueras de Cerropón, como si se los hubiera tragado la tierra y tomaron el camino del rayo estrecho, anguloso, zigzagueante, hasta salir de repente a una cumbre, descansar, respirar y hundirse en seguida, en medio de la reventazón de los cerros, en el subterráneo de la culebra de agua. Lo malo, que se les acabó el ocote [60] y el último tramo, entre roca y abismo, en plena tiniebla, fue espantoso.

—¿Sabías que venía?

—Oí tus gritos...

—Fue una imprudencia, pero me horroricé cuando quedamos a oscuras...

—Y mi primer impulso fue correr en tu auxilio, pero no podía moverme del sitio en que habíamos quedado de hacernos encuentro con Cayetano Duende, y temí extraviarme, es fácil perderse en estos laberintos...

—Tardamos en llegar...

—Sí, no venían. Me faltaban ojos buscando por todas partes la claridad del ocote,[60] sin saber que se les había apagado.

—Se nos acabó...

—Y me faltaban oídos para navegar todo el silencio de estos benditos antros en busca de tus pasos. Pero ya estás aquí.

La besaba, la estrechaba, le pasaba la punta de los dedos febriles por la cara tratando de reconstruir su rostro su nariz afilada, sus ojos de pepitas húmedas, calientes, sus labios de comisuras afligidas, su nuca de vasija, sus hombros de diosa indígena, y olía sus cabellos, para saber qué aroma tenían sus pensamientos, qué perfume tenía la lluvia de aquellos hilos finos...

—Sabías que no podía faltar a tu cita. Oí decir a Cayetano Duende "Camelias rojas", y le seguí como hipnotizada...

—Quiero verte. Tarda el sol. Aquí al amanecer entra una luz muy rara, es algo así como una claridad que saliera de las piedras.

—¡Qué suerte que hayas encontrado este escondite! No puedes imaginarte cómo han buscado en todo Cerropón, casa por casa, y los alrededores y a saber donde más, las patrullas militares, la montada, los policías, de día, de noche, a todas horas. Registraron la Escuela, allá conmigo y la de Varones con gran susto del profesor Guirnalda...

—¿Te mandó las camelias?

—¡Ah sí, sí, ya te contaré lo de las camelias rojas! También registraron la iglesia, la casa conventual..., qué no han registrado... ¿Dónde Popoluca? Donde Popoluca entraban y salían a todas horas con diferentes pretextos... No, no porque sospecharan que te tuvo allí escondido, no, sino más bien por ser una casa así algo orillada y por el taller. Si lo sospechan, ¡Dios guarde!, se lo llevan y lo torturan. Lo bueno es que aquí nadie te ha visto...

—Solo Cayetano Duende, pero ahora dime, dime, dime...

—¿Qué quieres que te diga?

—Tú lo sabes...

—Si es eso, sí, sí, sí... —y lo besaba—, sí, sí... —lo besaba, mientras las piedras iban dando una luz de carne triste.

—Popoluca —siguió ella— me dio el papelito que le dejaste para mí, *A bientôt, chérie!*, pero debo confesarte que en mi angustia olvidé ese anuncio de que nos veríamos pronto, me pareció tan difícil, imposible, aunque de noche me levantaba a rondar por la escuela, a espiar las calles por las rendijas de las ventanas y si oía pasos me precipitaba a la puerta de calle, imaginando que podías ser tú y que ibas a tocar en busca de asilo; pero los pasos se alejaban, se diluían en el silencio de la noche, y comprendía que eran los pasos de los que te buscaban.

—Vivo o muerto...—la apretó Juan Pablo contra su corazón.

—Lo sé, mi amor, lo sé...

Y tras una larga pausa:

—Lo providencial fue que no me hayan encontrado en mi pabellón por ir a verte a ti...

—¡Amorcito, mi amor!

—¡Y que no haya sacado el *jeep* y que para evitar murmuraciones, el uniforme blanco es tan llamativo, haya salido de particular.

—Pasaste entre los soldados de la patrulla que te buscaba, me contó Popoluca.

—Sí, sí, y estuve a punto de regresar a pedirle un trago al jefe, con tanta gana vi que se arrancaba el chanchaco de la boca para empinarse la botella, pero como nunca me gustó beber ordinario, pensé que mejor me arrimaba al padre Santos y le pedía un trago...

—Todo eso con puntos y comas lo contó Popoluca. Lo que no sé es cómo llegaste aquí, cómo sabías que existían estas cuevas que al decir de Cayetano son conocidas por muy pocos.

—También fue casual. Volvía yo al campamento, creo que de allá contigo, sí de allá, y de pronto se me atravesó quién sabe qué animal, debía ser muy grande, porque detuvo mis ruedas delanteras, me desvió el timón totalmente y mientras yo paraba y saltaba para seguirlo, imaginé que era un tigrillo, casi le vi las pintas, tuvo tiempo de escapar por los huatales[55] que se fueron haciendo tan tupidos que de pronto no me veía ni yo mismo, y me habría regresado, pero un temblor de viento los movía y no había viento. ¡Eh!, me dije yo, por aquí anda, y siguiendo el movimiento de las hojas y arbustos que se balanceaban, di con la entrada de la caverna, esa en que ahora está haciendo guardia Cayetano Duende.

Y mientras la luz transvasada por la altísima boca al interior de la tierra, modelaba flotantes bastiones que simulaban columnas, bóvedas que eran como naves penumbrosas de un gótico profundo; agujones y cavidades que parecían cúpulas sin revestimiento o cubiertas de murciélagos, Malena no sabía dónde poner los ojos, pavorizada convulsa. ¿Cómo podía ser aquel hombre que surgía de las tinieblas Juan Pablo Mondragón? ¡ Imposible! La tez de color sucio aleonado, las pupilas infantiles, felinas, llenándole por completo los agujeritos de los ojos junto a la nariz, labios y orejas de paquidermo...

Ante la sorpresa de Malena, Juan Pablo ensayó una sonrisa triste con sus finos dientes de tiza y quiso retirarse. Ella no lo dejó. Lo retuvo medrosa. ¡Es él! ¡Es él...!, se repetía, tratando de olvidar la visión de aquella pobre bestia. Quedaron en silencio perdidos en la desolada claridad del fondo de la caverna.

—¿No me reconoces...? —y al oír que no te contestaba, apuró su reclamo:— ¡Malen!..., ¿no me reconoces...?

Ella sacudió la cabeza antes de despegar los labios.

—¡No! ¡No! ¡La verdad, no!

—Pero no te alarmes. No es enfermedad. Es una transitoria deformación de la cara producida por un cactus que se mastica por la noche. Vestido de campesino pobre y con esta cara, ¿quién podrá decir que soy yo?

—¡Nadie...! —martilló Malena—, yo misma no sé si eres tú...

—¡Me felicito...!

—Pero..., ¿no será peligroso...? ¡Sería horrible que te fueras a quedar así...! ¡Horrible...! —y se llevó las manos a la cara para cubrirse los ojos endurecidos como piedras de un cristal desamparado ante aquella visión imborrable de espanto y catacumba.

Luego dijo más serena:

—¿Has visto como estás?

—Cayetano prometió traerme un espejo, pero se le habrá olvidado.

—Espera, en mi bolsa debo tener —registró apresuradamente—, toma, es un poco pequeño, pero te alcanzarás a ver bien.

Juan Pablo enarboló el espejito después de soplarle algunas tripillas rosadas de la mota que salieron en el filo de sus bordes y tras mirarse concienzudamente exclamó:

—¡Perfecto!

—¡Perfecto personaje del gabinete del doctor Caligari! —le cortó Malena, asombrada, afligida.

—¿Te parece...? Pues a mí me parece que no. Un simple rostro de trabajador envejecido en la costa, bestializado en las plantaciones bananeras.

Y sin dejarse de ver al espejo, saboreando la deformación de sus facciones, añadió satisfecho:

—No hay por qué preocuparse. Esta hinchazón persiste mientras se mastican los cactus que me trajo Duende. Pero fue Popoluca el que me aconsejó que para poder escapar me deformara la cara con ayuda de esos cactus. Costó conseguirlos y antes de dármelos a mascar, fue toda una ceremonia. Tuve que arrodillarme y pedirle perdón a la tierra por lo que iba a hacer: cambiar mi faz, mudar mi cara, volverme otra persona...

—Salvo la voz... —atrevió Malena.

—Hablaré poco y gangoso.

—Si quieres quedarte con el espejo...

—Prestado, no regalado —interrumpió él—, salvo que tenga alguna moneda y te lo compre.

—Como quieras...

—Toma este cobre de diez, así se destruye el mal agüero...

—Y no lo quiebres, ¿eh?

—¿Quebrarlo...? ¡Ya resistió que yo me viera en él!

Rieron y a pedido de ella que sentía multiplicarse los brazos de Mondragón en círculos y círculos alrededor de su cuerpo, Juan Pablo le refirió todo lo sucedido desde que abandonó el obraje de Popoluca, aquel martes por la noche. A gasto de ojos, sin más brújula que su instinto, fue buscando la entrada de la caverna. Se jugaba el todo por el todo andando por aquellos lugares cercanos al campamento, pero no le quedaba otro camino. Ahora lo importante era no equivocarse, pues qué hacía si no encontraba la boca de la cueva, ¿volver a donde Popoluca...? ¿seguir a salto de mata hasta que lo mataran o lo capturaran...? Pensé dónde había dejado el *jeep* aquella vez y deslizóse por el huatal[55] tupido, medio defendiéndola celosamente los murciélagos. Se detuvo a oír si le seguían. Nadie. La respiración grumosa, palpitante. Mas apenas cruzó el umbral sintió que le seguían. El viento huracanado, musculoso, desnudo, bramó como fiera a la puerta del socavón. Luego, el gran silencio del aire adentro y la temible oscuridad. No pasó de la entrada. Era peligroso. Se quedó hasta donde le llegaba la luz de las estrellas, caer de oro lejano. Esperó que amaneciera para bajar al fondo de la caverna en que ahora refería a una Malena rodeada por sus brazos, manuable, amorosa, respirable, sus días y sus noches en aquellas catacumbas, donde la luz es reflejo y la voz se riega por el silencio mineral, sin penetrarlo, en ecos que se antoja que le van venteando.

Malena se apartó para mirarlo. Increíble. Más lo miraba y más increíble le parecía. No era el pasajero del tren. No era el oficial en uniforme blanco de camionero. No era el labriego que le pintó Popoluca. Era..., una persona extraña…, un ser fabuloso…, un habitante del fondo de la tierra...

Cerró los ojos, refugióse de nuevo en sus brazos y le pidió que le contara qué había hecho al llegar a la cueva.

—Dormir... —le contestó Juan Pablo—, venía muerto de sueño, no pegaba los ojos desde hacía muchas horas, todas las que pasé despierto en Cerropón la noche en que cierta personita me echó de su casa: "Ahora quiero que te vayas..."

Malena le tapó la boca con la mano, suavemente y no sin cierta aprensión, la misma con que le besaba al empezar a colarse la luz, temerosa del contagio de aquellos labios gruesos, monstruosos, calientes, como con fiebre, reconviniéndole por acordarse de cosas tan insignificantes en situación tan apurada.

—¡No tan... —le dejó ella hablar—, insignificantes; si no me echas de tu casa, me capturan!

—En eso tienes razón, pero no digas que te eché, te pedí que te fueras...

—Suena mejor, pero es igual...

—¡Malo!

—¡Monstruo, dime mejor!

—¿Por qué monstruo, si me explicabas que es la cara normal de los trabajadores de la costa?

—Exacto y es lo que ahora voy a ser; trabajador de las plantaciones de banano, empezando desde abajo, como esas semibestias que el paludismo se come en amarillo...

—Pero volvamos a la cueva...

—En ella estamos...

—¡Burlisto...! —reaccionó Malena tomándole las manos con amoroso enojo—, bien sabes que lo que quiero es que me cuentes cómo hiciste para subsistir aquí tantos días, ya cerca de un mes, y cómo fue que te encontraste con Cayetano Duende.

La luz del amanecer se regaba como humo blanco en la tiniebla subterránea. Juan Pablo la levantó del Galibal de los Tunales. A pesar de que Cayetano Duende cuidaba el acceso, en lo alto, era imprudente permanecer allí, mejor internarse, desaparecer de la gran cavidad, tomar por una galería retumbante, en busca de su refugio que esa hora recibía una espolvoreada claridad en la entrada, detrás de dos mil toneladas de lava, en una sola piedra. No necesitaba contarle cómo había hecho para subsistir. Lo iba viendo ella. Desde allí, sin moverse, por un ángulo, le era fácil observar, a unos ciento y pico de metros hacia arriba, la boca que daba a los huatales [55], que era por donde podían sorprenderle, pues llegar por el camino de la culebra de agua, solo los muy conocedores. Por eso escogió aquel sitio que al principio creyó su momentánea residencia, bajo la tierra. Pero no fue así. Al revisar los víveres que traía —más de cincuenta tortillas de maíz, sesenta y cuatro exactamente, doce pixtones [62] de maíz con queso, un cartucho de sal, un cuarterón de dulce, unas cuantas tiras de cecina, media brazada para ser exactos y un tecomate [10] con agua—, se dio cuenta de que había olvidado los fósforos, las candelas, el ocote [60] y los cigarrillos, hasta puros traía en aquel matate [63] que debe haber dejado donde Popoluca, y no lo sentía tanto por los cigarrillos y los puros, aunque sí, porque para un perseguido, más alimento es el humo que la comida, cuanto por las candelas, los fósforos, el ocote, [60] pues, cómo iba a seguir camino, sin tener con qué alumbrarse, por aquellos subterráneos profundos donde no se miraba nada. Acobardado, tamaño descuido reducía a cero sus posibilidades de evadirse por cavernas que sin duda salían muy lejos, fue colocando las cosas que traía, víveres y tujas, [11] en lo que por falta de luminarias para marchar adelante, ya no sería, como pensó, su residencia pasajera, sino algo así como su domicilio de enterrado vivo. Pero un golpe más fuerte le esperaba. Al levantar el tecomate [10] casi se le caen les brazos. No tenía agua para muchos días y menos con los alimentos que traía, cecina o carne salada y tortilla o masa de maíz, que no eran para ser comidos en seco, salvo que encontrara allí cerca bajo la tierra algún nacimiento de agua o un río subterráneo. Levantó una piedra pequeña y la puso en un sitio visible. Así no perdería cuenta de los días. Aquel oscuro guijarro de su nuevo calendario correspondía a un miércoles, dado que lunes salió del campamento, estuvo donde Malena y el resto de la noche de Cerropón, martes le aclaró donde Popoluca, allí pasó el día, por la noche huyó a la caverna, para amanecer en el fondo el miércoles..., qué..., miércolessss..., era... ¡Miércoles, no se acordaba de la fecha...!

Ni un solo día de los mareados con las diez primeras piedras falló el engranaje: racionamiento estricto de

---

[62] pixtón: torta gruesa de maíz.
[63] matate: bolso de pita.

cecina y tortilla, ejercicios de inmovilidad, horas de sueño prolongado y largas incursiones por las galerías de lava, los túneles de piedra, los pasadizos de tierra arenosa, al tacto, al tacto, palpando los muros en busca de agua, del fluir de un torrente, del gotear de un manantial. Perdía el oído en el silencio, seco, tostado como sus labios; pegaba las orejas sedientas al frío de las piedras, igual que lenguas que quisieran oír por percusión esa lejana gota que en algún lugar caía; dejaba sus pasos resonando en huecos y se volvía apresuradamente por el temor a extraviarse del todo y redobló la vigilancia sobre su persona al ir escaseando el líquido en el tecomate,[10] arrebatándoselo de las manos para no consumir el resto de una sola sentada, siendo que le correspondía, al principio, cinco tragos al día, después tres, dos después y después..., el ruido del recipiente vacío... ¡Ah, ese día..., noche..., a saber qué sería...! No estrelló el tecomate, cascarón vegetal, vacío en forma de ocho, por frotarse apresuradamente la manzana de Adán, donde sentía el peso de la calabaza llena de sed, y porque de encontrar agua, si lo estrellaba, en qué la traería. Quitárselo de enfrente. Esconderlo. Eso bastaba. Ganar días. No comer. Inmovilizarse del todo: Pero, para qué ganar días, si el problema iba a ser, no el mismo, sino cada día peor... Y qué remediaba con no comer, si ya no era solo la sed que la cecina escondía en cada fibra empapada de naranja agria con sal secada al sol, ni solo la sed masuda de las tortillas y los pixtones[62] con queso, sino la otra, la indefinible, la que paseaba ante sus ojos cerrados, bajo su pequeña lengua de niño, granizadas de virutas de hielo cubiertas de jambes, rojos, amarillos, lechosos; o los *ice-creams* que de joven devoró en Panamá con deleite sexual; o los refrescos de guanaba[64] que aún sentía en la bóveda palatina, como gotitas de perfumes verdes; o los jugos de piñas dulces; o los tistes[65] que pintaban en sus labios bigotes de sangre.

[64] guanaba: o también **guanabo**; fruto del guanabo.

[65] tiste: refresco que se prepara con harina de maíz tostado, cacao y azúcar.

Era estúpido quedarse inmóvil y la sed no lo dejaba. Iba y venía juntando en los cuencos de sus manos, la tiniebla de su guarida para metérsela en la boca, metérsela así como suena, metérsela con los dedos, como algo materialmente bebible, como el deshielo del témpano de lava gigantesco que navegaba inmóvil frente a sus ojos abiertos en los ratos en que había algo de luz.

Se decidió. No podía morirse de sed. El agua estaba allí, allí, allí arriba, al solo salir de los huatales,[55] y peor para él si no la encontraba, masticaría hierbas, espinas si era necesario...

Pero se detuvo..., a dónde iba de día..., a entregarse..., a caer en las manos de los que lo buscaban vivo o muerto..., o..., o..., o..., y la redonda o de su garganta se iba abriendo en círculos, en círculos, en círculos de agua..., o..., o..., o..., internarse en las galerías, perderse, no encontrar río ni vertiente y morir de sed en la trampa...

¡No! ¡No! ¡No...! ¡Por el laberinto, no...! Esperaría la noche y saldría al huatal...,[55] ¡ah!, si lloviera..., se acostaría boca arriba a beberse el aguacero entero…

Tiritaba..., qué inestabilidad la de sus gestos..., qué temblor el de sus manos..., tiritaba esperando la noche…, esperando que partieran las flotas de murciélagos..., esperando que algunas luciérnagas perdidas entraran en la caverna, brilla que te apagas, como pedacitos de un cielo estrellado que se quebró como piñata...

De pronto arrancó de su guarida con manotazos de loco su revólver, sus papeles, sus pobres cosas y avanzó a largos pasos hacia arriba...; ¡que lo capturaran...! ¡que lo mataran..., pero que antes le dieran de beber...! ¡vivo o muerto..., vivo o muerto..., no importaba con tal que le dieran de beber..., de beber...!

Un relámpago de conciencia le hizo echar pie atrás y enfrentar la otra salida..., ¿cuál salida...?, ¿las galerías de lava...?, ¿los túneles de piedra...? ¿Los socavones…?, la red..., la sed..., el laberinto..., la sed..., la red..., no..., no..., no..., ¡cómo iba a caer en la trampa..., cómo iba a internarse en las cuevas y a morir allí donde no tendría el consuelo de encontrar agua...!, ¡mejor afuera..., mejor afuera...; vivo o muerto..., vivo o muerto..., mejor afuera...!

XV

—Y ya iba de salida resuelto a todo —continuó Mondragón—, resuelto a entregarme, a que me mataran, a todo, con tal de no morirme de sed, cuando encontré a Cayetano Duende...

Ambos levantaron los ojos agradecidos hacia la entrada de la caverna donde ahora hacía aquel de centinela, sentado o yendo de un lado a otro, como el badajo de una campana.

—Pero... —recapacitó Juan Pablo—, mejor si nos vamos de aquí. Pudiéndonos ocultar en mi guarida confortablemente —subrayó esta palabra con un gesto que quiso ser sonrisa—, no hay para qué exponernos...

El irreconocible Mondragón. Más lo miraba Malena y menos creía que aquel cascarón de carne ahumada, gordos labios y grandes orejas cascarudas, dócil y triste como una bestia que se desangra, fuese el Juan Pablo de rostro enjuto, boca fina y ojos arrinconados a la nariz, que ella conoció. De su antigua cara, hueso y voluntad, lo único que le quedaba era el hilván de sus dientes color de tiza que mostraba al hablar.

Decirlo Malena y hablar él de sacárselos.

—¡Júrame que no!... —saltó ella, lo detuvo del brazo, iban hacia la guarida, exigiéndole que la viera de frente con sus poquitos ojos apurpujados.

Él la miró silencioso y tras sonreír y besarla, aclaró que era una broma. Tanto ansiar la luz para contemplarse y ahora Malena cerraba los ojos, instintivamente, sacudida de los pies a la cabeza, cada vez que la besaba aquel ser monstruoso.

—Me alarmé —dijo ella, ah..., si pudiera hablarle como lo besaba, con los ojos cerrados—, porque eres capaz de todo con tal de salvar el pellejo, ya te has desfigurado la cara...

—¡El pellejo, no...! —interrumpió Juan Pablo—, ¡esto... esto que se llama pellejo...! —y levantó rabioso con los dedos en pinza un volcancito de piel del envés de su mano izquierda—, esto que se llama pellejo, no, sino mis ideas y con tal de salvar mis ideas, no digo los dientes, ¡los ojos dejo que me saquen!

Habían llegado a la guarida, afortunadamente más penumbrosa, cargando el bolsón de vituallas que Malena sacó de su despensa y Duende trajo a la espalda, lo llamarían más tarde para ofrecerle un bocadito, ahora que siguiera de centinela, y se acomodaron junto a la gigantesca mole de lava que amparaba con su sombra la entrada a la pequeña vivienda. Malena, más sobre él que sobre las piedras, temblorosa, feliz porque casi no lo veía, transportaba con diligencia de hormiga panes, rebanadas de queso, galletas de soda, una botella de cerveza, una lata de mortadela, sardinas, vasitos de metal, para todo tenerlo más cerca, más al alcance, mientras aquel la acariciaba, la palpaba, se adueñaba de su cuerpo a favor de los movimientos que hacía y en los que tan pronto le dejaba caer en la mano el peso de sus senos redondos, al acercarse a darle con la boca un dátil, como el relámpago de sus muslos en la punta de sus dedos, cuando se aproximaba a beber con él en la misma copa, o el cordaje vibrante de la cintura al volverse de un lado a contemplar lo que Juan Pablo le iba mostrando; su calendario de piedras, veintitantos guijarros, hasta que la sed lo enloqueció, dejó de contar los días; los sitios por donde se paseaba horas hablando en voz alta, por momentos le entraba el miedo de enmudecer, hablándose, escuchándose para saber también si no se estaba quedando sordo en medio de la total falta de ruido que lo rodeaba; y el lugar, no lejos de allí, donde divisó por primera vez a Cayetano Duende...

—No vi quién era, si un ser vivo o un desencantado hombre de piedra, me le fui para encima temeroso de que fuese una visión creada ante mis ojos por la sed; que fuera el delirio lo que me llevaría o contemplar la figura de un viejo que avanzaba hacia donde yo estaba, con un tecomate [10] colgado del hombro. Me le fui para encima, le arrebaté el tecomate, con los dientes le arranqué el tapón y vacié su contenido en mi boca, sin respirar, solo que a medida que se iba apagando en mi garganta el horroroso témpano seco de la muerte, renacía en mi ánimo el miedo del perseguido y se evaporaba de mis labios la felicidad del animal que se relame saciado.

Malena le llenó de nuevo el vaso y él apuró de seguido unos cuantos sorbos de cerveza. Luego sintió el relato de su encuentro con aquel ser casi irreal al que quiso besarle las manos.

—Por fin aquel que yo creía fantasma me dirigió la palabra y comprendí que era de carne y hueso como yo. Hacía muchos días que me andaba buscando de parte de Popoluca. Pero, cómo pudo saber Popoluca que yo andaba por aquí, le pregunté inquieto. Por una sola cosa, me contestó; porque le encargaste mucha candela, mucha astilla de ocote [60] y cajas de fósforos, atados de cigarros de papel y algunos puros, y todo lo fuiste a olvidar allá con él. No se dio cuenta sino hasta el día siguiente y entonces me mandó llamar y me dijo: "Sospecho que anda un hombre perdido bajo la tierra y no puedo dormir..., vaya y sáquelo, compadre, usted que conoce los mares negros de la tiniebla, Dios se lo ha de pagar, y sé que es ansina, porque olvidó aquí conmigo este matate [63] con sus cositas de alumbrarse y fumar..." "Su sospecha es orden, compadre, le contesté yo, lo voy a ir a buscar, ¡enredóte, dijo Dios, y no matóte!, porque yo tampoco voy a poder dormir sabiendo que anda un hombre perdido bajo la tierra y porque no soy desvoluntado para hacer el bien…

—¡Y la suerte fue que te encontrara! —se apresuró a decir Malena incorporándose jubilosa, había abandonado la cabeza sobre el hombro del que ahora no menos sediento sorbía con ruido, como para hacerlo más sabroso, el último trago de cerveza que le quedaba en el vaso; solícita levantó ella la botella para servirle otro poco y añadió:— Popoluca sabía lo nuestro. El día que me entregó tu papelito, quise explicárselo todo, más por encontrar con quién desahogarme que para otra cosa, pero de entrada, me atajó. Nos había visto juntos en el Cerro Vertical. La única vez que fuimos él nos vio...

Hubo que hacer una pausa al sentir que se le quebraba la voz profesoral y que de adentro le salía una voz más íntima, propia para evocar los momentos que pasaron sumergidos en el silencio del cielo, tan diferente de este silencio de bajo la tierra, frente a la soledad del Océano Pacífico tendido al fondo como un sueño lejano.

—Aún me parece oirte en el Cerro Vertical... ¿Decías de memoria…? ¿Improvisabas...? ¿Te acuerdas...?

> *¡Qué ganas de irse huyendo hasta el mar!*
> *¡Ganas de no regresar….!*

> *¡Ganas de cerrar los ojos*
> *y oír decir: está muerto…*
> *y no parpadear!*

> *¡Qué ganas de irse huyendo*
> *por puertas de par en par!*

—Son las palabras de un perseguido, ¿no encuentras...? Quería huir de mí mismo, de la realidad...

—O de lo que ya no era posible escapar una vez empeñada tu palabra —le espetó Malena, violenta contra los hechos, no contra él— ¡Qué enredo el de ese complot, más parecía urdido por gente que los hubiera querido perder!

—Por desesperación se hacen tantas cosas...

—Solo así se explica…

—No te tenía a ti...

—Eras el más comprometido.

—Y no porque estuviera de acuerdo con el atentado —interrumpió Mondragón movilizando sus mínimos ojitos alrededor de sus ideas—, sino porque operaba con gentes que no comprendían que mejor que acabar con la Fiera, era alzar el pueblo para cambiarlo todo de raíz; y digo mal, no era que no comprendieran, comprendían demasiado y no se les ocultaba que en una revuelta popular, ellos también peligraban, sobre todo sus intereses...

—Pero entonces, ¿por qué te comprometiste tanto, tan a fondo...? Perdona, pero ante lo irreparable, es tonto, pero no queda sino hacerte y hacerte preguntas, las mismas preguntas... ¿Por qué te comprometiste tanto...?

—Porqueee ... —arrastró el queee hasta la interrogación más desolada, antes de mover la cabeza de un lado a otro—, no sé bien por qué...

—¡Hasta comprometerte a manejar el camión que se cruzaría al paso del automóvil presidencial en el momento del atentado...! —le reprochó ella con tristeza y ternura.

—¡Diablos...! Yo era solo y todos los demás tenían hijos, hermanos, familia, alguien a quien dejar... Yo era solo y, además, fíjate bien, quería estar seguro de que las cosas se harían a la fracción de segundo, que nada fallaría y... —confidencial—, como buen tirador llevaba mis armas en el camión, para liquidarlo yo si salía ileso del atentado... Allí mismo... —le apretó las manos y asomando a sus labios una risa juguetona, le dijo:— Y si supieras cómo me embarqué en esa ventura...

—Ya me lo imagino...

—Como el que acepta a ir a una partida de cacería, ni más ni menos, con mis rifles, cartuchos y dispuesto a cazar la Fiera...

—¡Qué loco!

—Di en alta voz: ¡O...!, la letra o...

—¡O...!

—¡O..., o…, o..., o...!

—¡O..., o..., o..., o...! —repitió Malena, mientras el eco llenaba las cavidades soterradas y rodaban por todos

lados los sonidos de la redonda y penúltima vocal—
¡ooooooooo...! ¡ooooooooo...!

—Imagina, Malen, que todos esos ecos son ruedas de
automóviles y que todas esas ruedas, todos esos autos,
avanzan por una avenida larga, larguísima, que va a dar
a un paseo arbolado que conduce a un jardín zoológico,
e imagina que entre esas ruedas, en esa calle, había un
pobre diablo que era yo en el momento en que pasaba,
a las cinco de la tarde, en su automóvil blindado, el
"infinitamente poderoso", el "infinitamente justo", el
"infinitamente sabio", el "infinitamente honrado", echado
en el asiento de atrás con una perrita chiguagua en las
rodillas, un rubí fulgurante en el dedo meñique y en la
boca una cachimba de ámbar larguísima con un cigarrillo
encendido. Por las esquinas, negocios, cinematógrafos y
zaguanes se mira una inesperada concurrencia. ¿Qué pasa?
¿Por qué este zapatero dejó su trabajo a medio andar,
aquellos marimberos las plaquetas del repaso, el dueño de
un taller de muebles a clientes sin atender, y el *barman*
del club apenas tuvo tiempo de ponerse el sombrero, y
el sacristán de cerrar la iglesia, y el notario de guardar la
"cola" de su "protocolo", y el médico de vestirse y salir,
y los oficiales y policías de franco de llegar, y algunos
maestros de escuela, y algunos empleados de caminos?...
¿Qué hacen...? ¿No es inusitado que gente de tan distinto
pelo esté reunida a la misma hora, en la misma calle...?

—Sí, sí, realmente... —interrumpió ella enigmática—,
pero no sé a qué viene...

—Viene a que entre toda esa gente estaba yo avergonzado, empequeñecido, enfurecido. Viene a que por
un momento, al pasar por allí, formé parte de la cohorte
que por sueldos o prebendas tienen que hacerse presentes
en la gran avenida y cuidar la vida de aquel ser superior.
Me tuve asco y para lavarme por dentro, para purificarme
entré al primer fondín y pedí una botella de aguardiente
que trasegué por vasos, hasta sentirme borracho. No sé
si me dormí sobre la mesa y si dormido o despierto oí

contar lo que acababa de suceder en la ciudad, da igual, porque estaba borracho, y lo que escuchaba de lenguas de otros bebedores que iban llegando con la gran noticia, me parecía verlo como en sueños o en un cinematógrafo.

El automóvil, aquel que a las cinco de la tarde cuidamos todos, que yo cuidé ese día odioso, detiene su marcha silenciosa en el jardín zoológico y entre el chofer que abre la puerta, y algún ayudante galonado que corre, y el director de la policía que se desvive por llegar a tiempo, y el público que vuelve la cabeza, suspenso y admirado, desciende el "infinitamente jefe"; chorrea de su labio inferior deformado por la cachimba que arrincona y mastica, una sonrisa, presagio de buen humor. Sin detenerse, avanza orondo y petacón, anda como loro con las puntas de los pies metidas hacia adentro, caminando hacia la jaula del tigre, donde un grupo de oficiales y cadetes se divierte con el ir y venir interminable de la Fiera enjaulada. Darse cuenta estos de quién está allí y cobrar rigidez militar, todo uno. Firmes, cuadrado, la pechuga de fuera, la mirada lejos, la mano vuelta, tres dedos en el quepis tocándoselo ligeramente a la altura de la sien derecha. Así permanecen hasta que el "infinitamente complaciente" se acerca y les ordena bajar la guardia. Con un solo movimiento, como los martillazos de un piano, caen las manos enguantadas de blanco, hasta los pantalones colorados. El tigre, mientras tanto, sigue su paseo vespertino, bosteza, se relame, ensaya una especie de bramido quejoso, "¡Guardián!", se oye la voz del "infinitamente poderoso" en el silencio apenas quebrado por el andar de la fiera, "abra la jaula y que el cadete más valiente entre y acaricie al tigre..." Ruido de llaves y candados y el movimiento de repliegue de los muchachos, pálidos, temblorosos. El tigre, como si hubiera comprendido la orden, se detiene, inmovilidad que lo hace más amenazante; ¿No hay un voluntario entre los cadetes...? ¿No hay un valiente...? ¿No hay un hombre...? ¿No hay un macho...?, pregunta aquel que es todo eso en grado sumo. ¡Pues entonces que entre uno de los jefes...! ¡Usted, coronel...! ¡Usted, capitán...! ¡La jaula está abierta!, ¿qué esperan...? El coronel era solo una nariz larga, húmedo, gotero de sudor frío sobre el castañetear de sus dientes, y el capitán un par de hombreras gigantes que mantenían a flote una cabecita que se iba, hundiendo a medida que se le doblaban las piernas en un temblor que más era terremoto. ¡Ja..., ja..., ja...!, oyóse la carcajada de infinito desprecio del "infinitamente grande" por los infinitamente pequeños y a los ojos del guardián, en cuyas manos de carcelero de fieras tintineaban las llaves, lo sacudía el pánico, creció hasta agigantarse la figura del omnipotente que avanza hacia la jaula impertérrito, entraba y, mientras todos los demás temblaban de miedo, acariciaba al tigre, sin inmutarse, en la boca la cachimba de ámbar con el cigarrillo encendido sin perder la ceniza de la brasa...

—¿Y el tigre qué hizo? —preguntó Malena...

—¡También estaba temblando! —apresuróse a contestar Juan Pablo, riendo como un chico, porque la había hecho caer en la trampa del chascarrillo.

Ella aceptó la derrota, sin festejar la broma, no por amor propio herido, sino porque en el fondo era tan amargo lo que aquel contaba con tanta vida, posesionándose en tal forma de los personajes, describiendo tan acabadamente las situaciones, que cabía preguntarse si en verdad no era aquella una explicación del acto desesperado de querer acabar, empleando bombas de alto poder, con la Fiera que hacía temblar a las fieras en el jardín zoológico.

Guardaron silencio, besándose, acariciándose, pero el tiempo corría, poco les quedaba, tendrían que separarse, debían hablar.

No, del pasado no, aunque él quisiera con su pobre máscara que le daba aspecto de un gran hongo con ojos humanizados por los celos, en algo tan trivial como la "y" con que ella terminaba su *Diario*, al hablar de aquel militarcito que conoció en el baile del Casino Militar.

—¡Todo concluyó en que él era más joven y que yo y... —musitó a su oído cosquilloso la voz varonil—, y..., y..., y..., qué pasó después!

—¡Nada!

—¡L. C..., el jovencito L. C...!

—No lo volví a ver. Se llamaba, o se llama, León Cárcamo...

—¿Cartas?

—Algunas me escribió y yo le contesté como una simple amiga. Y a propósito de mi famoso *Diario* —sonrió, la halagaba sentirlo celoso—, te traje algunos libros.

—¡Ay, mi amor..., los libros..., fueron mi pasión; pero tendré que olvidarlos..., mi físico de trabajador rural y mi nueva condición humana son más bien los de un analfabeto!

—Me escribirás cuando..., cuando aprendas a escribir... —rieron y se besaron—, o pedirás a alguien —trató ella de liberar sus labios, sofocada, ya sin respiro—, pedirás a alguien que te escriba la carta...

—¡Sí! ¡Sí...! y tú pedirás a alguien que te lea, pues al que me escriba la carta le contaré que eres una pobre campesina rústica que nunca fue a la escuela —y, tras una pausa, agregó:— Hablando en serio, caso de escribirte con mano ajena tendría que ser a otro nombre, un nombre así de por estos lugares, que no diera lugar a sospechas...

—Rosa... —dijo ella sin pensarlo mucho—, Rosa Gavidia, ¿qué te parece?

—Si es corriente por aquí el apellido Gavidia...

—A mí me suena, en la escuela hay varias niñas con ese apellido.

—Pues entonces, Rosa Gavidia, aunque... —algo iba a decir, pero se conformó con mirarla de soslayo, temeroso de que ella hubiera usado antes aquel nombre que encontró tan pronto—. Y en cuanto a mí —continuó—, muerto y sepultado queda en los archivos policiales, Juan Pablo Mondragón, ¡honor a Marat, mi héroe, y al costarricense que me enseñó a leer en la peluquería!, y retomo mi primitivo nombre, Octavio Sansur, y mejor más corto, Tabío San.

—Suena muy bien...

—O simplemente, San...

—¿Arreglaste con Duende lo que va a cobrar por llevarte hasta la costa? Yo traje dinero...

—No hemos hablado...

—Pero el viaje, según él me dijo, será mañana. Te dejaré para que le pagues, pues vive de eso, de acortar distancias que —suspiró muy hondo—, son separaciones...

—Préstamo reembolsable con intereses...

—¡Tonto... mi tonto... —él la había abarcado con los brazos y la oprimía—, mi tontito!

—¡Mía!

—¡Tuya!

—¡Malen!

—¡Solo tuya!

—¿Ahora?

—¡Siempre!

—¿Ahora...? —insistió él desesperado...

Ella no contestó. ¿Pensar...? ¿Hablar...? Imposible, si era apenitas una cosa maleable, una respiración... "¡Ahora!", le hubiera querido decir, contestar, pero qué sentido tenían las palabras en aquel hacer y deshacer anuencias y andamiajes de cuerpo de carne y beso, bajo hilos de lagrimones que saltaban de sus ojos, por momentos cerrados, por momentos abiertos, sin fijarse en nada... "¡Ahora, amor, ahora...!", parecía implorar él buscando en sus ojos la aceptación... "¡Esperemos...!", suplicaba ella con la mirada dulce, sin oponerse a nada, sintiendo que se abandonaba a las exigencias precisas del que la había alargado sobre cobijas empapadas en sueño de tiniebla casi perpetua y se tendía a su lado con todas sus substancias habitadas por un solo impulso, por una sola imagen de frutas, de líquenes de luna, de armazones de castillos de ocote [60] que era a lo que olía su pelo, el chorro de sus cabellos, a resina de pino, a hollín de cacharro de cocer alimentos, a humo de cocina de rancho... "¡Debemos esperar...!", insistió ella con voz de lana pegajosa, ensalivada, sus senos vagando fuera del corpiño, cerrados los ojos, suelto el corazón, cada vez más unida con él en aquel universo que solo a ellos dos pertenecía...

✳

Cayetano Duende fumaba en la boca de la gruta, sentado, parado o paseándose como centinela, mientras los señores hacían sus arreglos. Algún tabaco le quedaba de los de Mondragón que no volvió a fumar desde que olvidó el humo en casa de Popoluca, el día que se vino a esconder a estas profundidades. Lo hizo para castigarse y le dio resultado. Mejor, así fumaba él, viejo aplicado a los chancuacos de hebra, fuertes, picantes, olorosos y a puntos hechos con muchos dedos y bien envueltas las capas, como párpados de muerto. Pero fumar no es así no más. Hay que pensar hondo al tragarse el humo y hablar al soltarlo para afuera, hablar solo, como él estaba hablando ahora, rascón y rascón de cabeza, frota que te frota una bota con otra. Cabeceaba. De vez en cuando cabeceaba como para botar lo que le pasaba por la cabeza: nubes, pájaros, ardillas... Y al abrir los ojos, medio desnucado, no sabía si en verdad salían o no de su cabeza nubes, pájaros, ardillas, mariposas... ¿Otro cigarrito?, se preguntaba. Y como no hay mejor ayuda que la del interesado, ya era de ponérselo en la boca y encenderlo.

Se hacía tiempo con el humo y el pensar, tiempo fuera del tiempo, entre la luna ciega de tan nuevita y el sol que caía enrollado como gusano de fuego, sobre las cumbres de los cerros como si por encima les resbalara luz de espejo.

El cigarrillo se pulsa como cualquier instrumento de humo, como se pulsan los braseros en que se quema incienso, y por eso tiene su tiempo en la boca y tiene su tiempo en los dedos, tenso el índice listo para el golpecito de ala de mosca con que se bota la ceniza de vez en vez.

La primera estrella suelta. Debían regresar. No era cosa de esperar la noche. Cerropón quedaba lejos. Se levantó como mandado de donde estaba nalgueando suelo y tierra y después de oír a campo redondo, suspendidos los ojos de su respiración de viejo, ya algo espesa, si no venía nadie, y de espantarse a manotazos un moscardón se coló por la gruta de la entrada, tupida de murciélagos, a la caverna de esponjosa penumbra con olor a babosidades de agua estancada. Pronto, mechado el silencio con sus pasos, quedó sumergido en una polvazón de luz verdosa, entre hiel y hielo de serpientes petrificadas en el Galibar de los Tunales, ombligo de la Caverna Viva.

Hambre no tenía, pero mejor si apuraba. Tal vez ellos le regalaban un bocadito y un trago de algo. Con solo eso se sacaría la espina que llevaba en el estómago. Marcaba los pasos en la piedra por oírse andar temeroso de haberse vuelto murciélago entre los murciélagos que surgían del mundo helado, giraban en el espacio de la caverna y se volatizaban convertidos en murciélagos o ecos, no de sus pies andando, sino de pasos espectrales, como si resonaran de bajo los pasos de toda la gente que se movía sobre la tierra.

Volvió a ver hacia arriba el lamparón de luz con forma de bestia echada, temeroso de que alguien le siguiera, y se enfundó en la galería entre oscura y tenebrosa que daba a la guarida del prófugo, "prófugo" decía él orquestando, por si al caso que lo oyeran llegar, entre santa y santo pared de calicanto, una de toses, estornudos, bostezos y suspiros que ya los quisiera para sus conciertos la banda municipal, de la que se salvó siendo muy joven, porque era bueno para la rienda. No lo pusieron a soplar y hacer sonidos en una de esas trompetonas hediondas a saliva de escupidera, porque lo destinaron a cochero. Años y años acarreó y acarreó gente de mucha mecha en el carruaje municipal, hasta..., hasta que creció el primogénito del alcalde. Tomó las riendas líquidas y las riendas sólidas una noche de junio, a la puerta de la cofradía en que celebraban las vísperas de San Pedro y San Pablo, y con carruaje y caballos fue a dar al fondo de un barranco. Se salvó por milagro pedido en ese instante por su madre que soñó que su hijo corría peligro de muerte y que iba a morir sin confesión. "¡Virgen de Dolores, no lo permitas...!", gritó en sueños la madre y el portento se hizo y en la iglesia del Calvario, junto al altar mayor, del lado en que la virgen está al pie de la cruz, se admira, eternizado en una tablita pintada, el instante en que el carruaje rodaba al profundísimo barranco, los rayos de las ruedas erizados, de punta, como los pelos del hijo del alcalde que va cabeza abajo; arriba, en un medallón entre las nubes, la milagrosa imagen, abajo, a sus pies, la afligida madre orando, y más abajo, escrito con letra de carta, el lugar, la hora y fecha del milagro, nombre de las personas favorecidas, agradecimiento a Nuestra Señora y constancia de que al pintor se le habían olvidado los caballos.

Lo cierto es que hubo milagro, pero no para los caballos que perecieron, sin figurar en la tablilla milagrera —el carruaje se ve caer "acéfalo"—, ni para él que se quedó sin el puesto de cochero municipal. Y con lo que le gustaba ir arrastrado, interminablemente arrastrado. Ya tenía pelo y sudor de bestia y respiración de rueda y quizás por eso mismo Dios lo castigó, lo dejó a pie, pues sin querer se estaba volviendo mitad animal, mitad carruaje. Y cierto es también que la última persona que acarreó de la estación al pueblo, fue una maestrita que dijo llamarse Malena Tabay. De esto hace sus años. No había estación, salvo un alto de bandera en medio de las ciénagas, donde los viajeros, en espera de seguir camino, resguardábanse a la sombra de un amatón de ramas abiertas como un inmenso paraguas verde. Ahora hay edificio, telégrafo y se lee el nombre de Cerropón, pintado, diríase muerto, con letras negras sobre fondo café. Y hay escuela, que entonces no había. La hizo construir la nueva directora, aquella que él fue a encontrar tiernita; pichona, y que dio todo lo que dio a pesar de los anuncios fatales de la Chanta Vega, que de Dios haya si las circunstancias no la tienen en el purgatorio. Se equivocó medio a medio. Allí sí que la Chantísima se equivocó medio a medio. Aquietando el ojo líquido y entrecerrado el ojo sólido que se le moría por temporadas, afirmaba que como no fuera para calentar el puesto, no serviría para nada una maistra que leía versos en voz alta, como loca, que lloraba a horas fijas, que era del oficio magisteril por necesidad y no por vocación y que se había enterrado en aquella infelicidad de pueblo, por pura decepción amorosa...

El viejo chaneque[61] apagó los pasos ya cerca de la guarida, tan cerca que le parecía que las voces de Malena y Juan Pablo salían de bajo sus pies con quejido de hojas secas. Iba sobre hojarasca dormida, sobre palabras convertidas en polvo de sombras, andando y no andando, entre llegar y no llegar, asomar y no asomarse, sacar y no sacar aquellas dos vidas a la evidencia de tener que separarse.

Pasos. Malena se incorporó apresuradamente, los cabellos en desorden, las ropas toreadas por el diablo. Al tanteo extrajo el peine de su bolso y fue buscando las horquillas. Todo tan rápido. Una horquilla en los labios, otra pronta a clavarla y va buscando la otra. Mientras tanto Juan Pablo se levantaba e iba al encuentro del viejo que tardaba en llegar, como si se hubiera quedado allí cerca marcando el paso. Listo el peinado, ahora las ropas. La manga del brazo derecho no le bajaba. Le costó trabajo enderezarla. A duras penas. Con traquido de la articulación. Hasta le quedó dolor en el hombro. Atrás, por el omóplato. Trapos estúpidos. El cuello de la blusa. Las medias. Una atadera reventada. La encontró y atusóla con un nudo y medio nudito. Cuánto ojal salido. Los aretes medio arrancados. Juan Pablo se detuvo y volvió. Un beso. No podía alejarse de ella sin un beso. La tomó de la barbilla, como a una niña, levantándole la cara, y se inclinó a besarla con ruido de sorbo. Estremecida botó los párpados sobre sus ojos, al abrirlos, aquel había salido de la guarida, pero ella no se sintió sola. Alguien o algo la acompañaba. No sería tan terrible su soledad. En esto fue en lo primero que pensó. Por lejos que se fuera, lo sentiría cerca. La soledad sin él, sin nadie, esa sí que era terrible. Pero ahora quedaba acompañada por... —su pensamiento, que era como una voz interna se soltó de su garganta en argollas de temblor que la estremecían— ¿Por quién quedaba acompañada si al salir Mondragón de aquel laberinto de lava, tiniebla y piedra, lo capturaban...? ¿Por un muerto...?

Dio un grito. Juan Pablo la acababa de tomar del brazo con la mano helada. Era la hora, boca contra boca la cerró después en sus brazos. Un trecho de camino juntos. Hasta el Galibal de los Tunales. Adelante Cayetano Duende. Bandadas de murciélagos salían hacia la noche. Imposible separarse. La dejaría más allá, cerca de la salida. Duende iba a la descubierta y les avisaría cualquier peligro. Duros como la piedra de lava, sentíanse aislados de su pena. Por momentos rompían con un beso aquella incomunicación dolorosa. Pronto se hizo evidente el calor frío de las estrellas. Debían separarse. ¡Hasta allí, hasta allí cuerpos extraños para los murciélagos! ¿Quiénes eran ellos para aquellas bestezuelas que los rozaban, los golpeaban casi, entre chistidos y aletazos? Se detuvieron. Nadie hablaba. Estaban frente a frente en la oscuridad, buscando a que la noche les bañara las caras para mirarse por última vez, antes de separarse quién sabe si para siempre. Él la contemplaba como robándole el rostro para esconderlo en el fondo de sus ojos casi cerrados por la hinchazón de sus facciones. Esforzábase en vano por representársela alegre, sonriente, como en sus días felices y no con aquella máscara apergaminada, en la que sonaban al caer los cantos rodados de lagrimones inexpresivos, rotundos... ¡ Ah, cuando se pesa en lágrimas la frustración y lo imposible...!Y mientras la miraba y remiraba, Malena decía con la voz pastosa, mojada, medio pronunciando las palabras, al tiempo de recorrer con sus dedos fríos el rostro deforme de Juan Pablo, que así quería ella guardarlo en su recuerdo; para sostenerse en la espera y en la lucha, ya que aquella cara deshumanizada, pequeña montaña de bongos, escondía la voluntad de un hombre dispuesto a volver a la animalidad del trabajador de la costa, para empezar de nuevo. Sus dedos menos rígidos, la ternura ablanda los huesos, siguieron pasando sus pinceles de sueño sobre las facciones de la bestia que parecía herida...

Se desprendió de sus brazos y avanzó a pasos largos. Al volverse ya no lo encontró. Había quedado en las profundidades. Agitó su mano todavía para despedirse a ciegas, Juan Pablo miraba borrarse su silueta contra la bocanada de claridad nocturna que caía de lo alto. Rápidamente trepó tras ella lo que le faltaba para asomarse a la gruta de la entrada, y desde allí la siguió hasta perderla, con ojos de pobre ser que llora, embrocado [66] sobre sus manos desnudas. Al levantar la cabeza de nuevo, ya no quedaba ni el rastro; adelante Cayetano Duende y atrás Malena. Luego ni el rastro de sus sombras en la noche inmensa, ciega de sal de luceros.

[66] embrocado: puesto boca abajo.

Índice de notas

[1] corcoveador: aquí, destemplado, alterado.
[2] grandononón: grandón.
[3] chiquiador: galleta en forma de lengüeta.
[4] jocicón: de labios pronunciados; aquí vale por bruto.
[5] pisto: dinero.
[6] muchá: apócope de muchacho.
[7] tilichera: mostrador pequeño de vidrio.
[8] bolo: borracho, ebrio.
[9] zope: apócope popular de zopilote o aura.
[10] tecomate: calabaza de cuello estrecho y corteza dura con la que se   hacen vasijas.
[11] tuja: poncho.
[12] cususa: o también cushusha; (RAE) aguardiente de caña.
[13] canche: persona de pelo rubio; aquí, rubio, amarillento.
[14] jicaque: indio cimarrón.
[15] ixcoroco: niño; aquí, menudo, pequeño.
[16] piula: calma.
[17] zacate: forraje.
[18] milpa: plantío de maíz; aquí, la semilla.
[19] guaro: aguardiente.
[20] birloche: por birlocho; coche de caballos ligero.
[21] molote: (RAE) alboroto, aglomeración de personas.
[22] batuquear: agitar o trasladar objetos de un lado a otro; aquí, inquietarse.
[23] acomedido: remilgado.
[24] guarera: de guaro; aguardiente; por tanto, aguardentosa.
[25] chorcha: (RAE) reunión de amigos que se juntan para charlar.
[26] somatar: golpear, pegar fuertemente.
[27] zacatal: plantío de forrajes.
[28] dealtiro: o también dialtiro; del todo, de una vez, por completo. Es preciso apuntar que M. Á. Asturias prefiere el modismo dialtiro en las entregas anteriores de la *Trilogía* y en *El Señor Presidente*.

[29] caite: sandalia de cuero; aquí, despectivo del rostro; o sea, jeta.

[30] nigua: insecto minúsculo que se incrusta en los pies.

[31] jocotal: plantío de jocote.

[32] zopilote: ave carroñera de cabeza rojiza y desplumada, y plumaje negro.

[33] liso: pesado, abusivo, grosero.

[34] chichicaste: especie de ortiga espinosa, de tallo fibroso que se utiliza para cordelería.

[35] jalador: peón recolector de las bananeras.

[36] guarisama: tipo de machete.

[37] cenizal: aquí, baldío.

[38] chichicastal: terreno de chicastes; ver nota en p. 95.

[39] miche: expresión a miches; a la espalda, al lomo.

[40] mecapal: pedazo de cuero que aplicado a la frente sirve para cargar a la espalda objetos o mercancías que se transportan.

[41] tamal: torta de maíz rellena de carne.

[42] chenca: colilla de cigarro puro o cigarrillo.

[43] abodocar: salir chichones en el cuerpo; aquí, alterar.

[44] íngrima: sola, sin compañía; aquí, única.

[45] tapalcate: (RAE) tiesto y, más frecuente, trasto viejo.

[46] cenzontle: pájaro de plumaje pardo y blanco y canto melodioso.

[47] cuache: mellizo.

[48] chiche: senos, pechos femeninos.

[49] chilaquila: (RAE) tortilla de maíz con relleno de queso, hierbas y chile.

[50] tuza: hoja que envuelve la mazorca de maíz; figurado, dinero.

[51] humar: fumar.

[52] bayunco: aquí montaraz, tosco, sandio.

[53] garrobo: iguana comestible.

[54] zompopo: hormiga grande con espinas en el dorso.

[55] huatal: o guatal; terreno en barbecho para pasto del ganado.

[56] jocote: fruta parecida a la ciruela.

[57] talpetatera: terreno arcilloso; aquí, desazón, miedo.

[58] nanacate: (RAE) hongo comestible alucinógeno.

[59] cacha: hacer lo posible por conseguir algo; aquí, intrépido.

[60] ocote: pino cuya resina sirve para encender fuego y hachones.

[61] chaneque: duende en lengua náhualt; también guía de la selva.

[62] pixtón: torta gruesa de maíz.

[63] matate: bolso de pita.

[64] guanaba: o también guanabo; fruto del guanabo.

[65] tiste: refresco que se prepara con harina de maíz tostado, cacao y azúcar.

[66] embrocado: puesto boca abajo.

[67] *Diario del Aire* fue el popularísimo noticiario radiofónico fundado por Miguel Ángel Asturias y el español Francisco Soler y Pérez en 1938. En sus inicios, *Diario del Aire* era transmitido a las 12'45 y, dos años después, se amplió a dos emisiones: una, a las 7, y la otra, a las 19 horas. Se suspendió con la revolución de octubre de 1944, cuando Asturias percibió la hostilidad de sus paisanos. Tras estos sucesos, se volvió a emitir pero sin la participación constante de Miguel Ángel Asturias.

[69] tetunte: (RAE) ladrillo, o también puñado o bolo de arcilla.

[68] taltuza: (RAE) roedor subterraneo de pelaje rojizo oscuro.

[70] cocal: árbol de la coca.

[71] chicoles: plural de chico; níspero del chicozapote.

[72] patoja: niña, muchacha.

[73] pajuil: ave acuática.

[74] tapexco: o también tapesco; cama hecha de cañas.

[75] chompipe: pavo.

[76] ayote: calabaza; figurado, tonto; incluso, cabeza.

[77] chivado: difícil, enrevesado.

[78] naguas: enaguas.

[79] amancornar: emparejar.

[80] chichipate: (RAE) persona que se emborracha con mucha frecuencia.

[81] chapiador: peón agrario.

[82] cuzuco: o cusuco peón de las vías férreas.

[83] mascón: tarascada.

[84] amate: árbol cuyo fruto, similar al de la higuera, que no es comestible.

[85] tecolote: búho.

[86] tunal: plantío de tunas; tuna o nopal, e incluso chumbera, es un cacto muy extendido en América y hasta en España.

[87] ligoso: (RAE) masa con consistencia entre elástica y correosa.

[88] riata: soga para enlazar.

[89] arrebiatar: unir en reata varias caballerías; aquí, arrimada, amancebada.

[90] apaxte: recipiente culinario grande y de arcilla; cazuela.

[91] chapín: denominación popular del gentilicio guatemalteco.

[92] comiteco: aguardiente de Comitán, en Chaipas.

[93] En la primera edición de Losada (1960) y sucesivas, y también en la de Alianza (1982), este capítulo brinca en su numeración y se titula XXVIII, sin ninguna razón conocida, y con la consiguiente alteración del orden sucesivo. No así en las *Obras completas* de Aguilar, de 1968, a cargo de José María Souvirón, donde conserva su orden correlativo y se titula XXVII. Así que hemos optado por este último criterio.

[94] nance: fruta amarilla y del tamaño de la cereza de sabor delicioso.

[95] chinear: cargar con un niño la china o el aya; o sea, criarlo.

[96] charranguear: pulsar todas las cuerdas; aquí, tocarla simplemente.

[97] aguacalar: ahuecar, poner en forma de huacal o combada.

[98] chamá: hechicero, brujo.

[99] pliro: homosexual en jerga; o sea, marica.

[100] faumento: depósito de agua tibia con hierbas relajantes para aliviar dolores en las extremidades y otras afecciones musculares.

[101] corozo: o corojo; árbol de cuyo fruto cocido se extrae una grasa que emplean los negros como manteca en sus alimentos.

[102] ayate: tela rala de fibra de maguey, de palma, de henequén o de algodón.

[103] patacho: recua de animales de carga.

[104] bartolina: calabozo.

[105] guarumo: árbol de tronco hueco, con hojas parecidas a las del papayo.

[106] nagüilón: de naguas; cobarde, faldero.

[107] muchades: plural de muchá, apócope de muchacho.

[108] languruto: persona flaca de aspecto desgarbado y débil.

[109] bodocazo: golpe con pelota de goma o papel o de puñado de tierra.

[110] turpial: pájaro de canto variado y melodioso, plumaje negro brillante y amarillo anaranjado en la nuca y en la zona ventral.

[111] chingaste: residuo.

[112] alebrestado: excitado o irritado.

[113] cocuyo: insecto de color pardo que despide de noche una luz azulada.

114 **altibelisona**: término acuñado por M. Á. Asturias; en el contexto refiere a un cruce entre altisonante y belicosa.

115 **aguacatal**: (RAE) terreno poblado de aguacates.

116 **quilamule**: aquí, jabón o amole de hierba.

117 **pistudo**: de **pisto** (dinero en jerga); por tanto, adinerado, rico.

118 **chagüitear**: discursear; aquí, salpicar.

119 **canchito**: diminutivo de **canche**, rubio; por tanto, rubito.

120 **rispa**: (agarrar rispa), con celeridad, con prisa, salir pitando.

121 **zonzo**: tonto, bobo.

122 **chumpa**: cazadora, chaqueta corta ajustada a la cadera.

123 **jiote**: enfermedad de la piel.

124 **monchar**: comer.

125 **montarrascal**: matorral.

126 **arrecha**: de **arrecho**, valiente, esforzado, animoso.

127 **de a huevo**: de calidad; aquí, más fiable.

128 **pupuso**: hinchado.

129 **cuchumbo**: cubilete para dados.

130 **huehuecho**: o también **güegüecho**; bocio, papada y, a veces, tonto.

131 **cuma**: cuchillo corvo para podar.

132 **cuque**: soldado, en sentido despectivo.

133 **jáquima**: figurado, borracho.

134 **tastacear**: castañetear.

135 **de culumbrón**: prosternado; de rodillas y con el culo en alto.

136 **acolochar**: rizar; aquí, rizadas.

137 **chongo**: moño o también rizo.

138 **chapulín**: langosta.

139 **coyol**: testículo.

140 **guacaludo**: aquí, con las orejas grandes.

141 **pepena**: (andar a la), escarbar o recoger del suelo.

Cronología de Miguel Ángel Asturias[*]

1899

Miguel Ángel Asturias nace el 19 de octubre, hijo del abogado Ernesto Asturias Girón y de la maestra María Rosales de González, en la casa de los abuelos paternos, estancia grande de tres patios y dos pisos, situada en el 11 de la Avenida de Caballería; en el barrio de la Parroquia Vieja, de Guatemala.

Manuel Estrada Cabrera ha ascendido al poder en febrero del año anterior.

1901

El 5 de junio nace su hermano Marco Antonio.

1904

Ernesto Asturias Girón, como juez, dicta el excarcelación de los integrantes de una algarada en la Escuela de Medicina contra Estrada Cabrera. El presidente lo convocará para pedirle explicaciones. A consecuencia de esa audiencia, los padres de Miguel Ángel Asturias perderán su trabajo; no solo eso, sino que no tenían expectativas de encontrar otro. El coronel retirado Gavino Gómez (padrastro de la madre de Miguel Ángel) les sugiere que se trasladen a Salamá, para rehacer sus vidas lejos de la capital.

En Salamá, el niño Miguel Ángel entra en contacto con los indios y su mundo, gracias a su nana, Lola Reyes.

En enero llega a Guatemala Minor C. Keith, el Papa Verde, y promete terminar el Ferrocarril del Norte en tres años. Estrada Cabrera cede los derechos sobre el Ferrocarril del Norte a la United Fruit Company por 99 años.

---

[*] Esta cronología ha sido elaborada según las ofrecidas por Gerald Martin en Miguel Ángel Asturias, *El Señor Presidente*, París: ALLCA XX, 2000, pp. 481-506, y Dora Sales en Miguel Ángel Asturias, *Week-end en Guatemala*, Madrid: Iberoamericana, 2013, pp. 48-53.

1906

Comienza sus estudios primarios en Salamá, donde completará tres cursos.

Invasión desde México y El Salvador organizada por el antiguo presidente Manuel Lisandro Barillas. (Será asesinado, en México, al año siguiente por un atentado con bomba).

1908

El 18 de enero la familia Asturias retorna a Guatemala, al barrio de San José, vecino del barrio de la Candelaria y de la Parroquia. Miguel Ángel vive con su abuela materna doña Soledad de Gómez, separada del marido, en la Avenida San José, y termina la complementaria en el colegio Domingo Savio. Sus padres se han hecho importadores de granos y azúcar. En el patio del almacén el niño Miguel Ángel pasa muchas horas conversando con arrieros y campesinos.

En enero se completa el Ferrocarril del Norte.

En abril, se produce el "atentado de los cadetes". Como represalia, Estrada Cabrera arrasa la Escuela Politécnica (la academia militar).

1909

La familia se traslada a su nueva casa, en la Avenida de los Árboles, en el barrio de la Candelaria.

1911

A partir de enero estudia el Bachillerato en el Instituto Nacional Central de Varones.

1912

La familia Asturias vive en la Avenida Central, en una casa que da a la avenida de los Árboles. Su padre apenas trabaja, así que doña María establece un colmado en la casa familiar.

Establecimiento de la International Railways of Central America.

1915

Conocerá a Rubén Darío que se hospedaba en el Hotel Imperial de Guatemala durante unos meses.

1916
Termina el Bachillerato.

1917
Influenciado por su padre, que teme el ejercicio del Derecho en aquella Guatemala, Miguel Ángel Asturias se matricula en la Facultad de Medicina. Publica en los diarios *La Opinión* y en *La Campaña*. Escribe sus primeros poemas.

El 25 de diciembre se producen sucesivos terremotos en Guatemala. Los Asturias se acogen en un campamento improvisado. Muchos ciudadanos pobres vivirán durante años en esos campamentos.

1918
Durante su estancia en el campamento, ha escrito su breve novela *Un par de invierno*. Abandona Medicina e ingresa en la Facultad de Ciencias Jurídicas y Sociales de la Universidad Nacional o de San Carlos, rebautizada entonces de Estrada Cabrera. Conoce a Eduardo Zamacois durante su visita a la ciudad y a José Santos Chocano.

Guatemala declara la guerra a Alemania poco tiempo antes del final de la I Guerra Mundial.

Grave epidemia de fiebre amarilla

1919
En mayo, Miguel Ángel Asturias asiste a los inflamados sermones del obispo Piñol y Batres en la iglesia de San Francisco contra Estrada Cabrera. El clima político es tan tenso en la capital que, por un incidente sin importancia pero nocturno, Asturias es detenido y encarcelado durante once días. Esta experiencia penal y la siguiente lo nutrirán de personajes para *El Señor Presidente*.

Formación de la Liga Obrera organizada y del Partido Unionista como focos de oposición a Estrada Cabrera.

Miguel Ángel Asturias edita con otros estudiantes *El Estudiante*, supuestamente regido por el Partido Unionista, aunque burlan su control cuanto pueden.

1920
Participa en la fundación de la Asociación de Estudiantes Unionistas. Trabaja activamente en el periódico *El Estudiante*. También colabora con otras revistas: *Studium*, fundada por él y

por David Vela, y *La Cultura*. Participa en la gran manifestación política del 11 de marzo.

En abril cae Manuel Estrada Cabrera tras más de veinte años de poder absoluto. Miguel Ángel Asturias participa en su detención como representante de los estudiantes y, posteriormente, en la instrucción de su juicio como secretario del Tribunal.

Carlos Herrera asciende a la presidencia.

1921

Participa en la Huelga de Dolores, fiesta callejera de los estudiantes guatemaltecos, resucitada tras su supresión por Estrada Cabrera en 1898. En agosto viaja a México mientras cursa cuarto de Derecho, como representante de los universitarios ante las conmemoraciones de la independencia. Allí conoce a Valle-Inclán, que resultará una influencia importante en su literatura, a José Vasconcelos, de igual fuste para su pensamiento; y a otros muchos jóvenes escritores e intelectuales, como Haya de la Torre, Torres Bodet, Pellicer, etc.

El 6 de diciembre, golpe de Estado de los generales José María Lima, Miguel Larrave y Miguel José María Orellana. Orellana asume la presidencia.

1922

Asturias integra los fundadores de la Universidad Popular. En ella dicta clases de Gramática y enseña a leer a los obreros, además de impartir una conferencia semanal. Escribe con otros estudiantes la letra de *La chalana*, que se convertirá en el himno universitario. En *Studium* aparece su primer cuento de calidad, *El toque ánimas,* y el primer capítulo de una novela, *El acólito de Cristo,* que nunca completará (Claude Couffon editó el segundo capítulo, *La hora del repaso*, en 1971).

En junio aparece un nuevo periódico, *El Imparcial*, donde trabajará activamente.

1923

Escribe en *Tiempos Nuevos* y pasa unos días preso.

En diciembre se gradúa en Derecho, habiendo obtenido el título de licenciado con la tesis *El problema social del indio,* que obtiene el máximo galardón: el premio Gálvez.

1924

A instancias de sus padres, el 23 de junio, Miguel Ángel Asturias viaja a Londres con el doctor José Antonio Encinas, peruano exiliado, para estudiar Economía Política. Ya ha escrito *Los mendigos políticos*, origen de *El Señor Presidente*. Publica sus artículos en *El Imparcial* de Guatemala.

Viaja a París el 14 de julio y en septiembre se instalará allí.

1925

Se matricula en los cursos de Georges Raynaud, sobre las religiones de la América Precolombina, en la Escuela de Altos Estudios de París. Escribe para diarios de México y para *El Imparcial* de Guatemala. Edita *Rayito de Estrella*, fantomima vanguardista. Viaja a Italia como miembro del Congresso della Stampa Latina.

En París, con Armando Maribona, Carlos Quijano, Haya de la Torre y algunos otros, funda la Asociación General de Estudiantes Latinoamericanos (AGELA).

1926

Con J. M. González de Mendoza empieza la traducción al español del *Popol Vuh*, según la versión francesa de Georges Raynaud. En mayo publica el cuento *La venganza del indio*. Viaja a Niza y a Lieja. En París se relaciona con los surrealistas, y por sus tareas periodísticas conoce a Joyce, a Unamuno, a Tzara, a Picasso, etc.

En Guatemala muere Orellana; lo sustituye otro general: Lázaro Chacón.

1927

Se publica la versión del Popol Vuh con el *título Los dioses, los héroes y los hombres de Guatemala antigua o El libro del consejo, Popol Vuh de los indios quichés* (Editorial París-América).

En octubre Asturias viaja a Rumania como delegado al Congreso de la prensa Latina; visita Belgrado, Trieste y Venecia.

1928

Viaja en marzo a La Habana, para un congreso de periodistas y aprovecha para estar tres meses en Guatemala, donde dará conferencias en la Universidad Popular, en el Instituto Nacional

Central de Varones, en la Sociedad de Auxilios Humanos Mutuos y en el Sindicato de Empleados de Comercio.

Ya en París edita sus conferencias bajo el título *La arquitectura de la vida nueva* (Ed. Goubaud). Ha comenzado a escribir las *Leyendas de Guatemala* y *El Alhajadito*. Traduce, en compañía de González de Mendoza, sobre la versión francesa inédita de Raynaud, los *Anales de los Xahil de los indios cakchiqueles*, (Editorial París-América).

1929
Publica su cuento surrealista *La barba provisional*. Viaja a Burgos, Madrid y Toledo.

1930
Vuelve a Madrid y se relaciona con algunos escritores españoles. Publica las *Leyendas de Guatemala* (Ediciones Oriente).

En diciembre participa en el Congreso de la Prensa Latina en Atenas y viaja por Grecia, Italia y el Mediterráneo.

1931
Se edita en Francia *Légendes du Guatemala* traducido por Francis Moimandre. Paul Valéry escribe al traductor una carta, entusiasmado por aquellos "histoires-rêves-poèmes". Miomandre obtiene el Premio Sylla Monsegur por la mejor traducción del año del español al francés.

En abril, Asturias publica el cuento *En la tiniebla del cañaveral*, que más tarde formará parte de *Hombres de maíz*, mientras asiste al nacimiento de la II República en España.

En Guatemala llega a la presidencia Jorge Ubico. De inmediato disuelve los sindicatos y el Partido Comunista; también clausura varios periódicos.

1932
En enero viaja al congreso de la Prensa Latina en Alejandría. Visita El Cairo, Luxor, Jerusalén y Jordania. En verano visita Noruega y Suecia.

Continúa escribiendo poemas. El 8 de diciembre termina el manuscrito de *El Señor Presidente*.

1933

Miguel Ángel Asturias publica el cuento *Le sorcier aux mains noires*, que más tarde integrará *Hombres de maíz*.

Regresa a Guatemala en julio con escalas en España y Nueva York.

1934

Funda el diario *Éxito* el 1 de mayo, y es nombrado profesor de Literatura en la Escuela de Derecho.

Ubico promulga la Ley de Vagancia implantando un régimen solapadamente esclavista en el agro guatemalteco.

1935

Se cierra el diario *Éxito*. Asturias pasa a colaborar en el periódico oficialista *El Liberal Progresista*. Publica la fantomima *Émulo Lipolidón*, dedicada a sus amigos Alfonso Reyes, Rafael Alberti, Mariano Brull. Arturo Uslar Pietri, Luis Cardoza y Aragón, Francis de Miomandre, Alejo Carpentier, Georges Pillement y Eugène Jolas.

1936

Publica *Sonetos* (Tipografía Americana).

Jorge Ubico concede privilegios exorbitantes a la United Fruit Company.

1937

Lo despiden de la redacción de *El Liberal Progresista*. Pasa a trabajar durante un breve período en *El Imparcial*.

1938

Con Francisco Soler y Pérez, funda el noticiario radiofónico el *Diario del Aire* en el mes de junio.

1939

Se casa con Clemencia Amado. Pocos días después, muere su padre. Nace su hijo Rodrigo.

1940

Edita la fantomima *Alclasán* (Tipografía Americana).

1941

Nace su segundo hijo, Miguel Ángel.

Guatemala, hasta entonces neutral en la II Guerra Mundial, le declara la guerra a Alemania y al Japón.

1942

Es nombrado diputado por Huehuetenango. Inicia su amistad con Pablo Neruda, a quien hospeda en su casa. El 14 de julio publica *Con el rehén en los dientes. Canto a Francia* (s.n:); un homenaje a la Francia ocupada. Participa en el Congreso Nacional Mariano con otro poema.

1943

Publica el poema, *Anoche, 10 de marzo de 1543* (ed. Cordón), con motivo del IV Centenario de la fundación de Guatemala.

1944

En junio, Jorge Ubico renuncia a la presidencia; lo sucede una Junta militar incapaz de contener, en octubre, la Revolución de Guatemala. Ante tales acontecimientos, Asturias cierra el *Diario del aire.*

1945

Se destierra a México. Edita el cuento *Gaspar Ilóm* (s.n.), que integrará después *Hombres de maíz.*

Comienza el gobierno democrático de Juan José Arévalo.

1946

Arévalo lo nombra agregado cultural de Guatemala en México. Se decide a publicar allí *El Señor Presidente*, en la editorial Costa-Amic. Y edita en Guatemala su crónica *Maximón, divinidad de agua dulce.*

1947

Se divorcia de Celmencia Amado y pasa algunos meses en Guatemala, donde escribe los *Cuentos del Cuyito.* Luego vuelve a México a recoger a sus hijos. Mientras es trasladado como agregado cultural a la Argentina.

1948

De camino a Buenos Aires visita a Pablo Neruda en Chile. Publica en Argentina *Sien de alondra* (Argos), una selección de sus poesías hecha por Rafael Alberdi y Antonio Salazar, con el prólogo, *Flecha poética,* de Alfonso Reyes.

En mayo muere su madre.

En diciembre, la Editorial Losada reedita *El Señor Presidente.*

1949

Dedica todo este año a *Hombres de maíz,* que aparecerá en noviembre, editada por Losada. En diciembre, viaja a Guatemala; permanecerá durante los cuatro meses siguientes documentándose para las novelas bananeras.

1950

Losada edita *Viento fuerte,* primera entrega de la *Trilogía bananera.*

Se casa, en Montevideo, con Blanca Mora y Araujo.

1951

Publica, dedicados a Blanca, los sonetos *Ejercicios poéticos en forma de sonetos sobre temas de Horacio* (ed. Botella de Mar).

En marzo asciende al gobierno de Guatemala el coronel Jacobo Arbenz.

1952

Es nombrado ministro consejero en París. *El Señor Presidente* obtiene, en su versión francesa, el Premio Internacional del Club del Libro Francés. Publica *Alto es el Sur (Canto a la Argentina)* (Tall. Moreno).

Viaja a Bolivia en octubre, invitado por el presidente Víctor Paz Estenssoro.

1953

Asiste en Niza a un congreso internacional de redactores.

El gobierno de Árbenz lo nombra embajador en El Salvador.

1954

A principios de año viaja a Caracas, donde asiste como delegado a la X Conferencia Interamericana.

En junio se produce la expedición de Castillo Armas, apoyada por Estados Unidos. Asturias vuelve a San Salvador y renuncia al puesto diplomático. Desde Panamá se dirige a la casa de Neruda en Chile, y desde allí, a la Argentina, donde Losada publicará *El Papa Verde*.

1955
Reside como exiliado en Argentina. Colabora con la Editorial Losada con traducciones y vuelve al periodismo. Publica la pieza teatral *Soluna*, (Losange), y el poema *Bolívar. Canto al Libertador* (Ministerio de Cultura, El Salvador).

1956
Escribe para *El Nacional* de Caracas la columna *Buenos Aires de día y de noche*. En septiembre publica *Week-end en Guatemala* (cuentos), en la editorial Goyanarte.

1957
Publica en la editorial Ariadna *La audiencia de los confines*, su obra de teatro predilecta.

Vuela a la India para asistir a un congreso; el viaje se prolonga por China y acabará en Moscú, donde participa en un congreso de Literatura Comparada. Después, viaja por España, Francia, y Brasil.

1959
Conoce a Fidel Castro en Buenos Aires, quien lo invita a La Habana. En septiembre viaja a Cuba y, por fin, a Guatemala, gracias a su amistad con el nuevo autócrata, Ydígoras Fuentes. Allí celebrará su 60 cumpleaños, y dicta conferencias sobre la novela hispanoamericana.

Publica en La Habana (Talleres Ucar) el poema *Nombre custodio e imagen pasajera*.

1960
Asiste en Cuba al primer aniversario de la Revolución. De vuelta a Buenos Aires, Losada edita *Los ojos de los enterrados*, última entrega de la *Trilogía bananera*. También aparece en la editorial Fabril *Poesía precolombina*, bajo su selección, prólogo y notas.

En Guatemala fracasa un cuartelazo en el fuerte de Matamoros; en poco meses los rebeldes se convertirán en guerrilleros. Su hijo Rodrigo se unirá a ellos.

1961
Losada publica *El Alhajadito*.

1962
En Argentina cae el gobierno de Frondizi y el 19 de abril Asturias es expulsado por su defensa de la Revolución Cubana. Parte para Europa. La William Faulkner Foundation premia a *El Señor Presidente* (*The President*) como la mejor novela hispanoamericana.

Es capturado su hijo Rodrigo por fuerzas de Ydígoras, su padrino de bautismo. Pasa quince meses encarcelado; primero en el castillo de Matamoros y, después, en Salamá. Saldrá para el exilio de Cuba y, luego, de México, antes de regresar a la guerrilla de Guatemala, con el alias de Gaspar Ilóm.

1963
Losada publica *Mulata de tal*.
Pasa el verano en Francia.

1964
Publica en México su reportaje *Rumania, su nueva imagen*; (Universidad Veracruzana) y, en Losada, *Teatro: Chantaje, Dique seco, Soluna, La Audiencia de los Confines*; y en el Centre de Recherches de l'Institut d'Etudes Hispaniques, de París, el cuento *Juan Girador*. A principios de año dicta conferencias por toda Italia y luego diversas universidades escandinavas. Asiste al Coloquio Alemán de Escritores, en Berlín.

1965
Edita en Argentina el poemario *Clarivigilia primaveral* (Losada); y en Milán, *Sonetos de Italia* (Instituto Editoriale Cisalpino). Dirige el Columbianum en Génova y prepara un congreso de escritores del Tercer Mundo, que se realizará en enero. Representando al Pen Club francés, es candidato a sus elecciones presidenciales, que se realizan en Yugoslavia.

Viaja a Hungría con Pablo Neruda.

1966

Se instala en París como presidente del Pen Club francés. Le conceden el Premio Lenin de la Paz. Pasa el verano en Rumanía.

En Guatemala ha triunfado el Partido Revolucionario de Julio César Méndez Montenegro, apoyado por el Partido Guatemalteco del Trabajo (los comunistas). Asturias visita su país, negocia en secreto la paz con los guerrilleros, sin resultado, pero es nombrado embajador en Francia.

1967

En abril asiste al II Congreso de la Comunidad de Escritores Latinoamericanos. Visita Londres en mayo y en septiembre. En octubre, edita por Siglo XXI de México —donde trabaja su hijo Rodrigo— *El espejo de Lida Sal* (cuentos).

El 19 de octubre se le otorga el Premio Nobel de Literatura. Visita Italia y Alemania para presentar las traducciones de sus libros y parte hacia Suecia para recibir el premio.

Por primera vez se podrá comprar una casa, en la rue Saint-Ferdinand de París.

1968

La Asociación de Periodistas Guatemaltecos le concede el Quetzal de Jade, y las comunidades indígenas lo nombran Hijo unigénito de Tecún Umán.

Colabora con crónicas en *Excelsior* de México. Preside el festival de cine de San Sebastián. En octubre irá a Canadá, y en Colombia recibe la Gran Cruz de San Carlos.

Edita en Madrid *Latinoamericano y otros ensayos* (Guadiana).

1969

En Buenos Aires se publica su penúltima novela *Maladrón* (Losada). Después de pasar una temporada en Palma de Mallorca, en casa de su médico Falicoff, se opera en París.

Invitado por el presidente Senghor viaja al Senegal pasando por Madrid. Nuevos viajes a Escandinavia e Italia; retorno al descanso de Mallorca.

1971

Preside del jurado en el Festival de Cine de Cannes. Y aprovechando el fin del mandato de Julio César Méndez Montenegro, en Guatemala, Miguel Ángel Asturias renuncia a su puesto de embajador en Francia, que le ha causado amargas críticas entre los jóvenes hispanoamericanos.

Visitas frecuentes a Mallorca, con estancias en casa de Camilo José Cela. Allí redacta *Tres de cuatro soles* (Closas-Orcoyen), sobre su concepción de la escritura.

Asiste en Venecia a la proyección de la película *El Señor Presidente*, que le decepciona.

1972

En mayo viaja a Israel, y en junio Losada publica *Viernes de Dolores*, su última novela donde relata sus vicisitudes universitarias. Aparecen en Caracas sus ensayos *América, fábula de fábulas* (Monte Ávila).

En noviembre, invitado por el presidente Echeverría, viaja a México, donde recibirá numerosos homenajes.

1973

Publica *L'Homme qui avait tout, tout* (*cuento para niños en el año 2000*) (G.P., París).

Prepara un viaje a la Argentina y Chile, instado por Neruda. El viaje no se realiza. Neruda morirá en septiembre tras el golpe de Estado.

1974

Gravemente enfermo, es internado en el Hospital de la Concepción, de Madrid. El 9 de junio muere y, de acuerdo con su voluntad, sus restos son enterrados en el cementerio Pere Lacháise de París.

Índice

12043656R00177